June Baker
Manhattan Jingle Bells

Aus Leidenschaft für humorvolle und herzzerreißende Liebesromane, entschloss sich June dazu, selbst einen Roman zu schreiben. Als größter Weihnachtsfan im Universum war sofort klar, dass es eine Geschichte rund um die schönste Zeit des Jahres und ganz viel Liebe werden sollte. Nachdem ihr erster Weihnachtsroman auf viel Begeisterung gestoßen war, entstand die Idee zur Ginger Lake-Reihe. Danach folgten Ausflüge auf die grüne Insel in Form von humorvollen Liebesromanen in Schottland und Irland. June ist zufrieden mit ihren Romanen, wenn die LeserInnen eine Achterbahn der Gefühle erleben – von Mitfiebern, Herzchen in den Augen bis hin zu Tränen lachen muss alles dabei sein.

June Baker

Manhattan Jingle Bells

Roman

PIPER

Mehr über unsere Autoren und Bücher:
www.piper.de

Wenn Ihnen dieser Roman gefallen hat, schreiben Sie uns unter
Nennung des Titels »Manhattan Jingle Bells«
an empfehlungen@piper.de, und wir empfehlen Ihnen
gerne vergleichbare Bücher.

Wir behalten uns eine Nutzung des Werks für Text
und Data Mining im Sinne von § 44b UrhG vor.

ISBN 978-3-492-50790-5
© Piper Verlag GmbH, München 2024
Redaktion: Julia Feldbaum
Satz auf Grundlage eines CSS-Layouts
von digital publishing competence (München)
mit abavo vlow (Buchloe)
Covergestaltung: Alexa Kim »A&K Buchcover«
Covermotiv: Bilder unter Lizenzierung von depositphotos.com
(nemetse, hamidovashahnoza19) genutzt.
Vignette: freepik.com
Printed in the EU

*Ich werde Weihnachten in meinem
Herzen ehren und versuchen,
es das ganze Jahr hindurch aufzuheben.*

Charles Dickens

Kapitel 1

»Dann geh doch«, schrie Simon Field so laut durch das Büro, dass die Angestellten sich Hilfe suchend hinter ihren Bildschirmen duckten.

Alle, bis auf eine.

»Mache ich auch. Mich siehst du nur noch von hinten«, feuerte Betty mit wutverzerrtem Gesicht zurück. Ihre Wangen glühten, als sie ihre Handtasche mit zitternden Fingern vom Schreibtisch nahm und mehrmals an ihrem Mantel ziehen musste, bis dieser sich endlich von ihrem Schreibtischstuhl lösen ließ. Erhobenen Hauptes stakste sie auf ihren schwindelerregend hohen Schuhen aus dem Büro.

Kaum war sie auf dem Gehweg vor dem gläsernen Komplex angekommen, hielt sie einen Moment inne. Laut stieß sie einen Schwall Luft aus, und ihr Atem bildete kleine weiße Wölkchen. Die eiskalte New Yorker Winterluft brannte in ihrem Gesicht. Sie hatte ihr Temperament noch nie gut im Griff gehabt, doch der Auftritt eben war wohl der absolute Tiefpunkt gewesen, und dabei hatte sie gerade einmal zwei Wochen in der Marketingagentur gearbeitet.

Kopflos irrte sie durch die Straßen. Vor Einbruch der Dunkelheit nach Hause zu gehen, war keine Option, denn ganz sicher würde ihr ihre Vermieterin, Ms. Rosewood, auflauern. Diese war mit jeder Miete mehr, die Betty im Rückstand war, penetranter geworden. Und leider war Betty sich inzwischen sicher, dass auch ihrer Vermieterin mittlerweile klar geworden war, dass sie kein aufgehender Star am Himmel war, der bald im Reichtum schwimmen würde. Es tat ihr leid, dass sie die alte Dame so täuschen musste, doch sie konnte es sich nicht leisten, die Wohnung zu verlieren, denn dann müsste sie im Auto hausen. Zumal sie nicht einmal mehr ein Auto hatte.

Für ihre letzten vier Dollar kaufte sie sich einen heißen Kaffee bei Starbucks. Obwohl es noch einen Monat bis Weihnachten war, erstrahlte bereits alles in Rot und Gold. Dicke sattgrüne Tannengirlanden hingen über der Theke und waren üppig mit Lichterketten und glitzernden Kugeln geschmückt. Bettys Laune erhellte sich schlagartig. War es doch ihre liebste Zeit im Jahr. Seufzend ließ sie sich mit dem Kaffee in der Hand auf einem der abgewetzten Ledersessel nieder und zückte ihr Handy. Gestresst rieb sie sich über das Gesicht.

»Denk nach, Betty, in irgendetwas musst du doch gut sein«, versuchte sie, sich selbst Mut zuzusprechen. Hastig scrollte sie in einer App namens *Do what you love* durch das Jobangebot in der Umgebung. Zynisch lachte sie leise über den Namen. Dann würde sie den ganzen Tag bei Netflix und heißer Schokolade auf dem Sofa verbringen und Vampirserien suchten. Doch dann hätte sie keine Wohnung mehr, geschweige denn ein Sofa oder einen Fernseher.

Sie straffte die Schultern, richtete sich kerzengerade auf und ermahnte sich selbst, die Jobsuche ernst zu nehmen.

»Bäckerin? Nein, lieber nicht.« Tante Marsha war an ihrem letzten Cupcake-Versuch beinahe erstickt. Hätte man einen schnelleren Tod vorgezogen, hätte man sie aber auch einfach mit ihrem Gebäck erschlagen können, so steinhart war es gewesen. Komischerweise gelangen ihr lediglich Weihnachtsplätzchen nach den Rezepten ihrer Großmutter.

»Tierpflegerin? Nein, auch nicht.« Betty konnte keine Maus von einem Hamster unterscheiden.

Das würde übel enden. Je weiter sie scrollte, desto lauter knurrte ihr Magen. Sie musste einfach etwas finden. Ha, das war doch was. Aushilfe bei *Maint's*. Nachdenklich reckte sie ihren Kopf vor und versuchte, durch die große Fensterscheibe einen Blick auf die 41st Street zu erhaschen. Das *Maint's* müsste gleich dort vorn sein. »Verkaufen kann ich bestimmt«, murmelte sie, als sie ihre Jacke wieder anzog und mit geschulterter Handtasche und Kaffeebecher in der Hand loseilte. Im Verkauf wäre sie bestimmt unübertrefflich, sie war so überzeugend, sie würde sogar die Antibabypille an Nonnen loswerden.

Vor dem bestimmt hundert Jahre alten Gemäuer des elfstöckigen Gebäudes inmitten Manhattans zog sie, mit Blick in das spiegelnde Schaufenster, ihren Lippenstift nach und wiederholte stoisch ihr Mantra: »Alles wird gut. Alles wird sich fügen. Irgendwann bin ich reich.«
Ein uniformierter Pinguin öffnete ihr mit vornehmem Kopfnicken die schwere, gläserne Tür des noblen Kaufhauses. Trockene Hitze schlug ihr aus den Lüftungsschächten entgegen. Mit schwitzigen Händen und zittrigen Fingern knöpfte sie hastig ihren Mantel auf, um nicht zu zerfließen. Laut prustend strich sie ihr schwarzes Etuikleid glatt. Ein Glück, dass sie heute so schick zur Arbeit gegangen war – als persönliche Assistentin des großen Simon Field, der lediglich den Titel als *Größter Idiot der Stadt* verdient hatte.
Auch im *Maint's* war bereits die Weihnachtssaison eingeläutet worden. Mistelzweige und teuer aussehende Kugeln hingen von der Decke. Kleine geschmückte Tannenbäume säumten die Gänge, und leise Weihnachtsmusik kam blechern aus den Lautsprechern. Schnellen Schrittes eilte sie zu dem Informationstresen, an dem ein älterer, grauhaariger Mann saß und freundlich umherblickte.
»Betty Davis, hallo, ich komme wegen des Aushilfsjobs.«
Seine buschigen Augenbrauen schossen in die Höhe. »Betty Davis?«
»Ja, ich weiß, wie die Sängerin. Meine Eltern waren große Fans von ihr. Nein, niemand aus meiner Familie ist ver-

wandt oder verschwägert mit ihr, und noch mal nein, ich kann auch nicht singen.«

Es war offensichtlich, dass der ältere Herr seine Schwierigkeiten damit hatte, ihr zu folgen, weswegen er lediglich bedächtig nickte und sie mit großen Augen anblickte. »Ich wollte eigentlich bloß Ihren Namen verifizieren, um auf der Liste für die Vorstellungsgespräche nachschauen zu können.«

»Oh.« Betreten senkte sie den Blick. »Die meisten Menschen stellen genau diese Fragen, wenn sie meinen Namen zum ersten Mal hören.«

Schüchtern lächelte der Mann sie an. »Das hätte ich auch als Nächstes wissen wollen.« Mit suchendem Zeigefinger fuhr er über eine lange Liste auf einem dunkelroten Klemmbrett. »Sie scheinen keinen Termin zu haben.«

»Do-o-o-ch«, ließ sie mit völliger Überzeugung verlauten. »Ganz sicher. Das habe ich mit Judy geklärt oder war es Nancy?« Als würde sie über die eben erfundene Mitarbeiterin nachdenken, tippte sie sich mit dem Finger ans Kinn. Die Chancen, dass in dieser konservativen Shoppinghölle eine Dame mit einem dieser Namen arbeitete, sollten gut stehen.«

»Judy Sinclair?«, fragte der grauhaarige Mann, nun schon etwas weniger verwirrt.

»Genau die.« Betty nickte so energisch, als würden sie und Judy sich regelmäßig samstags zum Brunch treffen.

»Einen Moment, bitte, ich frage oben nach.«

Geduld war nicht Bettys Stärke. Daher tippte sie nervös mit den Fingerkuppen auf den kalten weißen Marmortresen vor sich, während der Herr versuchte, zu Judy durchgestellt zu werden.

Nachdem er endlich aufgelegt hatte, wandte er sich unsicher an sie. »Ms. Sinclair scheint nicht mehr im Haus zu sein. Mr. McAllistar würde das Gespräch aber mit Ihnen führen. Seine Assistentin entschuldigt sich für die Unannehmlichkeiten, da Ihr Gespräch wohl vergessen wurde. Eine offene Stelle gibt es wohl noch zu besetzen.« Er erhob sich von seinem Drehstuhl und streckte den Kopf über die Marmorplatte. »Sie gehen links an den Rentieren vorbei und nehmen den Aufzug in den neunten Stock.«

»Recht herzlichen Dank«, flötete sie. Das war zu einfach, dachte sie sich und kicherte leise.

Im neunten Stock angekommen, erstreckte sich ein schmaler, dunkler Gang vor ihr, von dem unzählige Türen in Büroräume abgingen. Eine dralle Brünette stürmte auf sie zu. »Ms. Davis. Ich entschuldige mich vielmals. Ms. Sinclair muss den Termin wohl versehentlich nicht notiert haben. Daher liegen mir auch Ihre Unterlagen nicht vor. Haben Sie diese zufällig mitgebracht, sodass Mr. McAllistar einen Blick darauf werfen kann?«

Mit aufgesetzt betretener Miene schüttelte Betty den Kopf. »Leider nein, aber ich bin mir sicher, wir werden uns auch so gut kennenlernen.«

Irritiert nickte die Dame mittleren Alters und signalisierte ihr mit einem Handzeichen, dass sie ihr folgen sollte.

»Nehmen Sie gern Platz. Mr. McAllistar wird sofort für Sie da sein.«

Entspannt blickte Betty sich in dem düsteren Raum um. Mr. McAllistar schien wohl eine Schwäche für Eiche rustikal zu haben. Aber gut, wen wunderte es, wenn man bedachte, dass der gute Mann an die hundert Jahre alt sein musste. Jeder in Manhattan kannte das *Maint's*, dessen Leitung seit Ewigkeiten bereits von einer Generation zur nächsten übertragen worden war. Es kam ihr gelegen, dass ihr nie da gewesener Lebenslauf verlegt worden war, so konnte sie ihm alles Mögliche über ihre bisher sehr erfolgreiche Karriere im Verkauf bei exzellenten Häusern erzählen.

Mit einem Ruck wurde die schwere hölzerne Tür aufgestoßen, und ein junger Mann betrat den Raum. Gleichermaßen überrascht wie verwirrt klappte Bettys Mund auf.

Unbeirrt von ihrer Reaktion streckte er ihr die Hand zur Begrüßung entgegen. »Josh McAllistar. Hallo, Ms. Davis?«

Mit in Falten gelegter Stirn blickte sie ihn an und stammelte: »Hallo, ja, richtig.«

Seine harten Gesichtszüge um das kantige Kinn entspannten sich auch nicht, als sie sich zu einem freundlichen Lächeln durchrang. Gedankenverloren ließ er sich auf dem schweren schwarzen Ledersessel hinter dem Schreibtisch nieder und scannte den Tisch mit suchenden Augen ab. »Ich habe jetzt keinen Lebenslauf von Ihnen, aber wenn Judy Sie eingeladen hat, gehe ich davon aus, dass Sie zum einen die notwendigen Fähigkeiten und zum anderen die Freude daran mitbringen. Zudem muss ich die Stelle schnellstmöglich besetzen, da, wie Sie ja vermutlich wissen, die Weihnachtssaison in unserem Hause bereits nächste Woche richtig losgeht.«

Mit verständnisvollem Lächeln nickte sie langsam. »Natürlich, machen Sie sich keine Gedanken. Das ist der Job, von dem ich schon immer geträumt habe. Glauben Sie mir, mit mir haben Sie die richtige Besetzung.«

Josh McAllistar zog eine Braue nach oben, bedachte sie mit einem skeptischen Blick, zuckte aber nur Sekunden später mit den Schultern. »Na, wenn Sie meinen. Umso besser. Montag geht es los. Seien Sie pünktlich um neun Uhr für die Lagebesprechung da. Es ist der erste Tag von Santa Claus, und wir erwarten einen Run wie jedes Jahr.«

Bettys Herz hüpfte vor Glück. Sie würde nicht nur in einem der edelsten Kaufhäuser New Yorks als Verkäuferin arbeiten, sondern könnte in ihrer Mittagspause auch noch Zuckerstangen bei Santa abstauben. »Ich werde überpünktlich sein«, versicherte sie ihrem neuen Boss freudestrahlend.

Dieser drückte auf einen Knopf an seinem Laptop. Leises Rauschen ertönte, bevor er sprach. »Laura, bringen Sie Ms. Davis bitte ihr Kostüm.«

Gerade noch so konnte Betty sich davon abhalten, begeistert in die Hände zu klatschen. Sie hatte nicht damit gerechnet, ein Outfit gestellt zu bekommen. Allerdings war es logisch, trugen doch alle Verkäuferin diese schicken Sets aus schwarzen Shirts und Röcken mit diesen leicht spießigen, wenn auch irgendwie niedlichen Halstüchern. Sie hätte ausflippen können vor Freude, als Laura zur Tür hereinkam. Doch eine Sekunde später fiel ihr Blick auf etwas Giftgrünes in deren perfekt manikürten Fingern.

Lächelnd streckte Laura ihr die Scheußlichkeit entgegen.

Mit angestrengt hochgezogenen Mundwinkeln blickte Betty erst seine Assistentin und dann Mr. McAllistar an. »Was genau ist das?«

Ihr neuer Chef schenkte ihr einen gestressten, mit einer Portion Genervtheit gespickten Blick. »Ihr Kostüm. Was sonst?«

»Tragen das alle Verkäuferinnen zur Weihnachtszeit?«, fragte sie noch immer verwirrt.

Dieses Mal machte er sich nicht einmal mehr die Mühe, von den Unterlagen vor ihm aufzublicken. »Nein, das trägt nur der Elf zu Weihnachten.«

»Elf?«, rief Betty so schrill, dass ihre Stimme sich beinahe überschlug. »Was für ein Elf?«

Josh McAllistar atmete hörbar aus und erklärte dann ungeduldig. »Sie wollten doch den Job als Elf, als Santas Assistent. Warum jetzt die Fragen??«

»Elf«, wiederholte Betty fassungslos. Das war die letzte unbesetzte Stelle, die offensichtlich keiner hatte haben wollen. Ihr Magen zog sich zusammen, und sie trug einen inneren Kampf mit sich aus. Sie konnte den Job annehmen, ihre Würde bis nach Weihnachten mit reichlich Eierpunsch betäuben, oder sie würde in spätestens einer Woche auf der Straße sitzen.

Zurückhaltend beugte sie sich über den Schreibtisch von Josh McAllistar. »Was verdient man als Elf denn so?«, raunte sie ihm mit hochgezogenen Augenbrauen zu.

Er hob den Blick, und seine funkelnd grünen Augen trafen ihre. Ihr war nicht entgangen, dass er mit seinem dunklen Haar, dem Dreitagebart und der sportlichen Figur ein sehr attraktiver Mann war, doch diese Augen brachten sie kurzzeitig völlig aus dem Konzept. Nervös versuchte sie zu schlucken, doch ihre staubtrockene Kehle erschwerte das.

»Fünfzehn die Stunde, acht Stunden am Tag, sechs Tage die Woche ... bis Heiligabend.«

Ihr Mund formte ein stummes *Wow!*, und seine smaragdgrünen Augen flogen zu ihren vollen Lippen. Benommen trat sie einen Schritt zurück. Diese Arbeitsbedingungen hatte sie tatsächlich nicht erwartet – viel Geld und ein heißer Chef. Es wäre unverantwortlich und vor allem dämlich, diesen Job abzulehnen. Daher entschied sie sich für den Eierpunsch und die Beurlaubung ihrer Würde. Mit einem stolzen Lächeln auf den Lippen nahm sie Laura das Kostüm aus der Hand und warf einen beinahe angewiderten Blick auf den grellen Einteiler in Grün mit rotem Gürtel und angenähten rot-gelb geringelten Socken.

»Ah, ich habe die Schuhe vergessen«, rief Laura aufgebracht.

»Klar, die Schuhe.« Betty schlug sich mit der flachen Hand gegen die Stirn und wandte sich grinsend McAllistar zu. »Fehlen nur noch die grünen Schuhe mit der nach oben gebogenen Spitze, damit ich mich ganz zum Vollidioten ...« Sie wandte ihren Blick zu der sich räuspernden Laura, und ihr Blick fiel auf genau solche Stoffschuhe. »Oh wow, ihr habt die wirklich«, sagte sie ungläubig. Sie drehte ihren Kopf erneut zu ihrem Boss und hätte meinen können, ein Schmunzeln wäre über sein Gesicht gehuscht. Doch nun hatte er den Grinch-Modus wieder angeworfen und ignorierte sie und Laura, als sie über die Größe des Kostüms diskutierten.

Es entsprach absolut nicht Bettys Naturell, eine Viertelstunde zu früh zur Arbeit zu erscheinen. Doch sie hatte sich mittlerweile mit ihrem neuen Job angefreundet und freute sich darauf, als Elf ein paar Kinder glücklich machen zu können. Der Job war wenigstens sinnvoller, als jeden Tag Simon Fields am Schreibtisch angetrocknete Espressotassen wegzuräumen.

Nachdem sie am Mitarbeitereingang geklingelt hatte, ertönte ein lautes Summen, das ihr Einlass gewährte. Stöhnend stemmte sie die schwere Metalltür auf, als ein Arm an ihr vorbeischoss. Mit Leichtigkeit stieß er die Tür auf und gewährte ihr damit Zugang.

»Bei Ihnen gab es einen Proteinshake zum Frühstück, oder?«, foppte sie ihren neuen Boss.

»Ich frühstücke nicht«, erwiderte er knapp. Da sein Blick nicht darauf schließen ließ, dass er an Small Talk über das Wetter oder Weihnachtsgeschenke interessiert war, schwieg auch Betty, als sie vor ihm zu den Aufzügen ging.

»Grün steht Ihnen«, ließ Josh McAllistar verlauten, nachdem er sich vor den Aufzügen neben sie gestellt hatte und unentwegt auf sein Handy starrte. Hastig wischte und tippte sein Daumen darauf herum. Selbst als der Aufzug seine Türen öffnete, wandte er den Blick nicht von dem Minibildschirm ab.

Sie fragte sich ernsthaft, ob er sie überhaupt angeschaut hatte. Mit zitternden Fingern drückte sie die Taste mit der Neun. Selten hatte sie sich so unwohl gefühlt. Ob das nun an dem schlimmsten Outfit ihres Lebens oder an dem Mann neben ihr in der Aufzugskabine lag, konnte sie noch nicht so ganz ausloten.

Im neunten Stock angekommen, ertönte ein lautes »Ping«, und die Aufzugtüren öffneten sich.

Bevor Josh McAllistar vor ihr aus der Kabine trat, wünschte er ihr ein gemurmeltes »Viel Glück«.

Betty war jedoch zu sehr damit beschäftigt, unauffällig den doch sehr trainierten Hintern in der dunkelgrauen Anzughose zu mustern. Wieso mussten die attraktivsten Kerle immer so unsympathisch sein?

Watschelnd kam sie, dank der unnatürlich gebogenen Elfenschuhe, nur sehr langsam voran und war verwundert, erneut auf ihren Chef zu treffen, als sie um die Ecke bog. Sie hatte nicht erwartet, dass er die Lagebesprechung selbst führen würde.

Doch etwas anderes schien hier vor sich zu gehen, zumindest war es so wichtig, dass Josh McAllistar endlich seinen Blick von seinem Telefon hatte losreißen können und gerade versuchte, eine Frau mittleren Alters zu beruhigen. Doch diese dachte gar nicht daran. Der lange graue Zopf am Hinterkopf flog nur so durch die Gegend, als sie wild gestikulierend erklärte: »Es ist ein Desaster. In unserer beinahe hundertzwanzigjährigen Firmengeschichte gab es noch keinen Start einer Weihnachtssaison ohne Santa.«

Nun öffnete sich eine Glastür, und Laura und McAllistar senior betraten den Flur. Betty kannte den alten grauhaarigen Mann nur von Plakaten, hatte ihn sich aber immer wesentlich größer vorgestellt. Nun, live vor ihr sah er einfach nur rund aus. Sie musste ein Schmunzeln unterdrücken, würde George McAllistar doch den perfekten Weihnachtsmann abgeben.

»Was ist hier los?«, fragte der Seniorchef irritiert.

Judy wandte sich aufgeregt an ihn. »Es ist eine Katastrophe, Mr. McAllistar.« Ihre Wangen waren inzwischen der Inbegriff von Weihnachtsrot, und sie schien Gefahr zu laufen zu hyperventilieren.

Gespannt sahen McAllistar senior und Laura sie an.

»Santa kommt nicht.«

»Was meinen Sie mit, Santa kommt nicht?«, fragte George McAllistar überrascht, während sein Sohn lediglich genervt seufzte.

»Er hat abgesagt, heute Morgen. In einer Nachricht auf meinem Anrufbeantworter.« Judys Stimme überschlug sich förmlich vor Entrüstung. Offensichtlich war sie der Meinung, dass man von einem Santa bessere Manieren erwarten könne. »Er geht lieber zu *Jessy's*, in die 50te«, erklärte sie so abschätzig, dass man hätte meinen können, in dem Kaufhaus ein paar Blocks weiter gäbe es eine Krankheit gratis zu jedem Einkauf dazu.

McAllistar kniff fragend die Augen zusammen. »Aber wir buchen doch immer über die Agentur. Die müssen uns doch einen Ersatz schicken. Wo ist das Problem? Soll ich dort anrufen?«

»Nun ja«, stammelte Laura mit hochrotem Kopf und warf Josh McAllistar einen scheuen Blick zu. »Dieses Jahr lief es etwas unglücklich ...«

Weiter kam sie nicht, da der Juniorchef sie entnervt unterbrach. »Es ist meine Schuld«, gab er ohne Umschweife zu. »Ich habe den Vertrag mit der Agentur zu lange liegen lassen, weil ich Angebote vergleichen wollte. Alle guten Santas waren bereits weg, und wir haben privat beauftragt.« Er senkte den Blick wieder auf sein Telefon, das unaufhörlich in seiner Hand vibrierte. »Dann haben wir eben erst morgen einen«, schob er murmelnd nach.

Judy stützte sich mit einer Hand an der Wand ab, während sie die andere fest auf ihre Brust presste. »Erst morgen? Ein Weihnachtssaison-Start ohne Weihnachtsmann? Unten steht das Winter Wonderland. Kniehoch Kunstschnee, üppig dekorierte Tannenbäume, überall Girlanden, überdimensionale Geschenke, ein begehbares Lebkuchenhaus und Santas Weihnachtsthron. Wer soll da heute sitzen?«, fragte sie ihn so hysterisch, dass er, sichtlich überrascht von Judys Gefühlsausbruch, kurz zusammenzuckte.

»Josh, in mein Büro«, forderte sein Vater ihn mit einem Unterton in der Stimme auf, der verdeutlichte, dass er keine Widerrede duldete. Das schien auch sein Sohn wahrgenommen zu haben und folgte seinem Vater kopfschüttelnd in dessen Büro.

Während Laura und Judy sich neugierig zur Tür hinüberbeugten, konnte Betty die Unterhaltung der beiden Männer auch ohne große Mühe in zwei Metern Entfernung noch verfolgen.

»Ich denke, du wirst mir nicht widersprechen, wenn ich dir sage, dass das eine deiner größten Verfehlungen bislang ist. Wenn wir in einer Stunde öffnen, hat ein Santa Claus auf diesem Stuhl zu sitzen.«

»Ich gebe zu, dass es nicht ideal ist. Aber ich kann keinen herzaubern. Wir werden sehen, was wir für morgen tun können«, gab sein Sohn monoton zurück.

»Du hast mich nicht richtig verstanden. Ich erwarte dich in einer Stunde in einem roten Kostüm unten in der Weihnachtswelt«, entgegnete George McAllistar ruhig.

Sein Sohn lachte so schallend los, dass Betty erschrak.

»Bist du noch ganz bei Sinnen, Dad? Wir haben zig männliche Mitarbeiter. Warum, um alles in der Welt, sollte ich mich da unten hinsetzen und meine Zeit verschwenden?« Entnervt stöhnte er.

»Weil es dir guttun wird. Du führst unser Unternehmen nicht schlecht, mein Sohn. Mit Köpfchen, aber was dir fehlt, ist das hier drinnen.«

Betty konnte nur erahnen, dass der alte Mann auf sein Herz zeigte.

»Dad, wirst du langsam senil? Das kann nicht dein Ernst sein. Ich weigere mich, Santa zu spielen.«

»Vielleicht habe ich mich nicht klar genug ausgedrückt. Du wirst so lange das rote Weihnachtsmann-Kostüm tragen, bis wir einen Ersatz gefunden haben, andernfalls kannst du deinen Schreibtisch räumen ... umgehend.« Energisch riss er die Tür auf.

Judy und Laura machten laut quiekend einen Satz zurück und starrten Josh McAllistar entgeistert an. Diesem kam förmlich der Rauch zu den Ohren heraus. Wutentbrannt stapfte er in sein Büro und donnerte die Tür laut krachend ins Schloss.

Auch wenn Betty sich an solchen Spektakeln durchaus erfreuen konnte und bislang jede ihrer sechzehn Kündigungen ebenso theatralisch in Szene gesetzt hatte, war sie nun verunsichert. Mit in Falten gelegter Stirn wandte sie sich den beiden Frauen zu. »Also, braucht man mich dann jetzt noch? Aber den Tag bekomme ich doch auf jeden Fall bezahlt, oder?« An den Mienen der beiden Damen erkannte sie, dass das nicht deren akutestes Problem zu sein schien. »War nur eine Frage«, schob sie daher hastig nach und hob entschuldigend die Hände.

»Ms. Davis, warten Sie doch bitte unten in unserer Weihnachtswelt auf weitere Instruktionen, ja?«, bat Laura sie mit aufgesetztem Lächeln.

»Alles klar«, gab Betty zurück und machte sich auf den Weg zu den Aufzügen. Da sie nicht davon ausging, in einer Stunde einen Santa an ihrer Seite zu haben, überlegte sie bereits, wo sie ihren nächsten Job finden könnte.

Im Erdgeschoss angekommen war es unmöglich, ihren Arbeitsplatz zu verfehlen. Judy hatte nicht übertrieben. Hier war tatsächlich das Winter Wonderland explodiert. Unzählige Schneeflocken flogen durch die Luft und legten sich auf die Dekoration aus grell leuchtenden Rentieren, riesigen Geschenkkartons, die Betty beinahe bis zur Schulter reichten, und einem Schlitten, bestückt mit einem überdimensionalen Geschenkesack. Leise Weihnachtsmusik kam bereits aus den Lautsprechern, und sie schlenderte hinüber zum Lebkuchenhaus. Die Rückseite des Häuschens war offen, und Miniaturbänke befanden sich darin, auf welchen – dem Schild davor zufolge – Kinder Platz nehmen konnten, um ihre eigenen Lebkuchenhäuser zu basteln und zu dekorieren. Obwohl Betty selten sentimental wurde, kam sie nicht umhin zuzugeben, dass das nicht nur mit Abstand ihr schönster bisheriger Arbeitsplatz war, sondern tatsächlich auch bereits jetzt Weihnachtsstimmung in ihr aufkam. Seufzend kletterte sie auf den Weihnachtsschlitten. Ein Jammer, dass dieser Job hier vermutlich auch als ihr kürzester jemals in ihre berufliche Laufbahn eingehen würde.

Eine Dreiviertelstunde später wuselten unzählige Verkäufer durch das riesige Kaufhaus, doch von den McAllistars oder Judy und Laura war weit und breit nichts zu sehen. Betty wurde nervös, als sich zwei in dunkelroter Uniform gekleidete Herren an der riesigen Eingangstür postierten. Was würde sie tun, wenn das Kaufhaus öffnete und die Kinder sie überrannten? Ein Elf, der Wünsche aufnahm? Die Kids wären sicherlich enttäuscht. Nervös schwankte ihr Blick erneut hinüber zu den Aufzügen. Und plötzlich setzte sich tatsächlich das orange Licht auf der Zahlenleiste über den Aufzügen in Bewegung. Ihr Herz pochte aufgeregt in ihrer Brust.

Als die Türen sich öffneten, konnte sie ein lautes Lachen nicht zurückhalten. Aus vollem Herzen prustete sie los, schlug sich aber umgehend die Hand vor den Mund, als Josh McAllistar ihr einen bitterbösen Blick über dem Rauschebart hinweg zuwarf. McAllistar junior steckte tatsächlich in einem flauschigen knallroten Weihnachtsmann-Kostüm. Er hatte locker hundert Kilo zugelegt und Betty stellte bedrückt fest, dass sie seinen trainierten Körper nun leider nicht mehr genießen konnte. Obwohl sie bereits in ihrem giftgrünen Polyester-Scheusal von Kostüm schwitzte, trieb der Anblick von Josh mit dem Bart und der dicken Mütze auf dem Kopf ihre Temperatur nochmals um ein paar Grad nach oben.

Mehr als widerwillig ging er an ihr vorbei und ließ sich mit grimmigem Blick auf den großen Santa-Thron fallen. Verärgert blickte er seinen Vater an, der ihm gefolgt war.

»Einen Tag – morgen sitze ich wieder oben am Schreibtisch.«

Sein Vater klopfte ihm auf die Schulter. »Darüber sprechen wir später.« Energisch klatschte der Seniorchef in die Hände und wandte sich mit lauter Stimme an die Belegschaft, die sich in den einzelnen Etagen an den Brüstungen versammelt hatten und auf die Weihnachtswelt hinabblickte. »Gleich geht es los. Das erste Problem haben wir bereits gelöst, und ich bin überglücklich, dass hier nun ein Santa sitzt.« Er wandte sich mit einem Schmunzeln an Betty. »Ich bin mir sicher, unser neuer Elf wird ihn tatkräftig unterstützen.«

Brav nickte sie und warf einen Blick auf Josh, dessen Blick noch immer so düster war, dass der Wunsch der meisten Kids wohl gleich der sein dürfte, so schnell wie möglich wieder von Santa wegzukommen.

McAllistar senior setzte seine Rede unbeirrt fort: »Lasst uns die kommenden Wochen zu der zauberhaftesten, besinnlichsten, aber auch erfolgreichsten Weihnachtssaison aller Zeiten machen.«

Die Angestellten des *Maint's* klatschten begeistert und nahmen dann eilig ihre Plätze ein, während George McAllistar beinahe königlich zum Haupteingang schritt. Dicht gefolgt von Laura und Judy, die so nervös waren, als würde man den Präsidenten und den Papst am heutigen Tag für eine gemeinsame Shoppingtour erwarten.

Betty musste kichern bei der Vorstellung.

»Schön, dass wenigstens einer von uns Spaß hat«, zischte Josh zornig.

»Jetzt entspannen Sie sich doch mal«, gab sie zurück. »Das hier ist doch bestimmt schöner, als da oben am Schreibtisch in den Laptop zu starren und mit irgendwelchen Zahlen zu jonglieren.«

»Zweihundert laufende Rotznasen auf meinem Schoß, die mir alle von ihren völlig überzogenen Wünschen berichten und an so einen Schwachsinn wie den Weihnachtsmann glauben?«, entgegnete er schnaubend.

»Woah, woah, das habe ich eben nicht gehört. Ich schwöre Ihnen, wenn Sie auch nur einem Kind verraten, dass es den Weihnachtsmann nicht wirklich gibt, ziehe ich Ihnen mit der Zuckerstange eins über die Rübe«, erwiderte Betty angriffslustig. Sie war gerade so schön in Weihnachtsstimmung gekommen und wollte sich von dem Grinch nicht alles kaputt machen lassen.

Josh war aufgestanden und überragte sie nun um beinahe

einen ganzen Kopf. »Ms. Davis, auch wenn ich gezwungen bin, dieses lächerliche Kostüm zu tragen, bin ich immer noch Ihr Boss. Vergessen Sie das nicht.«

Er hatte recht. Und er konnte sie jederzeit feuern. Betty räusperte sich verlegen und straffte die Schultern. »Verzeihen Sie, Mr. McAllistar, oder sollte ich Santa sagen?« Verdammt, es war schon wieder mit ihr durchgegangen. Sie konnte an Joshs Miene trotz Bart erkennen, dass sie mit dem Feuer spielte.

»Ms. Davis, treiben Sie es nicht zu weit.«

»Alles klar.«

Mit einem wütenden Schnauben drückte er ihr ein Glas mit Zuckerstangen in die Hand. »Machen Sie einfach nur Ihren Job, und ich bete, dass dieser Tag schnell vergehen möge.«

Nachdem George McAllistar die Weihnachtszeit im *Maint's* erneut feierlich vor der Tür eingeläutet hatte, stürmten genervte Eltern und aufgeregte Kinder das Kaufhaus. Mit großen Augen standen sie vor dem Winter Wonderland und erfreuten sich an jedem noch so kleinen Glitzerstern. Betty seufzte leise. Sie erinnerte sich so gern an die Weihnachtszeit im Hause Davis zurück. Ihre Mutter war verrückt nach der Adventszeit gewesen, hatte bereits Mitte November alles festlich dekoriert gehabt und die ersten Plätzchen mit ihr und ihrer großen Schwester gebacken. Diese Tradition führte Betty noch heute fort.

Mariah Careys Gejaule holte sie in die Realität zurück. »All I want for Christmas is youuuuuu ...« Auch wenn sie Weihnachten liebte, war sie nicht sicher, wie häufig sie dieses Lied am Tag ertragen konnte.

Die Kinder hatten sich brav zu einer Schlange formiert und warteten ungeduldig darauf, bei Santa ihren größten Weihnachtswunsch loszuwerden und bei ihr, dem Elf, eine Zuckerstange abstauben zu können. Die Kleinsten der Kleinen verstanden nicht, warum sie sich anstellen mussten, und so füllte bald lautes Kindergeschrei, Geplapper und schimpfende Eltern die Halle im Erdgeschoss des ehrwürdigen Gebäudes.

Sie beugte sich zu Josh hinüber. »Sie sollten unbedingt Eierpunsch anbieten.«

Entsetzt blickte er sie an. »Für die Kinder?«

Mit hochgezogenen Augenbrauen erwiderte sie seinen Blick verdutzt. »Nein, für mich natürlich.«

Auch wenn es wegen des Barts schwer zu erkennen war, glaubte sie, ihm damit ein Lächeln entlockt zu haben. Sie zuckte beim Blick auf die schwitzenden Eltern, die in ihren Wollmänteln versuchten, ihren Nachwuchs im Zaum zu halten, mit den Schultern. »Und einige Eltern würden wohl auch dankend ein Gläschen annehmen.«

Nachdem eine Mitarbeiterin ein rotgolden glitzerndes Absperrband zum Thron durchschnitten hatte, machte sich das erste Kind auf den Weg zu Santa Claus.

Josh räusperte sich, und Betty kam nicht umhin zu bemerken, dass er einen nervösen Eindruck machte.

»Hallo, Kind, wie ist dein Name?«, fragte er die Kleine mit den zwei blonden Zöpfen hölzern.

Entsetzt blickte Betty ihn an. Wow, der Mann hatte wohl null Erfahrung mit den Kleinen.

»Mindy«, gab das Mädchen schüchtern zurück.

»Okay«, entgegnete Josh knapp.

Betty presste die Lippen aufeinander und zuckte mit ihren Augenbrauen, um ihm zu signalisieren, dass er in die Gänge kommen sollte.

»Ach so, was soll Santa dir bringen?«, fragte er das Mädchen freudlos.

Ungläubig warf Betty die Hände in die Höhe. »*Sie* sind Santa«, zischte sie Josh zu.

Dieser korrigierte sich hastig. »Also, was soll ich dir bringen?«

Ein Strahlen von einem Ohr bis zum anderen breitete sich

auf dem Gesicht der Kleinen aus. »Die neue Automechaniker-Barbie«, antwortete sie fröhlich und mit leuchtenden Augen.

»Bei der gibt es Lieferschwierigkeiten«, entgegnete Josh unverhohlen und schüttelte den Kopf.

Verzweifelt schlug Betty die Hände vors Gesicht. Sie nahm eine Handvoll Zuckerstangen aus dem Glas und drückte sie dem Mädchen in die kleinen Finger, während sie ihr von Santas Schoß half. »Hier, ein paar mehr für dich, weil der liebe Santa erst nachdenken muss, wo er diese wunderbare Barbie für dich herzaubern kann.« Der verstört dreinblickenden Mutter erklärte sie mit einem engelsgleichen Lächeln: »Er ist noch in der Probezeit. Es ist so schwer, gutes Personal zu finden. Ich hoffe, Sie beehren uns bald wieder.« Mit erhobener Hand signalisierte sie dem Angestellten bei der Schlange, das nächste Kind noch nicht zu Santa durchzulassen.

Josh schien das alles gar nicht wahrzunehmen und zupfte sein Kostüm zurecht. Als er bemerkte, dass sie ihn anstarrte, entgegnete er ruhig: »War gut, oder?

Mit weit aufgerissenen Augen blickte sie ihn noch immer schockiert an. »Nein!« Langsam schüttelte sie den Kopf.

»Nein? Wie nein? Was meinen Sie mit ›Nein‹?«, echauffierte Josh sich. »Ich habe das Kind nach seinem Namen gefragt, nach seinem Wunsch ...«

»Und ihr diesen sofort wieder kaputt gemacht«, unterbrach Betty ihn schroff.

»Ich habe lediglich für realistische Erwartungen gesorgt. Was bringt es dem Kind, sich etwas zu wünschen, das nicht lieferbar ist? Am Ende ist das Mädchen enttäuscht. Davor habe ich es bewahrt.«

Ungläubig schüttelte Betty noch immer den Kopf. »Erinnern Sie sich nicht mehr an den Weihnachtsmann in Ihrer Kindheit? Saßen Sie nie bei einem auf dem Schoß?«

»Doch«, gab er zurück. »Bei dem hier im Kaufhaus halt.«

»Und erinnern Sie sich noch daran, wie Santa mit den Kindern gesprochen hat?«

Laut seufzte er. »Nein, wie sollte ich mich daran erinnern können? Ich kann mich nicht mal an das Gespräch mit meinem Date von letzter Woche erinnern«, er zog die Stirn in Falten, »geschweige denn an ihren Namen.«

Betty verschränkte die Arme vor ihrem Körper. »Sie werden mir von Minute zu Minute sympathischer.« Ihre Stimme triefte vor Sarkasmus.

»Ihre Sympathie interessiert mich auch nicht. Alles, was ich will, ist, diesen Tag so schnell wie möglich hinter mich zu bringen«, zischte Josh.

»Oh, glauben Sie mir. Und ich erst. Gegen Sie ist der Grinch der größte Weihnachts-Stimmungsmacher.«

»Das Wort gibt es nicht«, erwiderte Josh knapp und blickte ungeduldig hinüber zur Schlange der wartenden Kunden.

»Okay, ab jetzt überlassen Sie das Reden mir. So wenig wie möglich will ich von Ihnen hören«, wies sie ihn bestimmt an.

»Sie vergreifen sich schon wieder im Ton, Ms. Davis.«

Sie beugte sich zu ihm hinunter und schenkte ihm ein aufgesetztes Lächeln. »Wenn Sie an Weihnachten noch Kundschaft haben wollen, sollten Sie besser auf mich hören.«

Der erwartete Konter blieb aus. Stumm hakte sich Joshs Blick in ihren, und er sah ihr tief in die Augen.

Betty wurde schlagartig heiß, die Art, wie diese tiefgrünen Augen sie anblickten, brachte sie tatsächlich kurzzeitig durcheinander. Laut räuspernd richtete sie sich wieder auf, zog ihr Kostüm zurecht und winkte den nächsten kleinen Besucher heran.

»Hallo«, begrüßte sie den Jungen fröhlich. »Willst du Santa verraten, wie du heißt?«

Ohne Pause hatte sie die letzten sechs Stunden Elf gespielt. Der Andrang war riesig gewesen, und sie hatte bestimmt zweihundert neue Ideen für zukünftige Kindernamen gesammelt, zwei unangenehme Wiedersehen mit Ex-Freunden und deren Söhnen gehabt und an die hundert Zuckerstangen gegessen. Sie war müde, und ihr war übel.

Hinter der großen Leinwand, vor der das Winter Wonderland drapiert worden war, führte ein schmaler Gang in einen Bereich, der lediglich für Mitarbeiter zugänglich war. Dort befanden sich auch Umkleiden für die Belegschaft. Betty zog sich die Elfenschuhe von den Füßen und schlüpfte in bequeme Boots, die sie in weiser Voraussicht mitgebracht hatte. Josh riss sich den Bart vom Gesicht und seufzte laut.

Erschöpft und mit flehender Stimme wandte sie sich an ihn. »Sagen Sie mir bitte, dass Judy für morgen bereits einen neuen Santa hat.«

Mit zusammengekniffenen Augen musterte er sie für einen Moment stumm, bevor er patzig wurde. »Entgegen Ihrer Behauptung finde ich, dass ich einen sehr guten Job gemacht habe.«

Entsetzt riss sie die Augen auf und schnaubte laut. »Da hätte ich ja als Penis-Double noch besser performt.«

Für einen Moment blickte ihr Boss sie schockiert an, und in Betty machte sich das beklemmende Gefühl breit, dass sie es mit dieser Aussage doch ein bisschen zu weit getrieben hatte. Aber die Sache mit dem Denken vor dem Reden hatte noch nie zu ihren Stärken gehört.

Doch wider Erwarten fing Josh McAllistar lautstark an zu lachen. »Sie sind alles andere als auf den Mund gefallen, das muss man Ihnen lassen.« Er schälte seine Arme aus dem Kostüm und trug darunter lediglich ein enges weißes T-Shirt. Darunter zeichneten sich extrem gut definierte Brustmuskeln ab, und Betty musste ein paarmal blinzeln, bevor sie ihren Blick losreißen konnte. Mit über dem Arm geworfenen Santa-Mantel ging Josh an ihr vorbei, hielt dann aber doch noch einmal inne und drehte sich zu ihr um. Ein freches Funkeln blitzte in seinen Augen auf. »Aber glauben Sie mir, um mein bestes Stück zu doubeln, bräuchte es mehr als eine Person.«

Ungläubig klappte Bettys Kinnlade herunter. Das hatte er eben nicht wirklich gesagt? Diese Aussage schockierte sie und machte sie gleichermaßen irgendwie ziemlich an. Verwirrt blickte sie ihm nach, als er in einem Zimmer in dem dunklen Flur verschwand. Hatte Josh McAllistar eben tatsächlich mit ihr geflirtet? Der Ober-Grinch?

Nach diesem ereignisreichen Tag stand ihr der Sinn tatsächlich nach einem Glas Eierpunsch. Daher hatte sie ihre beste Freundin Liz auf dem Heimweg angerufen und zu einem Mädelsabend eingeladen.

Keine Stunde später saßen die beiden vor Bettys weihnachtlich dekoriertem Kunsttannenbaum auf dem Sofa und mampften Weihnachtsplätzchen, die sie bereits massig auf Vorrat gebacken hatte.

»Manchmal beneide ich dich«, erklärte Liz ihr mit verträumtem Grinsen, nachdem sie sich die Schilderung des heutigen Tags geduldig angehört hatte. »Dein Leben ist so aufregend. Schon wieder ein neuer Job und ein neuer heißer Boss mit beeindruckender Zuckerstange.« Sie brach in schallendes Gelächter aus, während Betty entrüstet schnaubte.

»Er ist ein Vollidiot. Wer schafft es denn nicht, Santa zu spielen? Alles, was man machen muss, ist, die Kids nach ihrem Namen und ihrem Wunsch zu fragen. Das kann doch nicht so schwer sein. Und außerdem ist er ein Playboy. Er konnte sich allen Ernstes nicht mehr an den Namen seines Dates von letzter Woche erinnern? Letzte Woche! Ich weiß noch, wie mein erster Freund im Kindergarten hieß.«

Mit zuckenden Mundwinkeln und hochgezogenen Augenbrauen musterte ihre beste Freundin sie. »Er regt dich aber ganz schön auf. Und wir wissen beide, was das bedeutet.«

»Red keinen Quatsch«, zischte Betty und nippte unschuldig am Punsch.

Grinsend stupste Liz ihr in die Seite und kannte keine Gnade. »Meine Liebe, du springst genau auf solche Typen an. Einfach immer. Je mehr sie dich zur Weißglut treiben, desto besser.«

»Niemals. Was sollte ich an dem Grinch denn finden? Jemand, der nicht mal für einen Tag Santa spielen kann.« Sie legte den Kopf schief. »Einen sehr gut aussehenden, das muss ich zugeben. Aber seine Zuckerstange will ich ganz sicher nicht unter dem Baum haben.« Die beiden Freundinnen lachten und prosteten sich zum wiederholten Male zu.

Kapitel 2

Entspannt stieß Betty am nächsten Tag die schwere Tür des Mitarbeitereingangs zum Kaufhaus auf. Sie war überzeugt davon, dass es Judys gelungen war, einen geeigneteren Santa aufzutreiben. Die Frau machte einen durch und durch kompetenten Eindruck. Doch schnell wurde sie eines Besseren belehrt.

Gerade als sie um die Leinwand herum in die Weihnachtswelt gehen wollte, erblickte sie eine völlig aufgelöste Judy, die um den Dekoschlitten herumrannte und beinahe einen zwei Meter hohen Schneemann umgestoßen hätte. »Es ist wie verhext«, rief sie verzweifelt und wedelte mit den Armen wild in der Luft herum.

McAllistar senior versuchte, sie zu beruhigen. »Alles wird gut, Judy. Josh wird den Part übernehmen. Sie können die Suche nach einem Santa einstellen.«

Verdutzt legte Betty die Stirn in Falten und machte einen Schritt hinter die Leinwand, um unentdeckt zu bleiben. Wieso sollte Josh seine Meinung geändert haben? Er hatte den gestrigen Tag verflucht.

»Sind Sie sicher, Sir?«, hakte nun auch Judy verunsichert bei ihrem Boss nach.

»Absolut. Wir wissen beide, wie er ist, das wird ihm guttun. Ein bisschen Weihnachtsstimmung hat noch keinem geschadet«, erwiderte der alte McAllistar gelassen. Als er Judys zerknirschte Miene bemerkte, machte er einen Schritt auf sie zu. »Das ist *die* Chance«, erklärte er ihr eindringlich.

»Josh ist ein genialer Geschäftsführer, es liegt ihm zweifelsohne. Aber ihm fehlt das Herzblut. Er kennt kaum einen Mitarbeiter mit Namen, weiß nichts über ihre Ängste und Sorgen. Unsere Kunden sind für ihn lediglich Käufer, er verlässt sich auf Marktanalysen und Studien, anstatt vor seine Bürotür zu treten und sich ein eigenes Bild zu machen.« Betreten senkte er den Blick zu Boden, und seine Stimme wurde so leise, dass Betty sich anstrengen musste, um ihn zu verstehen. »Und vielleicht gelingt es mir, dass er wieder Freude an Weihnachten findet. Sie wissen, wie sehr er die Feiertage hasst, seit Miranda weg ist.«

Betty zog die Stirn in Falten. Wer war Miranda? Vielleicht eine Ex-Freundin oder sogar Ex-Frau? War er deshalb so unausstehlich? Litt der Grinch etwa an einem gebrochenen Herzen?

Ein kalter Wind wehte durch den Flur, und sie drehte sich um. Einige Verkäuferinnen waren durch den Mitarbeitereingang hereingekommen und liefen in ihren schicken schwarzen Outfits den Flur entlang auf sie zu. Unauffälliges Lauschen war damit nicht mehr möglich. Doch ihre gottgegebene Neugier war geweckt. Es dürfte nicht allzu schwer werden herauszufinden, wer Miranda war und warum sie Joshs Weihnachten auf alle Zeiten versaut hatte.

Hastig verschwand Betty in den Umkleiden für die Mitarbeiter, um sich in ihr kratziges Kostüm zu werfen.

»Guten Morgen«, begrüßte sie Judy und George McAllistar übertrieben fröhlich, als sie erneut die Weihnachtswelt betrat. Beide schenkten ihr nur kurz Beachtung, da sich auch Josh dem Weihnachtssetting näherte. Betty musste zugeben, dass ihm der zweireihige dunkelblaue Anzug wesentlich besser stand als das gestrige Santa-Kostüm. Der Schnitt des Jacketts betonte seine breiten Schultern, und obwohl die Hose nicht besonders eng saß, konnte man, als er sich zu einer Verkäuferin, die seinen Namen gerufen hatte, umdrehte, dennoch erkennen, was für ein knackiger Hintern darinsteckte.

Als die kurze Unterhaltung mit der Brünetten beendet war, setzte er seinen Weg zu ihnen fort. Seine Augen verengten sich zunehmend zu schmalen Schlitzen, je näher er ihnen kam.

»Ich sehe keinen Santa«, zischte er in Judys Richtung. Diese ging hinter dem Schneemann leicht in Deckung und blickte Hilfe suchend zu McAllistar senior.

Tröstlich klopfte dieser seinem Sohn auf die Schulter. »Keine Chance. Alle Santas ausgebucht, wir haben alles gegeben. Natürlich wird Judy weitersuchen, aber solange wir keinen haben, wirst du den Job übernehmen müssen.«

O nein! Betty verfluchte ihre Neugier in dem Moment, als McAllistar senior seinem Sohn diese Lüge auftischte. Wieso musste sie das Gespräch mitangehört haben? Sie war wirklich schlecht darin, Geheimnisse für sich zu bewahren. Seit jeher war sie die Freundin gewesen, die ein jedes Gespräch mit den Worten begann: »Erzähl es aber keinem weiter.«

»Vorher kündige ich«, schmetterte Josh seinem Vater wutentbrannt entgegen. Eine tiefe Zornesfalte hatte sich auf seiner Stirn gebildet.

Doch sein Vater ließ sich nicht beirren. »Wir öffnen in einer Viertelstunde, dann sitzt du besser auf diesem Stuhl.«

Mit versteinerter Miene folgte Joshs Blick der Handbewegung seines alten Herrn.

Betty hatte den harschen Unterton in George McAllistars Stimme natürlich bemerkt, war aber dennoch verwundert darüber, dass Josh nichts entgegnete, sondern schmollend davonlief. Irritiert blickte sie ihm nach. Sie ging eher davon aus, dass er sich auf den Weg in den neunten Stock machte, um sein Büro zu räumen, als um sein Kostüm anzuziehen.

Doch gerade, als sie das große Glas mit neuen rot-grün gestreiften Zuckerstangen auffüllte, stand er plötzlich neben ihr. Santa. Zugegebenermaßen der attraktivste Santa, der ihr jemals untergekommen war – wenngleich die grimmige Miene so gar nicht ins Bild passen wollte.

»Machen Sie sich nichts daraus«, versuchte sie, ihn aufzumuntern. »Was glauben Sie, warum ich hier stehe? Irgendwie muss die Miete ja bezahlt werden.«

Sie konnte trotz Rauschebart das Schmunzeln darunter erkennen und kam sich dumm vor. Als hätte ein Josh McAllistar selbst ohne Job Probleme damit, seine Miete zu bezahlen.

»Sie wirken, als hätten Sie nie etwas anderes gemacht«, gab er mit noch immer hochgezogenen Mundwinkeln zurück.

Da sie davon ausging, dass das kein Kompliment sein sollte, konterte sie schnippisch: »Es kann nicht jeder in den bequemen schwarzen Ledersessel hineingeboren werden.«

Santas Blick verfinsterte sich, und er wandte sich dem Haupteingang zu, an dem in diesem Moment die Türen für die Kunden geöffnet wurden. Wie bereits gestern strömten Unmengen an Eltern mit ihren Kindern auf dem Arm oder an der Hand herein. Als sich eine lange Schlange formierte, fiel Betty ein kleiner blonder Junge auf. Obwohl am Tag zuvor unzählige Kinder Santa ihren Namen und Weihnachtswunsch verraten hatten, war ihr dieser besonders im Gedächtnis geblieben. Er hatte sich dem Weihnachtsmann als Cailen vorgestellt und ihm voller Stolz selbstbewusst davon berichtet, dass das ein schottischer Name sei und seine Vorfahren zu den Kelten gehört hätten. Betty fand sofort Gefallen an dem schön klingenden Namen und dem aufgeweckten kleinen Jungen. Sie hatte nicht darauf geachtet, ob er gestern bereits allein ins Kaufhaus gekommen war, doch heute schien er ohne Begleitung zu warten.

Sie beugte sich zu Josh hinunter. »Der kleine Cailen kommt heute schon zum zweiten Mal.«

»Wer?«, fragte er mit in Falten gelegter Stirn zurück.

Mit dem Zeigefinger deutete sie auf den vielleicht acht- oder neunjährigen Jungen.

»Keine Ahnung, von wem Sie sprechen, aber offensichtlich habe ich meinen Job dann doch nicht so schlecht gemacht.«

Betty lachte auf. »Ich vermute eher, er wollte dem schlechtesten Santa aller Zeiten aus Güte zur Weihnachtszeit noch mal eine Chance geben.«

Mit zusammengekniffenen Augen bedachte Josh sie mit einem langen Blick, bevor er mit mahlendem Kiefer vorschlug: »Wir können gern tauschen.«

Es fiel ihr schwer, sich von diesen smaragdgrünen Augen zu lösen. Dennoch wandte sie den Blick ab und schüttelte energisch den Kopf. »Ich befürchte, eine Weihnachtsfrau würde die Kinder enttäuschen. Obwohl ich ja seit jeher der Meinung bin, dass sie im Hintergrund die Strippen zieht und Santa lediglich das macht, was sie sagt. Ohne sie würden vermutlich gar keine Geschenke unter den Bäumen liegen.«

»Sie trauen uns Männern wohl nicht viel zu?« Josh war ganz offensichtlich amüsiert über ihre Theorie.

Gelassen zuckte sie mit den Schultern. »Mir ist zumindest noch kein Exemplar untergekommen, dass dazu in der Lage gewesen wäre, mir ein anständiges Weihnachtsgeschenk unter den Baum zu zaubern.«

Seine Augen verdunkelten sich, und seine Stimme klang plötzlich rauer. »Dann haben Sie bisher die falschen Männer gedatet.«

Diese sexy Stimme brachte sie völlig aus dem Konzept, und ihr fiel kein passender Kommentar ein. Und das passierte ihr selten. Mit staubtrockener Kehle schluckte sie schwer und wurde von der schrillen Glocke, die der Mitarbeiter am Anfang der Schlange hin- und herschwang, aus ihren Gedanken gerissen.

Wäre Josh McAllistar nicht so unglaublich unsympathisch gewesen, hätte er sie doch beinahe dazu gebracht, sich so danebenzubenehmen, dass Santa mit der Rute kommen musste. Oder war das der Nikolaus? Sei's drum. Josh löste das dringende Bedürfnis in ihr aus, Santa auszupacken, und das sollte sie schnellstens in den Griff bekommen. Kaum bemerkbar schüttelte sie sich, als das erste Kind bei ihnen angekommen war, und beugte sich freudestrahlend mit einer Zuckerstange in der Hand zu dem kleinen Mädchen.

Als Cailen an der Reihe war und auf sie zukam, schenkte sie ihm ein breites Grinsen. »Unser kleiner Schotte ist zurück.«

Sie beugte sich flüsternd zu Josh hinab. »Das ist Cailen.«

»Was führt dich heute erneut zu mir, mein Junge?«, fragte Josh ihn mit gar nicht mal so schlecht imitierter tiefer Weihnachtsmann-Stimme.

»Ich will meinen Wunsch ändern«, erwiderte der Junge und reckte das kleine Kinn.

Betty kam nicht umhin, eine gewisse Traurigkeit in seiner Miene zu entdecken. Für ein Kind in seinem Alter machte er einen sehr reifen Eindruck, und sie fragte sich, warum ihm die Leichtigkeit fehlte, die die anderen Kinder bei Santa ausstrahlten.

»Soso«, meinte Josh. »Was soll ich dir denn dann bringen?«

Betty musste zugeben, dass auch sie keine Ahnung mehr hatte, was Cailen sich gestern gewünscht hatte. Es waren einfach zu viele Kinder gewesen.

»Ich brauche einen Job.« Die Überzeugung in seiner Stimme war beeindruckend.

Betty und Josh zogen beide die Augenbrauen hoch und blickten ihn fragend an.

»Solltest du nicht eigentlich lieber in der Schule sitzen?«, fragte sie ihn nun. »Sind deine Eltern mit dir hier? Oder wissen sie, dass du im *Maint's* bist?«

»Ich verlasse mich auf dich.« Cailen zwinkerte Santa zu und lief davon.

Betty blickte dem kleinen Jungen sorgenvoll nach. Es war unschwer zu erkennen, dass da etwas nicht stimmte. »Das war komisch, oder?«

Doch Josh zuckte nur mit den Schultern. »So sind Kinder halt.«

»Ach echt?«, gab Betty feindselig zurück. »Schließen Sie das allein aus der Tatsache, dass Sie ein komisches Kind waren?«

»Sie wissen nichts über meine Kindheit. Und wenn, würden Sie sich wundern.«

Gespannt wartete Betty auf die weitergehende Ausführung der Aussage, doch diese blieb aus.

Am heutigen Tag war sie besonders froh, als die Winterwelt am Abend ihre Pforten schloss. Auch wenn Josh trotz Entstellung durch Rauschebart und Fat-Suit immer noch eine nett anzusehende Erscheinung war, ging ihr seine Laune zunehmend auf den Keks. Wie schwer konnte es denn sein, einem Kind wenigstens für eine Millisekunde ein Lächeln zu schenken? Zudem schwitzte sie unter dem Stoff des Kostüms furchtbar und hatte das Gefühl, ihr ganzer Körper wäre bereits von Pusteln übersät. Ungelenk zuckte sie mit allen Körperteilen, in der Hoffnung, dass wenigstens etwas Reibung entstehen würde, um diesen Juckreiz endlich zu stillen. Doch ihre Hoffnung wurde zerschlagen. Sie versuchte, das Kostüm am Nacken zu öffnen, doch es gelang ihr nicht, den Plastikknopf durch das kleine Loch zu schieben.

»Könnten Sie mir mal helfen?«, fragte sie und wandte Josh ihren Rücken zu, während sie bereits ihre Haare mit einer Hand zur Seite hielt.

»Soll ich Sie jetzt hier mitten im Kaufhaus ausziehen?«, fragte er mit genervtem Unterton in der Stimme.

»Könnten Sie bitte einfach den obersten Knopf öffnen, bevor ich mir das Kostüm selbst vom Leib reiße und es nicht nur zerstöre, sondern auch noch oben ohne in Ihrem Kaufhaus stehe?«, gab sie nicht weniger genervt zurück.

Ohne etwas zu erwidern, griff Josh nach der Knopfleiste und schob den giftgrünen Knopf mit Leichtigkeit durch die Öffnung. Dabei kam sein Gesicht ihrem sehr nahe, was ihn dazu veranlasste, ihr mit tiefer Stimme ins Ohr zu raunen: »Auch wenn ich das zugegebenermaßen gern gesehen hätte.«

Nicht nur seine Worte, sondern auch die Vibration seiner tiefen Stimme führten dazu, dass Betty die Lippen fest aufeinanderpresste, während ihr Puls an Fahrt aufnahm. Verdammt, sie durfte sich auf keinen Fall anmerken lassen, welche Wirkung er auf ihren verräterischen Körper hatte. Daraus würde er sich sonst ganz sicher den Spaß seines Lebens machen.

Ein Glück, dass Judys lautes Rufen diesen unangenehmen Moment unterbrach. Betty wandte sich zu den Eingangstüren, und obwohl es eindeutig Judys Stimme gewesen war, musste sie zweimal hinsehen, bevor sie diese unter der Verkleidung endlich erkannte. Und das sagte sie als Weihnachtself. Judy, die sie sonst bislang lediglich in schicken Kostümen mit knielangem Rock und Blazer sowieso gestärkter Bluse gesehen hatte, trug eine unförmige Jogginghose, eine türkisfarbene Blousonjacke, die ihre beste Zeit in den Achtzigern gehabt haben dürfte, einen bunten Schal sowie eine Schiebermütze. Eine überdimensionale schwarze Sonnenbrille komplettierte dieses verstörende Bild. Sie glich einer obdachlosen französischen Aerobictrainerin.

»Mr. McAllistar.« Ihre Stimme wurde lauter, je näher sie der Weihnachtswelt kam. Wild wedelte sie mit ihrem Handy in der Hand herum.

»Was ist denn, Judy?«, brummte der Juniorchef und schien das sonderbare Outfit dabei gar nicht wahrzunehmen.

»Wir haben ein Problem«, berichtete die Sekretärin völlig außer Atem, als sie Santa Claus endlich erreicht hatte.

Besorgt legte Betty ihr eine Hand an den Oberarm. »Geht es Ihnen gut, Judy?«

»Ja, ja«, erwiderte diese noch immer atemlos. »Ich war nur inkognito unterwegs.« Verschwörerisch beugte sie sich zu ihr herüber. »Sie wissen schon.«

Nein, um ehrlich zu sein, wusste Betty nicht, wovon Judy da sprach, nickte aber dennoch zaghaft.

Josh hingegen schien die Geduld zu verlieren. »Judy, worum geht es?«

»Das *Jessy's* ist verrückt geworden!« Laut schnappte sie nach Luft, als wäre sie die drei Blocks zurückgesprintet. »Sie haben nicht nur unseren Santa«, echauffierte sie sich, als hätte das *Maint's* einen Santa-Darsteller zu seinem Leibeigenen gemacht. »Also den vom letzten Jahr.« Sie entsperrte ihr Handy und suchte wohl nach etwas Bestimmtem, während sie berichtete: »Sie haben ein Miniatur-Riesenrad – ein Riesenrad! – in einem Kaufhaus. Aber damit noch nicht genug! Nein! Ein Karussell, eine Wurfbude, einen Schießstand und diese Typen, die die Luftballons so komisch verdrehen. So etwas brauchen wir auch«, schloss sie ihre Berichterstattung ab.

Genervt verdrehte Josh die Augen. »Wir sind ein Kaufhaus, kein verdammter Jahrmarkt.«

»Aber so unrecht hat sie nicht«, ergriff Betty Partei für die hyperventilierende Sekretärin. »So überragend Sie als Santa auch sind«, mit einem lauten Räuspern blickte sie zu Josh, »könnte ein wenig Extra-Action nicht schaden.«

Mit hochgezogenen Brauen sah er sie an. »Will ich ernsthaft wissen, was Sie darunter verstehen?«

Sie grinste ihn kurz an, bevor die ernste Miene auf ihr Gesicht zurückkehrte. »*Jessy's* ist clever, sie halten sich an die Kinder. So sind die Kids beschäftigt und zufrieden. Doch dasselbe Programm können wir nicht anbieten.« Nachdenklich tippte sie sich mit dem Finger ans Kinn. »Essen!«

»Sie wollen jetzt etwas essen?«, fragte Josh ungläubig. »Sie müssten doch pappsatt sein, schließlich futtern Sie den ganzen Tag das Dach vom Lebkuchenhaus.«

Sie schenkte ihm ein deutlich erkennbar falsches Lächeln, bevor sie sich an Judy wendete. »Wir brauchen Essen. Wie auf einem kleinen Weihnachtsmarkt. Ein paar Maronen, gebrannte Mandeln, Zuckerwatte, kandierte Äpfel und natürlich«, sie zwinkerte Josh zu, »endlich Punsch für mich.«

Leise lachte er neben ihr auf, bevor er sich trocken räusperte. »So schön ihre romantisierte, extrem kitschige Weihnachtsmarkt-Fantasie auch ist, wer soll das bezahlen?«

Judy blickte pingpongartig zwischen Betty und Josh hin- und her, die sich mit ihren Blicken zu duellieren schienen. Sichtlich überfordert ergriff sie die Flucht. »Ich hole mal den Seniorchef dazu.«

Kaum war Judy außer Hörweite, schlich sich ein verschmitztes Lächeln auf Bettys Lippen, und etwas Herausforderndes lag in ihrem Blick. »Glauben Sie mir, an meinen Fantasien ist absolut nichts kitschig und schon gar nicht romantisiert.«

Obwohl Josh ihrem Blick standhielt, entging ihr nicht, wie schwer er schlucken musste.

Mit einem überlegenen Grinsen wandte sie sich ab, als Judy bereits wieder mit George McAllistar im Schlepptau zurückkam. »Sehen Sie mal, wen ich unterwegs getroffen habe«, flötete sie in einem um gute Stimmung bemühten Tonfall.

McAllistar senior sah alles andere als glücklich aus. »Judy hat mir bereits erzählt, dass das *Jessy's* zu einem Vergnügungspark umfunktioniert wurde.«

»Genau«, bestätigte Joshs eifrige Sekretärin, »und Ms. Davis hatte die, wie ich finde, ganz hervorragende Idee, Essensstände in Form eines kleinen Weihnachtsmarktes hier im Erdgeschoss aufzustellen.«

Der Seniorchef blickte sich in aller Seelenruhe um.

Währenddessen biss Betty sich auf die Lippe. Sie wusste gar nicht, warum ihr sein Urteil zu der Idee so wichtig war. Doch George McAllistar strömte etwas Autoritäres, aber zeitgleich auch sehr Herzliches aus. In seiner Gegenwart verwandelte Betty sich in einen handzahmen Welpen, der auf sein Leckerli als Belohnung für die tolle Idee wartete. Komisch, so eine Wirkung hatte bislang keiner ihrer Vorgesetzten auf sie gehabt. Als sie bemerkte, dass Josh sie beobachtete, wandte sie sich hastig ab und ignorierte ihren rasenden Puls. So eine Wirkung hatte auch noch kein Boss auf sie gehabt.

»Die Idee gefällt mir«, verkündete George McAllistar nach einer gefühlten Ewigkeit, und erleichtert atmete Betty durch gespitzte Lippen aus. »Judy, könnten Sie sich bitte darum kümmern? Vielleicht kann Ms. Davis Ihnen behilflich sein. Je eher, desto besser.«

Josh schüttelte den Kopf. »Und woher sollen wir das Geld für diesen Spaß nehmen? Es ist in keinem Budget eingeplant.«

Mit einem sanften Lächeln klopfte sein Vater ihm auf die Schulter. »Ich bin sicher, du findest irgendwo noch ein paar Dollar. Und zudem erhoffen wir uns davon ja auch bessere Verkaufszahlen.«

Entnervt schnalzte sein Sohn mit der Zunge. »So funktioniert das nicht. Wo, bitte, soll ich Geld finden? Wir haben akribisch geplante Budgets, und es ist Dezember, kurz vor unserem Jahresabschluss. Ich habe noch genau zwei Töpfe. Den fürs Winterland, und der ist bereits reichlich ausgeschöpft worden für diese Augenkrebs erregende Dekoration, und den für die Weihnachtsfeier der Belegschaft.«

Panisch weiteten sich Judys Augen. »Die Weihnachtsfeier!«

McAllistar senior wandte sich mit fragendem Blick an sie. »Was ist damit?«

»In dem ganzen Weihnachtsmann-Trubel habe ich total vergessen, Ihnen zu sagen, dass das Restaurant storniert hat. Es wurde aufgrund einer Kakerlakenplage vom Gesundheitsamt geschlossen.«

Betty beugte sich zu Josh hinüber. »Lassen Sie mich raten, das Lokal hatten Sie ausgesucht, weil es so schön günstig war, oder?«

Diese Aussagen quittierte er lediglich mit einem genervten Seitenblick.

Betty bewunderte George McAllistars durchgängigen Optimismus. »Na, das ist doch gar nicht so schlecht. Die Belegschaft auf den Ebenen bekommt ja so oder so ihre Weihnachtsfeier. Es ging ja nur um das Essen für die Mitarbeiter oben in den Büros. Dann planen wir eben etwas kostengünstiger für uns und werfen das gesparte Geld in den Topf für unseren Weihnachtsmarkt. Und wenn die Mitarbeiter Essen und Getränke an den Ständen gratis bekommen, ist es vielleicht auch gar nicht so schlimm, dass die Weihnachtsfeier dieses Jahr etwas kleiner ausfällt.«

»Ihr macht mich wahnsinnig. Wie wollt ihr denn jetzt noch eine Weihnachtsfeier für dreißig Mitarbeiter planen?« Josh blickte fassungslos zwischen seinem Vater und Judy hin und her. Diese ging erneut hinter der Dekoration in Deckung.

»Ich könnte das machen. Ich kenne ein paar Leute, und meine beste Freundin hat ein kleines Restaurant Downtown.« Kaum hatten die Worte ihren Mund verlassen, presste Betty die Lippen beinahe schmerzhaft aufeinander. O nein, wo hatte sie sich nun schon wieder hineinmanövriert? Es war Anfang Dezember. Liz' Restaurant war so klein und zum Glück auch so erfolgreich, dass sie bestimmt keinen einzigen Abend bis Weihnachten mehr freihatte.

»Das finde ich großartig«, bestätigte der Seniorchef das Angebot. »Dann wäre alles geklärt, oder, Josh?«

Dieser erwiderte nichts, sondern riss sich den Rauschebart vom Gesicht und ließ sich dramatisch seufzend in den Santa-Claus-Sessel fallen.

Sein Vater wandte sich bereits mit einem Schmunzeln auf den Lippen ab, eher er sich doch noch einmal seinem Sohn zuwandte. »Du wirst Ms. Davis bei der Planung unterstützen.«

»Ich werde was?«, fragte Josh, als hätte er sich verhört.

»Die Zeit drängt, und Judy ist damit beschäftigt, einen

Weihnachtsmarkt zu planen und noch immer einen Weihnachtsmann zu finden, davon willst du sie sicher nicht abhalten, oder?«, fragte sein Vater und wandte sich, dieses Mal mit einem sehr breiten Grinsen im Gesicht, ab.

Betty fühlte Zorn in sich aufsteigen. Nicht nur, dass sie Joshs Launen zunehmend nervten, sie verstand auch nicht, warum es so schlimm für ihn war, gemeinsam mit ihr eine Party zu planen. Eingeschnappt biss sie sich auf die Zunge, schluckte sämtliche zickigen Kommentare, die sie ihm gern an den Kopf geworfen hätte, hinunter und verließ ihren Arbeitsplatz watschelnd in Richtung Mitarbeiterbereich. Diese verdammten Elfenschuhe! Sie machten es einem einfach unmöglich, einen einigermaßen würdevollen Abgang hinzulegen.

Josh folgte ihr nicht, sondern saß noch immer wie ein schmollender Dreijähriger auf seinem Thron, als sie ihm einen letzten Blick zuwarf, bevor sie im dunklen Flur verschwand.

Betty hatte sich direkt nach Feierabend auf den Weg ins Restaurant ihrer besten Freundin gemacht.

»Liz? Liebste Liz?«, flötete sie, als sie die gläserne Tür zum Restaurant aufstieß. Die Hitze, die ihr entgegenschlug, ließ sie sich sofort Mütze, Schal und Mantel vom Leib reißen.

»Den Ton kenne ich. Und den Blick erst recht«, erwiderte ihre beste Freundin alarmiert.

Stöhnend ließ Betty sich auf einen der Barhocker an der hölzernen Theke fallen. »Frag bitte nicht, wie ich da wieder hineingeraten bin, aber ich muss für das *Maint's* die Weihnachtsfeier planen.«

Erschrocken riss Liz die Augen weit auf. »Das sind doch Hunderte von Mitarbeitern.«

»Nein, nein«, wiegelte Betty eilig ab. »Die Feier für die ganzen Verkäufer und Verkäuferinnen steht wohl bereits. Es geht nur um die Mitarbeiter aus den Büros, also McAllistar senior und junior, die Sekretärinnen, Marketing, Einkauf und Finanzen. Das müssten laut Josh um die dreißig Leute sein.«

Liz seufzte erleichtert auf. »Das klingt schon besser, denn ich ahne zu wissen, warum du hier bist. Und ich kann es kaum fassen, dass du mal wieder so ein Glück hast. Ich habe gestern eine Stornierung reinbekommen. Freitag in einer Woche, fünfunddreißig Personen. Der Chef liegt im Krankenhaus und gönnt seinen Mitarbeitern wohl keine Feier ohne ihn.«

»Das gibt's doch nicht«, rief Betty laut, rutschte so hektisch von ihrem Hocker, dass dieser beinahe umgekippt wäre, und rannte auf ihre Freundin hinter der Bar zu.

»Wir könnten Lucas fragen, ob er mit seinem Truck kommt. Dann könnt ihr den Aperitif im Hinterhof trinken, der ist schon schön weihnachtlich dekoriert.«

Mit einem glücklichen Grinsen auf den Lippen löste Betty sich von ihrer Freundin. »Das klingt alles zu genial, um wahr zu sein.« Liz' guter Freund betrieb mehrere Foodtrucks, aber auch Trucks für Cocktails. Das wäre die perfekte Kombination. »Warte mal, hat Lucas noch ein paar Trucks frei? Wir wollen eine Art Weihnachtsmarkt im Kaufhaus machen.«

»Das weiß ich nicht. Frag ihn am besten selbst, ich schicke dir seine Nummer.«

»Die werde ich morgen früh auf jeden Fall gleich Judy weitergeben.«

»Du müsstest mir für kommende Woche nur helfen, das Restaurant zu dekorieren, falls es dir noch nicht weihnachtlich genug ist.«

Betty ließ ihren Blick umherschweifen. »Da geht noch was.«

Liz kicherte. »Warum hatte ich das befürchtet?« Sie wischte das schöne Holz auf der Bar energisch ab und streckte ihr dann eine Speisekarte entgegen. »Willst du was essen? Ich habe fantastische Tagliatelle in Weißweinsoße mit frischen Gambas auf der Wochenkarte.«

Betty lief allein beim Gedanken daran das Wasser im Mund zusammen. Außer Zuckerstangen und Teile des Lebkuchendachs hatte sie heute noch nichts gegessen. »Ist bestellt.«

Während Liz an Molly, die Barkeeperin, übergab und in die Küche huschte, blickte Betty sich im Restaurant um. Es würde perfekt werden. Die großen Glasfronten sorgten trotz des tristen New Yorker Winterwetters für ausreichend Licht im Restaurant. Liz hatte auf Naturmaterialien gesetzt, und der helle Parkettboden sowie die hölzerne Bar verliehen dem großen Raum etwas sehr Gemütliches. Auch die Tische hatten raue, teilweise unebene Holzplatten und wurden umrahmt von Stoffsesseln in Smaragdgrün. Dies wirkte in Kombination mit den goldenen Lampen und der creme-gold gestreiften Tapete an der Wand zwar modern, aber auch sehr warm und einladend. Betty hoffte, dass die Belegschaft sich wohlfühlen würde. Auch wenn sie nicht direkt zu den Büroangestellten gehörte, ging sie davon aus, als Organisatorin auch zur Feier eingeladen zu sein.

Sie hatte sich die unglaublich leckere Pasta schmecken lassen und sich dann auf den Fußmarsch nach Hause gemacht, der doch einige Blocks umfasste. Mit tief in ihrem groben Strickschal vergrabenem Gesicht beschloss sie, einen Abstecher zu *Jessy's* zu machen. Das Kaufhaus dürfte dieselben Öffnungszeiten wie das *Maint's* haben. Betty war froh, dass ihr Elfen-Job bereits zwei Stunden vor Ladenschluss endete.

Mit eingezogenem Kopf näherte sie sich dem modernen Glaskomplex. Es sah nicht schlecht aus, machte aber nicht so viel her wie das alte, charmante Steingemäuer ihres aktuellen Arbeitsplatzes. Große elektronische Anzeigetafeln mit den Billig-Angeboten der Woche säumten den Weg zu den beiden automatischen Schiebetüren. Betty musste leise kichern, da ihr erst jetzt auffiel, dass sie versuchte, sich wie ein Spion so unauffällig wie möglich zu verhalten. Zögernd überlegte sie hineinzuschlendern, hatte zu ihrer eigenen Verwunderung jedoch beinahe ein schlechtes Gewissen den McAllistars und auch Judy gegenüber. Daher beschloss sie weiterzugehen. Den gesamten Heimweg ließen sie die hässlichen, grellen, absolut nicht weihnachtlichen Werbeanzeigen nicht los. Hatte das *Maint's* Plakate in der Stadt? Ihr waren noch keine aufgefallen.

Am nächsten Morgen machte sie sich, völlig entgegen ihrer eigentlichen Natur, eine halbe Stunde früher auf zur Arbeit. Auch wenn sie natürlich wusste, dass sie das eigentlich nichts anging, wollte sie versuchen, in der Marketingabteilung an ein paar Informationen heranzukommen.

Sie kannte den Abteilungsleiter Ryan bisher nur aus Erzählungen, da sie ihn noch nicht persönlich getroffen hatte. Um keinen völlig unseriösen ersten Eindruck zu machen, hatte sie ihr Elfenkostüm in eine Tüte gepackt, um es später anzuziehen.

Ryan saß bereits an seinem Schreibtisch, als sie gegen halb neun das Zimmer mit dem richtigen Namensschild gefunden hatte.

»Tok, tok«, versuchte sie, sich leise bemerkbar zu machen. Ein Mann um die dreißig mit dunkelblonden welligen Haaren und großen dunklen Augen hob den Kopf und blickte sie fragend an. Betty musste zugeben, dass er alles andere als eine unattraktive Erscheinung war und ließ automatisch ihre weißen Zähne blitzen, als sie sich mit einem breiten Lächeln vorstellte.

»Betty Davis.« Sie war eingetreten und streckte Ryan die Hand entgegen.

Dieser erhob sich ebenfalls mit einem Lächeln aus seinem Schreibtischstuhl und begrüßte sie mit einem festen Händedruck. »Ryan Miller. Sind Sie neu hier? Ich würde mich ziemlich sicher daran erinnern, wenn wir uns bereits begegnet wären.«

Perplex über diese offensive Aussage schüttelte sie kaum merkbar den Kopf und besann sich auf ihr eigentliches Anliegen. »Ich arbeite eigentlich als Elf in der Weihnachtswelt im Erdgeschoss.«

Ryans leises Lachen unterbrach sie. »Oh, das stelle ich mir toll vor. Sie kommen sicherlich besser in Weihnachtsstimmung als ich hier oben in meinem tristen Büro.«

Betty nickte energisch. »Das auf jeden Fall. Ich kann ihnen aber gern etwas Deko und eine Zuckerstange bringen.«

»Na, das Angebot nehme ich doch sofort an. Aber ich gehe davon aus, dass Sie mich nicht deswegen besucht haben, oder?«

»Nein, um ehrlich zu sein, nicht. Ich bin gestern am *Jessy's* vorbeigekommen und habe diese unfassbar grellen und hässlichen Anzeigetafeln gesehen, die neben dem Eingang stehen.«

Nachdenklich nickt der Marketingchef. »Ich weiß, welche sie meinen. Mir persönlich gefallen sie auch nicht, aber es scheint bei den Kunden gut anzukommen, wenn man den Gerüchten um die hervorragenden Verkaufszahlen Glauben schenken darf.«

»Ich wollte fragen, ob das *Maint's* auch Plakatwerbung macht. Ich habe extra Ausschau gehalten, aber nichts entdecken können.«

Energisch schüttelte Ryan den Kopf. »Wir haben bis Ende des Jahres noch ein paar Mietverträge laufen, nutzen die Plakatwände aber nicht mehr zu Werbezwecken.«

Betty neigte den Kopf. »Darf ich wissen, warum nicht?«

Verstohlen reckte der Marketingchef den Kopf, um auf den Flur hinaussehen zu können. Als er sichergehen konnte, dass die Luft rein war, erklärte er ihr leise: »Der Juniorchef findet diese Art der Werbung veraltet und zu teuer. Daher wurde ich angewiesen, sämtliche Mietverträge zu kündigen.«

»Aber im Moment bezahlen Sie die Kosten dafür doch sowieso, wieso dann nicht nutzen?«, wollte Betty wissen.

»So eine Kampagne ist teuer. Meine Vorschläge haben unserem Chef allesamt nicht gefallen. Und man braucht gegebenenfalls Fotografen, Designer, eine Druckerei.«

»Dennoch«, widersprach Betty bestimmt. »Man kann sich doch von *Jessy's* nicht einfach so die Butter vom Brot nehmen lassen.«

Ein strahlendes Lächeln von Ryan traf sie. »Da rennen Sie bei mir offene Türen ein. Doch vermutlich hätte auch die beste Anzeigenkampagne aller Zeiten McAllistar junior nicht dazu gebracht, seine Meinung zu ändern.«

Betty kam nicht umhin zu bemerken, dass die Beziehung der beiden Männer angespannt zu sein schien. Sie wollte nicht überheblich erscheinen, doch sie nahm sich fest vor, Josh vom Gegenteil zu überzeugen. Es entsprach nicht ihrem Naturell, so engstirnige Entscheidungen einfach hinzunehmen. Man brauchte sich doch nicht wundern, dass die Menschen lieber zu *Jessy's* gingen, wenn sie überall von Werbeplakaten praktisch dorthin dirigiert wurden.

Ryans Blick richtete sich an ihr vorbei, und seine Körperhaltung änderte sich schlagartig. Als sie seinem Blick zur Tür folgte und sah, dass Josh im Türrahmen stand, fühlte sie sich in ihrer Vermutung bestätigt.

»Guten Morgen, Mr. McAllistar«, begrüßte Ryan seinen Boss steif.

»Guten Morgen, Mr. Miller«, Josh wandte sich ihr zu, »Ms. Davis. Ich unterbreche Ihren netten Plausch nur ungern, aber bald ist Einlass. Sie sollten sich wohl besser in Schale werfen.«

Betty wandte sich wieder Ryan zu und verdrehte dramatisch die Augen.

Dieser verzog den Mund zu einem Grinsen, riss sich dann

aber unter Joshs ernstem Blick sofort wieder zusammen und streckte ihr die Hand entgegen. »Es war sehr nett, Sie kennenzulernen, Ms. Davis, und auf das Angebot mit der Dekoration und der Zuckerstange komme ich gern zurück.«

Mit einem verschmitzten Lächeln schüttelte sie seine Hand. »Tun Sie das ... unbedingt.«

Als sie an Josh vorbei aus dem Zimmer ging, folgte er ihr. »Ihr Arbeitsplatz ist unten.«

»Ja, und meine Arbeitszeit beginnt«, sie zog ihr Handy aus der Hosentasche und warf einen Blick darauf, »in zehn Minuten. Dann werde ich als Elf neben Ihnen stehen. Sie sollten sich vielleicht besser mal beeilen, Sie müssen ja auch noch ein paar Kilo zulegen, bevor Sie in Ihr Kostüm schlüpfen können.«

»Lassen Sie das mal meine Sorge sein. Und ich würde es begrüßen, wenn Sie meine Mitarbeiter nicht von ihrer Arbeit abhalten würden.«

Wütend schnaubte sie lautstark aus. »Das war geschäftlich.«

»So?«, fragte Josh ebenfalls verärgert. »Dass Sie Ryan mit Zuckerstangen und Dekoration versorgen wollen, ist also geschäftlich? Für mich klingt das eher nach billigem Geflirte.«

Betty lachte freudlos auf. »Na, davon verstehen Sie ja was. Ich war lediglich bei Mr. Miller, um herauszufinden, warum wir keine Plakatwerbung machen, da ich gestern von der Werbung von *Jessy's* auf dem Heimweg beinahe erschlagen wurde.«

Sie folgte Josh in den Aufzug, und obwohl er seinen Blick starr nach vorn gerichtet hatte, konnte sie ihn murmeln hören. »Weil Ryan einfach keinen guten Vorschlag hatte.«

Erstaunt blickte sie ihn an. »Also ging es nicht nur um die Kosten?«

Josh lehnte sich mit verschränkten Armen gegen den Spiegel an der Kabinenwand. »Das geht Sie zwar eigentlich alles gar nichts an, aber nein, ich habe es nicht nur aufgrund der Kosten abgelehnt. Wie mein geschwätziger Marketingchef Ihnen vermutlich bereits erzählt hat, laufen die Mietverträge noch bis Ende des Jahres und mit einer guten Kampagne hätte ich die Möglichkeit auch noch genutzt. Aber seine Ideen waren nicht gut. Klischeehaft und langweilig. Dafür gebe ich kein Geld aus.«

»Hm«, entgegnete Betty nachdenklich und blickte stoisch auf die blinkende Anzeige.

»Warum habe ich das Gefühl, dass Sie schon wieder etwas aushecken?«, fragte Josh mit warnendem Unterton in der Stimme.

»Wie bitte?«, fragte sie, da sie tatsächlich nicht mitbekommen hatte, was er zu ihr gesagt hatte.

»Ich habe Sie gefragt, was Sie in Ihrem hübschen Köpfchen nun schon wieder aushecken.«

Irritiert schossen ihre Augenbrauen in die Höhe. War das eben etwa ein Kompliment gewesen? »Ping« – das Geräusch des Aufzugs, als sich die Türen öffneten, riss sie aus ihren Gedanken.

Völlig perplex folgte sie Josh, der strammen Schrittes in Richtung der Umkleiden lief.

Hastig zog sie sich ihr Elfenkostüm an und versuchte, die Tatsache, dass Josh sie als hübsch bezeichnet hatte, zu verdrängen.

Kapitel 3

Es war bereits ihre zweite Woche als Elf, und Betty konnte nicht gerade behaupten, dass sich Santas Performance bemerkenswert gesteigert hätte. Was heute jedoch wesentlich mehr ihre Aufmerksamkeit auf sich zog, war der goldene Glitzer an Joshs Hals.

Kaum hatte die Weihnachtswelt ihre Pforte für die Mittagspause geschlossen, rieb sie ihm mit spitzen Fingern energisch über die Haut. »Sie glitzern.«

Verwundert legte er die Hand an die Stelle, die durch ihre nicht gerade zärtliche Berührung bereits gerötet war. Danach blickte er auf seine Fingerspitzen, auf denen jedoch keine goldenen Glitzerpartikel zu sehen waren. »Wo denn?«

»Da.« Sie zeigte auf die Stelle. »Unter dem Ohr.«

»Vermutlich ein Überbleibsel«, mutmaßte er unbeeindruckt.

Erstaunt riss Betty den Mund auf. »Sagen Sie bloß, Sie dekorieren doch für Weihnachten!«

»O bitte, das ist noch von dem Weihnachtsengel von der Party gestern.«

Sie zog die Stirn in Falten. »Erleuchten Sie mich.«

Josh stöhnte leise auf. »Ich war gestern auf einer Weihnachtsparty eines Geschäftspartners. Niedliche Engel in knappen Outfits und viel Glitzer auf der nackten Haut.«

»Ah, ich verstehe, und sie mussten sich natürlich einen mit nach Hause nehmen.«

Ein verschmitztes Grinsen schlich sich auf sein Gesicht.

»Klar, ich bin doch Santa. Sie wollten doch, dass ich in Weihnachtsstimmung komme.«

»O ja, das war meine Idee. Nicht, dass sie Plätzchen backen oder Geschenke shoppen gehen – nein, dass sie sich von einem versauten Engel in eine Ganzkörperschicht Glitzer hüllen lassen.«

»Neidisch auf den Engel?«

»Absolut«, entgegnete sie mit vor Sarkasmus triefender Stimme. »Welche Frau träumt nicht davon, von einem Neandertaler, der sich am nächsten Morgen nicht einmal mehr an den Namen erinnern kann, in seine Höhle geschleppt zu werden.«

Joshs Mundwinkel zuckten. »Seien Sie sicher, an Ihren Namen würde ich mich erinnern.«

Ein Schauer kroch ihren Rücken hinauf, aber keiner der unangenehmen Sorte. Eher einer, der einem im Schlafzimmer ein leises Stöhnen entlocken würde. Doch natürlich wollte sie sich das nicht anmerken lassen. »Gehen Sie sich lieber waschen, Engelchen.«

»Ms. Davis, es geht gleich weiter«, rief Josh ihr eine Stunde später mit mahnendem Unterton in der Stimme über das Dach des Lebkuchenhauses zu.

»Moment«, erwiderte sie und deutete ihrem Gesprächspartner an, sie zu begleiten.

Als sie bei Josh angekommen waren, stellte sie die beiden einander vor. »Mr. McAllistar, das ist Ihr Stammkunde Walther. Er kauft seit mehr als vierzig Jahren zu jedem Weihnachten ein hübsches Nachthemd in Ihrem Kaufhaus als Geschenk für seine Frau. Ist das nicht großartig?«

Solche Dinge lösten Euphorie in ihr aus. Sie wollte auch einen Ehemann haben, der ihr nach beinahe einem halben Jahrhundert Ehe noch Nachthemden zu Weihnachten schenkte.

Höflich reichte Josh dem alten Herrn die Hand. »Freut mich, Walther, und vielen Dank für die jahrelange Treue.«

Betty kam nicht umhin zu glauben, dass das Joshs Standardtext war, wenn er auf Stammkunden traf. Es klang nämlich nicht nur sehr unpersönlich, sondern auch emotionslos abgespult.

»Wäre es nicht angebracht, Walther nach so vielen Jahren mal ein Nachthemd auszugeben?«, fragte sie euphorisch, mit breitem Lächeln im Gesicht.

»Ausgeben? Sie meinen ... umsonst?«, fragte Josh so schockiert, als würde sie von ihm verlangen, dass er die Nachthemden für Walther selbst anprobierte und ihm vorführte.

»Ja, man hat ja nicht alle Tage so einen treuen Kunden, oder?«, forderte sie ihr Glück weiter heraus, da sie längst erkannt hatte, dass ihr Boss von der Idee alles andere als begeistert war.

Doch natürlich blieb ihm nun kaum etwas anderes übrig, als gesichtswahrend zuzustimmen. »Natürlich, Ms. Davis, begleiten Sie Walther bitte an die Kasse hier im Erdgeschoss und lassen ihm in meinem Namen einen Gutschein im Wert des von ihm ausgesuchten Nachthemds ausstellen. Sollten Fragen aufkommen, bin ich mobil erreichbar. Seien Sie nur bitte schnell zurück, da Ihre Pause gleich vorbei ist.«

»Natürlich, Boss«, erwiderte sie und griff Walther am Arm, um ihn sanft mit sich aus der Schusslinie zu ziehen, denn Joshs Blick sprach bereits Bände, und sie war gespannt auf die Standpauke, die sie nach ihrer Rückkehr erwarten würde.

»Ist das freundlich«, schwärmte Walther. »Deswegen kaufe ich nur im *Maint's* ein. Seit so vielen Jahren. Was ist das für ein schöner Tag heute.«

Betty war sehr gerührt über die ehrliche Freude des Mannes, und nicht einmal Josh konnte ihr das nehmen.

Tatsächlich polterte Josh sofort los, als er sie kurze Zeit darauf erspähte. »Was fällt Ihnen ein? Sie können mich doch nicht in eine so unangenehme Lage bringen. Wie kommen Sie auf die Idee, unsere Ware zu verschenken?«

»Jetzt beruhigen Sie sich doch mal«, erwiderte sie gelassen. »Wir reden hier von über vierzig Jahren. Rechnen Sie mal aus, wie viel Gewinn Sie mit Walther gemacht haben. Und außerdem müssten Sie nachhaltig davon beeindruckt sein, dass man sich so lange an den Namen seiner Frau erinnern kann«, foppte sie ihn mit zuckenden Mundwinkeln. »Aber bitte, bevor es Sie in den Ruin treibt, ziehen Sie mir die Kosten für das Nachthemd vom Gehalt ab.«

Es schien, als hätte sie ihm damit sämtlichen Wind aus den Segeln genommen. »Das würden Sie auch noch wirklich tun, oder?«

Sie zuckte mit den Schultern. »Natürlich, haben Sie gesehen, wie sehr sich der alte Walther darüber gefreut hat?«

»Behalten Sie Ihr Geld«, sagte Josh nun wesentlich ruhiger. »Aber bringen Sie mich nicht noch einmal in eine solche Situation.«

»Ist ja gut«, erwiderte sie unter einem Schnauben, ehe sie ihm den Rücken zuwandte.

»Und ich kann mich sehr wohl an die Namen meiner Dates erinnern, das war damals nur so dahingesagt«, brummte er hinter ihr.

Ein Grinsen huschte über ihr Gesicht, da es ihm offensichtlich wichtig gewesen war, das klarzustellen.

Energisch prustete sie sich eine Strähne aus der verschwitzten Stirn, als das Winter Wonderland am nächsten Tag zur Mittagspause für die kommende Stunde seine Pforten schloss. Auch wenn das *Jessy's* eine große Konkurrenz war, war der Andrang im *Maint's* immer noch stark genug. Noch bevor Santa und sie ihren Posten verlassen konnten, standen bereits Mr. McAllistar senior und Judy neben ihnen.

»Konnten Sie bereits mit Ihrer Freundin sprechen wegen unserer Weihnachtsfeier?«, fragte diese nervös, als ginge es um den Veranstaltungsort der diesjährigen Oscar-Verleihung.

»Ja, aber ich hatte doch bereits Bescheid gegeben, dass Liz für nächste Woche Freitag eine Stornierung hatte und wir den Abend bekommen könnten«, erklärte sie beinahe stolz, so schnell für Ersatz gesorgt zu haben.

»Ach, stimmt ja«, meinte Judy. »Vergessen, entschuldigen Sie ...«

»Großartig, wir danken Ihnen«, lobte George McAllistar.

Betty tippelte in ihren Elfenschuhen immer weiter zurück, in der Hoffnung, aus dem Gespräch entlassen zu werden, da ihr Polyesterkostüm wieder einmal unangenehm auf ihrer glühenden Haut kratzte. Ihre Hoffnung wurde jedoch zerschlagen, da sich nun auch noch Ryan zu ihnen gesellte.

»Hallo zusammen, ich wollte nicht stören.«

»Alles gut, Ryan«, entgegnete George McAllistar freundlich. »Ms. Davis hat unsere Weihnachtsfeier gerettet.«

Anerkennend nickte der Marketingchef. »Haben Elfen magische Kräfte?«

»Oh, glauben Sie mir, hätte ich die, wäre ich im Moment auf einer Südseeinsel.« Sie lachte laut auf, stockte aber sofort und räusperte sich trocken, als sie bemerkte, dass sie gerade ihren Chefs gegenüberstand.

Denken, Betty, denken, bevor man redet!

Doch zu ihrer Beruhigung begann Joshs Vater, schallend zu lachen. »Ich mag Ihren Humor, und eine Südseeinsel klingt wirklich großartig.«

Erleichtert atmete sie aus und erwiderte sein Lächeln zurückhaltend.

»Ms. Davis und ich hatten heute Morgen bereits einen interessanten Austausch bezüglich unserer leeren Plakatwände«, plauderte Ryan aus.

Josh gab sich keine Mühe, seine Genervtheit zu unterdrücken, und atmete gepresst aus. Sein Vater warf ihm einen seltsamen Blick zu, der Betty vermuten ließ, dass McAllistar senior wusste, warum das Kaufhaus keine Werbung mehr auf den leeren Flächen angebracht hatte.

Wieder einmal platzte es, ohne darüber nachzudenken, aus ihr heraus. »Ich habe mir ein paar Gedanken dazu gemacht und überlegt, was das *Maint's* vom *Jessy's* abhebt.«

Gebannt hingen McAllistar senior, Judy und auch Ryan an ihren Lippen, während Josh ungeduldig von einem Bein auf das andere wippte und sich ganz offensichtlich nach seiner Mittagspause sehnte.

»Was ist das?«, fragte Judy nun, die die Spannung nicht mehr auszuhalten schien.

Verlegen zuckte Betty mit den Schultern. »Tradition.«

Zustimmend nickten alle in der Runde außer Josh, der sie mit einem für sie undefinierbaren Gesichtsausdruck musterte.

»Es gibt ein Archiv im Keller«, berichtete George McAllistar. »In Hunderten von Kisten haben wir dort alles aufbewahrt, was mit dem Kaufhaus zu tun hat.«

»Oh, das würde ich ja zu gern mal sehen«, schwärmte sie.

»Josh, sei so gut und zeig es Ms. Davis doch«, bat er seinen Sohn, der ihn daraufhin so entgeistert ansah, als hätte man ihn gebeten, zukünftig den Santa, nackt mit Judy als Engel auf dem Schoß, zu mimen.

Seine Augen verengten sich zu schmalen Schlitzen, und Betty erwartete, dass jeden Moment Dampf aus seinen Ohren kommen würde. »Ich habe jetzt Pause. Schlimm genug, dass ich den ganzen Tag Weihnachtsmann spielen muss, während sich die Arbeit auf meinem Schreibtisch türmt, aber ich bin ganz sicher nicht auch noch für die Betreuung unserer Aushilfen zuständig.«

Getroffen von seinen schroffen Worten winkte sie hastig ab. »Wir haben sowieso nur noch ein paar Minuten, bis die nächsten Kinder kommen. Vielleicht ein anderes Mal.« Tapfer rang sie sich ein Lächeln ab. Doch auch, wenn sie nicht genau sagen konnte, warum, traf sie Joshs Ablehnung zunehmend.

»Ich könnte Ms. Davis das Archiv zeigen«, sprang Ryan hilfsbereit ein.

Doch noch bevor sie etwas erwidern konnte, grätschte

Josh dazwischen. »Wir gehen nach Ihrem Feierabend hinunter.«

Verwundert über seinen plötzlichen Sinneswandel stimmte sie lediglich mit einem leisen »Okay« zu und schenkte Ryan ein entschuldigendes Lächeln.

Als das letzte Kind in der Schlange verabschiedet und das Zuckerstangen-Glas leer war, sah sie freudig ihrem Ausflug in das Archiv entgegen, auch wenn ihr selbst noch nicht so recht klar war, was sie dort eigentlich suchte. Aber es konnte doch für ein Traditionshaus wie das *Maint's* nicht so schwer sein, eine Werbekampagne zu Weihnachten zu entwerfen. Immerhin hatte sie in ein paar Marketingagenturen gearbeitet – nie lange –, aber die Summe machte es schließlich.

»Wollen wir?«, fragte sie Josh aufgeregt.

Mit hochgezogenen Brauen blickte er sie an.

Ernüchtert musste sie feststellen, dass er es vergessen zu haben schien. »Das Archiv?«, erinnerte sie ihn mit belegter Stimme. Sie war es nicht gewohnt, dass jemand so abweisend auf sie reagierte, doch sie wollte sich davon in ihrem Vorhaben nicht beirren lassen.

Er nickte langsam, während er gepresst ausatmete. Doch er sah nicht etwa genervt aus, als er den falschen weißen Bart von seinem Gesicht zog, sondern einfach nur sehr erschöpft. Betty wurde erst jetzt so richtig bewusst, dass er jedes Mal, wenn sie nach getaner Elfen-Arbeit nach Hause ging, neun Stockwerke hinauffuhr und dort erst mit seiner eigentlichen Arbeit begann. Sein Vater musste sich viel von seinem Plan versprechen, wenn er seinem Sohn das zumutete. Es musste anstrengend und ermüdend für Josh sein, daher schlug sie einen versöhnlicheren Ton an. »Ich kann es verstehen, wenn Sie dazu heute Abend keine Lust mehr haben. Vielleicht können Judy oder Mr. Miller es mir morgen zeigen.«

Doch zu ihrer Überraschung bestand Josh darauf. »Nein,

nein, das dauert ja nicht lange. Ich will mich nur vorher kurz umziehen.«

»Gute Idee«, pflichtete sie ihm bei und verschwand ebenfalls in einer der Umkleiden.

Fünf Minuten später stand sie in Jeans und Pullover im Flur und wartete auf Josh. Ihre Augen weiteten sich, als er in einer hellen Jeans und einem dunkelblauen Pullover aus dem Zimmer nebenan kam. So leger gekleidet hatte sie ihn noch nie gesehen. In ihrer Gegenwart hatte er bislang immer nur dunkle Zweireiher getragen, aber nie Freizeitkleidung.

»Kommen Sie mit«, forderte er sie freundlich, aber auch mit erkennbar müdem Unterton in der Stimme auf.

Der Aufzug brachte sie ins Untergeschoss. Verwirrt blickte Betty sich in den vielen abgehenden Gängen um. Mit tausendprozentiger Sicherheit würde sie sich ohne Begleitung hier verlaufen.

Doch Josh steuerte zielsicher den fünften Raum im links abzweigenden Flur an und öffnete die Tür mit seinem Mitarbeiterausweis. Er stieß diese energisch auf, drückte den Lichtschalter und ließ sie dann zuerst eintreten. »Ich weiß zwar nicht so ganz, was Sie sich davon versprechen, aber bitte – toben Sie sich aus!«

Bettys Lippen formten ein stummes *Wow!*, während sie sich mit großen Augen umblickte. Unzählige Kisten waren aufeinandergestapelt und mit dem entsprechenden Jahr beschriftet worden. Zudem waren sie sogar chronologisch sortiert. Obwohl sie zunächst den Eindruck gehabt hatte, er würde sofort wieder das Weite suchen, folgte Josh ihr in den Kellerraum und blickte sich stumm um.

»Beeindruckende Geschichte«, murmelte sie.

»Das können Sie wohl sagen, ich bin die fünfte Generation der McAllistars im *Maint's*.«

Sie warf ihm einen Blick aus dem Augenwinkel zu.

»Ziemlich viel Druck, selbst für so breite Schultern wie Ihre.«

Joshs zuckende Mundwinkel war eindeutig zu erkennen.

Begeistert griff sie nach einer Kiste, auf der *1928* stand. Alle Unterlagen waren in Plastikbeutel verpackt, vermutlich damit ihnen die Luftfeuchtigkeit nichts anhaben konnte. Mit hochgezogenen Brauen sah sie Josh an und hielt einen der durchsichtigen Beutel in die Höhe. »Darf ich?«

»Nur zu, seien Sie halt vorsichtig«, gab er zurück, während er noch immer etwas fehl am Platz wirkte.

In der Hülle obenauf lag eine Fotografie. Sie war schwarz-weiß, und Betty erkannte das große Schaufenster auf der Westseite des Gebäudes. Es war liebevoll dekoriert worden. Neben unzähligen Teddybären parkten Blechautos. Ein großes Puppenhaus thronte in der Mitte, und Betty wollte gar nicht wissen, wie unerschwinglich die fünfzehn Dollar, die auf dem Preisschild davor standen, für die meisten Familien zu der Zeit damals gewesen waren. Eine hölzerne Dampflok stand auf Schienen und wartete sehnsüchtig darauf, über die Gleise geschoben zu werden. Verträumt betrachtete sie das Foto. Das *Maint's* war vermutlich schon damals das Paradies auf Erden für Kinder gewesen.

Sie legte die Tüte behutsam zurück in den Karton und verschloss diesen. Ihr nächster Griff galt der Kiste mit der Jahreszahl 1946. Sie wusste natürlich, dass das kurz nach dem Zweiten Weltkrieg gewesen war. Umso erstaunter war sie, als sie auch darin ein Bild des Schaufensters zur Weihnachtszeit entdecken konnte. Die Fotoabzüge waren beide auf der Rückseite mit *R. McAllistar* signiert. Aufgeregt öffnete sie die Kiste des Jahres 1955 und fand auch darin eine Aufnahme des Schaufensters auf der Westseite.

»Josh«, rief sie aufgeregt, da es das erste Farbfoto war, das sie davon in den Händen hielt.

»Sie meinen wohl Mr. McAllistar.«

»Josh«, rief sie nun mit mehr Nachdruck, als sie einen weiteren Karton nach einem Schaufensterfoto durchwühlte.

»Mr. McAllistar.«

»Josh! Sieh doch mal.«

»Sie haben es nicht so mit Autoritäten, oder?«

Nun hob sie den Kopf und schenkte ihm ein verschmitztes Grinsen. »Ich glaube, Santa Claus und seine Elfen haben für gewöhnlich keinen so förmlichen Umgang. Du darfst mich auch Betty nennen«, gestand sie ihm mit einem Zwinkern zu.

»Meinetwegen«, gab er unter einem leisen Brummen zurück.

»Mr. McAllistar«, ertönte eine tiefe Stimme plötzlich in der Tür.

Betty erkannte den Mann als einen Mitarbeiter der Security. Mike müsste sein Name sein.

»Was machen Sie denn hier unten?«, fragte dieser mit verdutztem Blick, ehe sich seine Augen weiteten. »Wurden Sie entführt?«

Mit einer ordentlichen Portion Skepsis im Blick, aufgrund dieser kruden Vermutung, sah Josh ihn an, während Betty die Augen verdrehte. Mit dem Daumen deutete sie auf ihren Chef. »Als hätte ich die Kraft, dieses Muskelpaket zu entführen.«

Erleichtert lachte der Wachmann auf, da er vermutlich nicht einmal in der Lage gewesen wäre, seinen Juniorboss aus den Fängen einer zierlichen Ein-Meter-fünfundsechzig-Frau zu befreien.

Betty erwiderte sein Lächeln. »Den müsste ich schon anders hier runterlocken.«

Und da war es wieder. Dieses leise raue Lachen von Josh, das dafür sorgte, dass sich umgehend all die Härchen in ihrem Nacken aufstellten und ihre Knie weich wurden. Er kam näher an sie heran, während der Security-Mitarbeiter sich einen Moment seinem lautstark rauschenden Funkgerät widmete.

»Womit denn?«, fragte er mit tiefer Stimme und dunklem Blick.

Doch anstelle einer Antwort zuckte sie nur mit den Schultern und stöckelte zum Regal zu ihrer Rechten. Natürlich hatte sie auf einen ausgeprägten Hüftschwung geachtet, und das erneute leise Lachen von Josh verriet ihr, worauf seine Augen währenddessen geruht hatte.

Betty holte tief Luft und versuchte mit aller Kraft, das Zittern ihrer Hände zu unterdrücken, während sie nach einer Kiste im Regal griff.

»Da bin ich ja beruhigt«, ließ Mike verlauten, und sie war beinahe erleichtert darüber, dass er die Spannung zwischen Josh und ihr ruiniert hatte.

»Moment, ich komme mit Ihnen nach oben«, informierte Josh den Wachmann und setzte sich in Bewegung.

Prompt wich ihre Erleichterung einem Gefühl der Enttäuschung. Doch es wäre lächerlich gewesen zu denken, dass Josh sich hier unten mit ihr durch zig Kartons wühlen würde.

Eine Stunde später schreckte sie unter einem spitzen Schrei hoch, als erneut plötzlich eine Stimme hinter ihr ertönte. Sie wirbelte herum und blickte in Joshs weit aufgerissene Augen.

»Sorry, ich wollte dich nicht erschrecken. Ich dachte nur, ich sehe mal nach dir, nicht, dass du von einem Karton erschlagen wurdest.«

Seine Fürsorge schmeichelte ihr.

Bis zu dem Moment, als er hinzufügte: »So was sieht die Versicherung nicht gern.«

Mit verdrehten Augen schüttelte sie den Kopf, ehe ihr einfiel, dass sie ihm ja etwas hatte zeigen wollen.

Lachend öffnete Betty eine Kiste mit recht angestaubter Weihnachtsdekoration, über die sie gestolpert war. »Sieh mal, das *Maint's* mochte es mal sehr grell.« Sie zog eine Lamettagirlande nach der anderen heraus.

Josh kam zu ihr herübergeschlendert. »An die Zeit meine ich mich sogar erinnern zu können. Frag mich nicht mehr, in welchem Jahr das war, aber ich habe ein Bild vor Augen, wie jedes einzelne Geländer, jede Brüstung der Galerie mit roten und grünen Lamettagirlanden umwickelt war.«

»Wer's mag«, entgegnete sie kichernd. »Meins ist es nicht, aber«, sie griff nach einem grellgrünen Exemplar und legte es Josh um den Hals, »dir steht es. Vielleicht kommst du in Weihnachtsstimmung, wenn du die als Accessoire trägst. Passt auch zu den grünen Augen.«

»Die gefallen dir, oder?«

Betty blickte ihn ob der tiefen und rauen Stimmlage, mit der er die Frage gestellt hatte, verlegen an.

»Zumindest schaust du ziemlich oft hin.«

Wie so häufig schlossen sich ihre Synapsen kurz, und sie plapperte los, bevor ihr Kopf überhaupt etwas Sinnvolles als Antwort vorgegeben hatte. »Ja, schon, aber die Muskeln noch mehr.« Sie zuckte zusammen, als sie Joshs in Falten gelegte Stirn bemerkte.

Was war nur in sie gefahren? Nur weil dieser muskulöse Oberkörper wirklich schlecht unter dem engen Pullover verborgen wurde, hatte sie ihn doch nicht gleich lobpreisen müssen.

Joshs Verwunderung schien sich gelegt zu haben, denn er lachte laut auf. »Wenigstens bist du ehrlich, das muss man dir lassen.«

Sie versuchte, ihren Fauxpas zu überspielen und ihn abzulenken. »Welche Augenfarbe habe ich?«, fragte sie und kniff beinahe schmerzhaft die Lider zusammen.

»Das ist einfach.« Seine Stimme klang tatsächlich gelassen. »Blau. Aber kein Eisblau, eher so ein tiefes Ozeanblau. Sehr schön, aber nicht so leicht zu ergründen.«

Als sie ihre Augen wieder öffnete, blickte sie ihn nervös an. Ihre Hände waren schweißnass, und ihr Magen spielte verrückt. Auch wenn sie es nicht greifen, nicht beschreiben konnte, lag eindeutig etwas in der Luft.

Noch immer war Joshs Blick fest in ihrem verankert, er

riss diesen lediglich für Sekunden los, um zu ihren Lippen und dann umgehend zurück zu ihren Augen zu wandern.

Sie tat es ihm gleich und betrachtete aufgeregt seine perfekt geschwungenen Lippen.

Die Luft zwischen ihnen knisterte förmlich, bis Josh sich kaum merkbar schüttelte, die Schultern durchdrückte und verkündete: »Wenn du allein klarkommst, würde ich wieder hoch ins Büro gehen.«

Überfordert von seinem plötzlichen Sinneswandel nickte sie lediglich. Im nächsten Moment war er auch schon aus der Tür.

Euphorisch suchte Betty in jeder einzelnen Kiste nach einem Schaufensterfoto zur Weihnachtszeit und konnte ihr Glück kaum fassen, als sie tatsächlich unzählige davon fand. Nachdenklich betrachtete sie die auf dem Boden vor ihr ausgelegten Fotografien. Klar! Aufgeregt hüpfte sie auf und ab. Das würde phänomenal auf einer riesigen Plakatwand aussehen. Hastig sammelte sie die Fotos ein, stapelte die Kisten zurück aufeinander und ging damit zum Aufzug.

Ungeduldig drückte sie mehrmals auf die Ziffer Neun. Ihre Hoffnung wurde tatsächlich nicht enttäuscht, und sowohl in Joshs Büro als auch in dem seines Vaters brannte noch Licht. Zielsicher steuerte sie Joshs Tür an und klopfte aufgeregt an. »Hast du eine Minute?«

Doch er hob nicht einmal den Blick. »Gerade ist es schlecht.«

Ein unangenehmes Gefühl machte sich in ihrem Brustkorb breit, das über normale Enttäuschung hinausging. Sie verstand nicht, warum er sie nach dem unerwarteten Funkenflug im Keller nun so unfreundlich behandelte.

»Ich glaube nur, dass ich eine wirklich coole Idee ...«

»Betty, bitte«, unterbrach er sie schroff, den Blick noch immer stoisch auf die Papiere vor sich gerichtet. »Ich habe keine Zeit, schließlich will ich heute auch irgendwann mal noch Feierabend machen.«

Geknickt trat sie den Rückzug an. »Sorry für die Störung.«

Als sie den Flur entlanglief, fiel ihr Blick auf das Namensschild von Ryan, und ihre Laune besserte sich ein klein wenig. Dann würde sie eben diesem ihre Idee morgen präsentieren. Er würde ihr bestimmt zuhören.

Zu Ihrer Überraschung musste sie den Weg zu dem Marketingchef am nächsten Morgen gar nicht erst antreten, denn dieser war im Erdgeschoss, als sie mit ihrem Elfenkostüm aus der Mitarbeiterumkleide kam.

»Guten Morgen«, begrüßte er sie fröhlich und streckte ihr einen Becher entgegen.

Fragend sah sie ihn an, bevor sie seine Begrüßung erwiderte.

»Der erste Foodtruck steht, und ich konnte an dem Duft einfach nicht vorbeigehen, und da dachte ich mir, bringe ich dir doch gleich mal eine Christmas-Latte mit«, erklärte er ihr beinahe schüchtern.

Betty musste ein Kichern unterdrücken, konnte sie über solche Wortwitze leider viel zu laut lachen. Wenn sie sich für eine Weihnachts-Latte hätte entscheiden müssen, wäre Ryan aber nicht auf dem ersten Platz gelandet. Um ihre Gedanken an Josh abzuschütteln, blickte sie sich um und entdeckte den ersten Truck, der wunderschön weihnachtlich geschmückt war. Sie liebte ihren Arbeitsplatz sowieso schon sehr, auch wenn es anstrengend war, doch die Kulisse und die kulinarische Versorgung machten ihn nun noch einmal um einiges besser. Ein zweiter Wagen wurde eben durch die weit geöffneten Eingangstüren gelotst und sie konnte bereits das daran befestigte Schild erkennen, das ihr neben Maronen auch kandierte Äpfel und gebrannte Mandeln versprach. Das würde eine herrliche Zeit bis Weihnachten werden.

»Da scheint sich jemand zu freuen?«, zog Ryan sich scherzhaft auf.

»O ja, ich werde an Heiligabend, wenn mein Job hier getan ist, bestimmt aus dem Kaufhaus rausgerollt werden müssen.«

»Weil du das Zuckerstangen-Glas jeden Morgen gegen elf schon leer gefuttert hast?«, ertönte plötzlich eine tiefe Stimme hinter ihr, die ihr unweigerlich einen Schauer den Rücken hinaufkriechen ließ.

Sie spannte ihren Körper an und schüttelte den Kopf. »Nein, wir reden von den Foodtrucks dort drüben.«

»Ich bin mir aber ganz sicher, dass das Szenario völlig ausgeschlossen ist, Ms. Davis«, brachte Ryan sich wieder in das Gespräch ein. Sein sehr offensichtliches Kompliment war begleitet von einem strahlenden Lächeln.

Josh hob lediglich eine Braue und richtete sein Blick dann in Richtung des neuen kulinarischen Angebots im Kaufhaus. »Das ist jetzt auch nicht weniger Jahrmarkt als Kinderkarussell und Dosenwerfen«, grummelte er.

Betty war genervt von ihrem Grinch-Boss. »Wir können die ganze Weihnachtskundschaft auch dem *Jessy's* überlassen. Dann müsstest du auch deinen unliebsamen Job als Santa nicht mehr machen.«

Obwohl er sie mit einem langen Blick bedachte, entgegnete er nichts, sondern verschwand wortlos aus der Weihnachtswelt. Vermutlich um sich in Schale zu werfen, da es nur noch rund fünfzehn Minuten bis zur Öffnung des Kaufhauses waren.

»Mr. Miller«, begann sie, an den Marketingchef gewandt.

»Nenne mich bitte Ryan«, unterbrach dieser sie freundlich.

»Alles klar. Betty.« Aufgeregt lächelte sie ihn an. »Ich war gestern Abend noch eine ganze Weile im Archiv und habe unzählige Fotos des Schaufensters dort drüben aus beinahe jedem Jahr des vergangenen Jahrhunderts gefunden.« Sie zeigte mit der Hand in Richtung des Westflügels. »Würden die nicht ganz wundervoll als Collage auf einem riesigen Plakat aussehen?«

Doch entgegen ihrer Erwartung prustete Ryan leise Luft aus. »Ich weiß nicht, ob das etwas ist, was die Kunden anlockt. Etwas angestaubt vielleicht, oder?«

Angestrengt verbarg sie ihre Enttäuschung, denn sie hatte sehr gehofft, in ihm einen Befürworter ihrer Idee zu finden.

Verunsichert wandte Betty sich einen Moment ab und sah das Dreiergespann aus George McAllistar, Judy und Josh auf sie zusteuern. Traurig biss sie sich auf die Unterlippe und zuckte zusammen, als sie bemerkte, dass Santas Blick starr auf ihren Mund gerichtet war.

»Guten Morgen«, begrüßte Joshs Vater sie überschwänglich. Er war offenbar der Inbegriff eines Morgenmenschen. »Ms. Davis, was für eine tolle Idee mit den Essensständen, das sieht jetzt schon einladend aus, und es riecht einfach so gut. Dabei wollte ich doch diese Weihnachtssaison wirklich auf meine Linie achten.«

Judy kicherte nervös und warf ihm den Blick eines schüchternen Teenagers zu.

Betty musste schmunzeln. Spürte sie da eindeutige Schwingungen zwischen den beiden?

»Freut mich sehr, dass es Ihnen gefällt. Ich hatte Ryan eben auch schon eine Idee ...«

»Da zieht man sich fünf Minuten lang um, und wir sind schon bei Ryan«, brummte Josh neben ihr, was ihm einen irritierten Blick von ihr einbrachte. Bevor sie ihre Gedanken sortiert hatte, um fortzufahren, hatte besagter Marketingchef jedoch schon das Wort ergriffen.

»Ich habe Betty bereits gesagt, dass ich mir nicht so ganz sicher bin mit dem Vorschlag.«

Erneut murmelte Josh leise hinter ihr. »Dann sollten wir ihn uns erst recht anhören.«

Ach, nun wollte der Herr ihr zuhören.

»Wenn Sie noch mehr so tolle Ideen haben, Ms. Davis, bin ich ganz Ohr«, erklärte der Seniorchef ermutigend.

»Ich habe gestern Abend die vielen Kisten im Archiv durchgesehen und bin auf unzählige Schaufensterfotos zur Weihnachtszeit gestoßen. Nachdem ich sie alle nebeneinander auf dem Boden ausgebreitet hatte, kam mir die Idee, daraus eine Collage für die Plakatwände zu machen. Das sähe bestimmt sehr schön aus.« Ihr Herz pochte schnell, als sie in die Gesichter der vier blickte.

Nachdenklich nickte George McAllistar. »Nicht schlecht. Das gefällt mir – sehr traditionsträchtig. Da hätten wir eben genau dieses Alleinstellungsmerkmal aufgegriffen, das sie gestern bereits herausgearbeitet hatten.« Ein Lachen lag auf seinen Lippen. »Vielleicht wären Sie oben bei Ryan besser aufgehoben als hier unten neben unserem Santa.«

Josh stieß einen knurrenden Laut aus. »Können wir das später besprechen? Es geht gleich los. Setzt doch einfach ein Meeting in unserer Mittagspause an.«

Euphorisch presste Betty die Lippen aufeinander, um ein fröhliches Quieken zu unterdrücken. In keinem ihrer bisherigen Jobs waren ihren Ideen und Vorschlägen so viel Beachtung und Lob geschenkt worden.

Nachdem George McAllistar sich mit Judy und Ryan im Schlepptau in Richtung der Aufzüge entfernt hatte, drehte sie sich mit weit aufgerissenen Augen zu Josh. »Ahhh!« Sie legte ihre Finger um seinen Oberarm. »Hast du das gehört? Dein Dad mag die Idee.«

Seine Mundwinkel hoben sich amüsiert. »Ich war anwesend.«

»Soll ich irgendwas vorbereiten für das Meeting?«, fragte sie ihn und war schlagartig nervös.

»Nein, sei einfach nur du selbst.«

Erneut versank sie in seinen grünen Augen, gerührt von dem Zuspruch, und es war ihr egal, dass er bereits wusste, wie gut ihr diese Augen gefielen. Genauso egal war es ihr, dass ihre Finger noch immer diesen äußerst ausgeprägten Bizeps umklammerten.

Doch auch Josh löste seinen Blick erst von ihr, als die Türen des Kaufhauses geöffnet wurden und die Kunden hereinstürmten.

Hastig ließ sie ihn los und wandte sich von ihm ab. Wenn sie bis Weihnachten nicht in ernsthafte Schwierigkeiten kommen wollte, sollte sie diese Augen vielleicht doch besser meiden.

»Sind noch Zuckerstangen da?«, fragte Josh hinter ihr nun mit dem gewohnt neckischen Unterton in der Stimme.

»Ab heute konzentriere ich mich auf diesen Stand da drüben«, erklärte sie, während sie mit ausgestrecktem Finger auf den besagten Foodtruck deutete. Sie kannte den jungen Mann darin, da es ein Kumpel von Liz war und sie ihm schon ab und an begegnet war. Mit einem Grinsen hob er die Hand und grüßte sie.

»Wegen des Kerls oder des Essens?«, wollte Josh wissen.

»Beides ganz nett, wenn du mich fragst«, ließ sie keck verlauten.

»Solange du das in deinen Pausen machst«, polterte er nun hinter ihr.

Betty rollte mit den Augen und würdigte diese Aussage mit keiner Antwort, da sie nicht nachvollziehen konnte, warum er jetzt wieder den Oberboss raushängen lassen musste.

Je näher sie der Mittagspause kamen, desto nervöser wurde sie. Als die Kaufhaus-Security das Absperrband zur Weihnachtswelt spannte, war ihr sogar ein klein wenig übel. »Ich ziehe mich schnell um und hole die Fotos.«

»Ich fahre schon mal hoch, muss noch ein Telefonat führen«, meinte Josh.

Verhalten nickte sie und eilte los.

Mit dem dicken Stapel Fotos machte sie sich auf in die

neunte Etage. Im Kopf ging sie einige Formulierungen durch, die sie gleich verwenden wollte, um ihre Idee näher zu erläutern. Sie warf einen prüfenden Blick in den Spiegel im Aufzug, in der Hoffnung, dass sich noch keine Pfützen unter ihren Armen auf der weißen Bluse gebildet hatten. Sah man etwa ihren BH durch den Stoff? Sie drehte und wandte sich. Verdammt, je nach Lichteinfall schien die rosa Spitze tatsächlich leicht durch. Da sie den ganzen Tag dieses grellgrüne Scheusal an Kostüm trug, achtete sie morgens bei der Auswahl ihrer Kleidung nicht auf solche Details. Schließlich hatte sie auch nicht damit gerechnet, heute noch ein Meeting mit den ganz hohen Tieren zu haben. Selbstbewusst drückte sie die Schultern durch. Sie würde ihre Idee einfach so überzeugend vortragen, dass keiner auf ihre Unterwäsche achtete.

Mit einem lauten »Ping« wurde sie aus dem Aufzug entlassen und holte tief Luft. In ihren bisherigen Jobs hatte sie nie die Möglichkeit gehabt, etwas zu präsentieren, daher war diese Situation neu für sie. Auch Ryans fehlende Begeisterung für ihre Idee verunsicherte sie zusätzlich. Doch sie hatte keine Zeit mehr, sich darüber Gedanken zu machen, da Judys Stimme an ihr Ohr drang. »Ms. Davis, hier sind wir.«

Sie wandte sich nach links und bemerkte, dass alle bis auf Josh bereits in einem Meetingraum saßen. Er war ähnlich rustikal eingerichtet wie Joshs Büro und beherbergte einen großen, ovalen Tisch aus dunklem Holz und schweren schwarzen Ledersesseln darum. Mit einem schüchternen Lächeln auf den Lippen trat sie ein.

Unsicher blickte sie zu dem Memoboard an der Wand. Wenn sie die Bilder dort mit Magneten befestigen würde, wäre sie morgen noch nicht fertig. Also begann sie selbstsicher, die Bilder auf dem großen Tisch auszubreiten. »Ich zeige Ihnen am besten, was ich vor Augen hatte.«

»Gern«, wies George McAllistar sie mit einer Handbewegung an weiterzumachen.

Ein entzückter Ton nach dem anderen kam aus Judys Mund, und mit einem breiten Grinsen musste Betty sie davon abhalten, nach den einzelnen Fotos zu greifen, um ihr Kunstwerk nicht zu zerstören. Sie hatte die Bilder vergangene Nacht extra noch chronologisch sortiert und ordnete sie nun in dieser Reihenfolge dicht an dicht zu einem Rechteck.

Sie bemerkt es gleich, als Josh hinter ihr in den Raum kam. Sofort änderte sich etwas an der Energie, und sie musste zugeben, dass seine Anwesenheit ihren zum Zerreißen angespannten Nerven nicht gerade zuträglich war. Doch auf die Antwort nach dem Warum wollte sie sich nach dem Meeting konzentrieren.

Er nahm gegenüber von ihr neben Ryan Platz und scannte jedes Bild nach dem anderen ab. Als sie zu erklären begann, hob er seinen Blick und sah ihr direkt in die Augen.

»Ich hatte gestern ja bereits erwähnt, dass unser großer Vorteil ...« Sie zuckte zusammen, als sie bemerkte, dass sie das Wort *unser* verwendet hatte, und korrigierte sich hastig. »Ich meine natürlich, der große Vorteil des *Maint's* ist, dass es im Gegensatz zum *Jessy's* ein Traditionshaus ist. Vor Ihnen liegen beinahe hundert Jahre Geschichte. Das sind alles Fotos der Weihnachtsschaufenster der Westseite.«

George McAllistar war aufgestanden und hatte sich an ihre Seite gestellt. Sie erkannte Rührung in seinem Blick und fand diese Emotionen, die sein Familienunternehmen offensichtlich ihn ihm auslösten, sehr sympathisch. »Das hier war in den Fünfzigern, oder?«, fragte er sie und tippte mit seinem Finger auf eine der Fotografien.

Auch wenn Betty das Bild einfach hätte umdrehen können, dachte sie kurz angestrengt nach und nickte dann überzeugt. »Das müsste 1954 oder 55 gewesen sein.«

McAllistar senior lächelte sie herausfordernd an, griff nach dem Foto und betrachtete die Rückseite, bevor er sich ihr erneut zuwandte und sie für einen Moment stumm musterte. »Ich bin wahrlich beeindruckt. 1954. Das Bild wurde übrigens von meiner Mutter, Rose McAllistar, geschossen.«

»Oh, wie schön! Ich hatte die Signatur auf vielen Fotos gesehen, wusste aber nicht, wofür das R. stand.«

Nun hatte George McAllistar der Ehrgeiz gepackt. Ein Bild nach dem anderen ging er mit Betty durch und schwelgte in Erinnerungen. Lachend stützte sie sich auf dem Tisch ab und beantwortete ihm geduldig die Frage nach den Jahreszahlen, bis sie ihm verriet, dass sie sie chronologisch sortiert hatte.

George McAllistar brach in lautes Gelächter aus. »Sie sind mir so eine. Aber Sie gefallen mir.« Währenddessen schwenkte ihr Blick zu Josh, der wohl aufgrund des Spruchs seines Vaters ein breites Grinsen im Gesicht hatte. Das sah sie selten bei ihm, aber es machte ihn nur noch attraktiver, was sie für beinahe unmöglich gehalten hätte.

Als sie bemerkte, dass Ryans Blick auf ihr ruhte, schaute sie eilig vom Juniorchef weg.

»Perfekt! Oder was meint ihr?« Joshs Vater hatte sich an die anderen gewandt.

»Eine bezaubernde Idee«, pflichtete Judy ihm bei.

»Besser als leere Plakatwände«, ließ Josh verlauten, und Betty gelang es nicht, ihre Enttäuschung über dieses nüchterne Urteil zu unterdrücken. Das Lächeln verschwand von ihrem Gesicht.

»Betty, bitte versteh das nicht falsch«, begann Ryan nun mit entschuldigend erhobener Hand zu erklären, »aber ich bin mir nicht hundertprozentig sicher, ob das etwas ist, was unsere Kunden begeistern wird. Ich meine, wenn wir da einfach nur die Bilder aneinanderklatschen ohne Text, wird das doch kaum einer wirklich verstehen.«

Bettys Enttäuschung nahm sekündlich zu, doch der Seniorchef ließ sich nicht beirren. »Dann müssen unsere Kunden ihren Grips eben etwas anstrengen. Also der Zusammenhang ist doch mehr als erkennbar. Nichtsdestotrotz wird Ihnen, Ms. Davis, bestimmt auch noch ein ganz wundervoller Slogan dazu einfallen.« Beruhigend hob er die Hand. »Das muss natürlich nicht sofort sein.«

»Ein Jahrhundert voller Weihnachtstradition – bei uns gehören Sie zur Familie«, schoss es aus ihr heraus.

Anerkennend klatschte der Senior in die Hände. »Gekauft.« Er bedachte sie mit einem beinahe väterlichen Blick. »In Ihnen schlummert etwas.«

»Danke, Mr. McAllistar«, erwiderte sie schüchtern. Sie war nicht nur sehr erleichtert, sondern auch sehr stolz, dass ihre Idee so begeistert aufgenommen wurde.

»Ryan, haben Sie noch einen Moment für mich?«, fragte der alte Boss ihn.

Dieser nickte lediglich, und Betty fühlte sich unwohl, ihn übergangen zu haben. Schließlich war er der Chef der Marketingabteilung und nicht sehr überzeugt von ihrer Idee gewesen. Daher passt sie ihn an der Tür ab. »Es tut mir leid, du fandest den Vorschlag ja nicht so ...«

Er unterbrach sie, indem er ihr eine Hand auf ihren Rücken zwischen die Schulterblätter legte. »Es ist alles gut, mache dir keine Sorgen. Ich lasse mich gern eines Besseren belehren.«

Judy folgte den beiden Herren aus dem Raum, jedoch nicht, ohne Betty nochmals zu loben. »Ganz wunderbar, wirklich, Ms. Davis.«

Mit einem strahlenden Lächeln bedankte sie sich bei der Sekretärin. Ihre Mundwinkel waren noch immer weit nach oben gezogen, als sie begann, die Bilder einzusammeln. Als sie das letzte Bild auf den Stapel in ihrer Hand legte, hob sie den Blick und erwischte Josh, der bislang ruhig am Tisch gesessen hatte, dabei, wie er ihr in den Ausschnitt starrte.

Sie richtete sich auf und sah ihn mit strengem Blick an. Jedoch musste sie nur Sekunden später angestrengt ein Kichern unterdrücken, da er tatsächlich ertappt zusammenzuckte, als er ihrem Blick begegnete.

»Fertig?«, fragte sie ihn, während sie tadelnd mit der Zunge schnalzte.

Die ertappte Miene wich einem verschmitzten Grinsen. »Lediglich interessant zu wissen, was Elfen so daruntertragen.«

»Faszinierend«, erwiderte sie mit einem süffisanten Grinsen. »Sind das die einzigen Fantasiewesen, die du noch nicht ausgezogen hast? Hast du dich bisher nur auf Engel konzentriert?«

Unter einem leisen, rauen Lachen, das ihr eine Gänsehaut auf den Körper trieb, erhob er sich aus dem Ledersessel. »Ja, tatsächlich. Aber ich sollte da wohl etwas offener werden, wenn ich mir das da so anschaue.« Erneut wanderte sein Blick über ihren Körper, und sein Blick wurde dunkler, bevor er ihn abwandte und den Meetingraum verließ.

»Na, Kleine, wie heißt du?«, fragte Josh in seiner Rolle als Weihnachtsmann.

»Lucy«, flüsterte das schüchterne Mädchen, das Betty auf etwa vier oder fünf Jahre schätzte, leise.

»Ein schöner Name«, entgegnete Josh in der typischen Santa-Claus-Stimmfarbe. »Was soll ich dir denn dieses Jahr bringen?« Auch nach tagelanger Übung klang Josh noch immer recht hölzern im Umgang mit den Kids, doch wenigstens hatte er seinen Standardtext brav einstudiert.

»Ein Puppenhaus, das von Molly Mouse.«

»Eine gute Wahl«, bestätigte er sie in ihrem Wunsch. »Gute Qualität, sehr robust und der Hersteller gibt sogar fünf Jahre Garantie.«

Betty seufzte leise und musste an sich halten, um nicht die Augen zu verdrehen. Josh konnte einfach nicht aus seiner Haut.

»Das klingt doch großartig«, versuchte sie, das Gespräch mit dem letzten Kind für heute eilig zu beenden. Sie half dem Mädchen von Santas Schoß herunter und gab ihr die letzten drei Zuckerstangen aus dem Glas. Kritisch blickte Lucy sie an. »Sind Sie Ms. Claus?«

»Nein«, erwiderte Betty perplex. »Ich bin ein Weihnachtself. Ist mein Anzug nicht so gut gelungen?«, wollte sie mit einem fröhlichen Lächeln wissen.

»Doch, aber ich weiß gar nicht, wie die Frau vom Weihnachtsmann aussieht. Und warum kann sie kein Elf sein?«, wollte die Kleine interessiert wissen.

Betty ging in die Hocke, um sich besser mit dem Mädchen unterhalten zu können. »Das könnte sie natürlich auch sein, aber Santa trennt gern Berufliches und Privates.«

»Das ist weise«, pflichtete Josh ihr bei, und sie konnte die Aussage nicht so recht einordnen.

»Was hast du dir zu Weihnachten gewünscht?«, wollte Lucy nun von ihr wissen.

Doch bevor sie antworten konnte, grätschte Josh dazwischen. »Sie bekommt nur Kohle. Du musst wissen, dass sie ein sehr unartiger Elf war. Nimm dir daran lieber kein Beispiel und höre immer auf deine Eltern, ja?«

Lucy nickte brav und ging dann mit den fest von den kleinen Fingern umklammerten Zuckerstangen zurück zu ihren wartenden Eltern.

»Wow!« Mit entgeistertem Blick wandte sie sich Josh zu. »Wenn du über mich herziehen kannst, gehst du in deiner Rolle ja richtig auf.«

Ein verschmitztes Grinsen breitete sich in seinem Gesicht aus. »Habe ich etwa nicht die Wahrheit gesagt?«

Sie beugte sich zu ihm hinüber. »Doch! Aber ob du es glaubst oder nicht, wir unartigen Mädchen bekommen immer am meisten Geschenke.«

Er öffnete seinen Mund, doch es wollte kein Ton herauskommen.

Mit einem zufriedenen Grinsen auf den Lippen machte Betty kehrt. Sie war dem Kunstschnee schon beinahe entflüchtet, als er ihr hinterherrief: »Deswegen lade ich dich heute Abend ein.«

Perplex hielt sie mitten in ihrer Bewegung inne und drehte sich langsam zu ihm um. Ihr fragender Blick animierte ihn wohl zu einer Erklärung. »Ich will das Restaurant deiner Freundin vor der Weihnachtsfeier wenigstens einmal testen.«

»Sie ist eigentlich immer komplett ausgebucht.«

»Gibt's keine Bar, an der wir schnell einen Happen essen könnten?«

»Doch, schon«, entgegnete sie überrumpelt von der Idee, ehe sie wütend wurde. »Du denkst auch immer, dass sich alles an deinen Zeitplan anpassen muss, oder?«

Doch Josh zuckte lediglich unbeeindruckt mit den Schultern. »Heute ist einer der wenigen Abende, an denen ich Zeit habe.«

Betty rollte mit den Augen und steuerte eine der Umkleiden an, um sich umzuziehen.

Ein Glück, hatte sie sich heute Morgen, auch ohne über den Abend nachzudenken, für eine schicke Bluse, einen kurzen Rock und hohe Stiefel entschieden.

Als sie ein paar Minuten später wieder auf den Flur hinaustrat, stand Josh bereits umgezogen vor der Tür. Wie so oft hatte er sein Kostüm durch einen Anzug getauscht. Einen Moment zu lange ließ er seinen Blick über ihre Beine unter dem kurzen Rock in den hohen Stiefel schweifen.

»Hast du schon mal daran gedacht, dass ich heute Abend vielleicht gar keine Zeit habe?«, fragte sie provokant.

»Hast du nicht?« Verwundert blickte er sie an, ehe er die Brauen zusammenzog. »Hast du ein Date?«

»Wer weiß.« Es bereitete ihr einen teuflischen Spaß, ihn durch ihre kryptischen Andeutungen zu verunsichern.

»Etwa mit Ryan?«, wollte er unnachgiebig wissen.

»Ryan? Wie kommst du denn jetzt auf den? Wir reden schon von Mr. Miller?«, fragte sie völlig überrascht.

»Oh, wart ihr nicht längst beim Vornamen?«

»Ja, aber was spielt das für eine Rolle?«

»Jetzt tu doch nicht so. Jedes Mal, wenn ihr euch seht, säuselt ihr beide los und schmiert euch Honig ums Maul.« Demonstrativ verschränkte Josh die Arme vor dem Brustkorb.

»Du meinst, die genau zwei- oder dreimal, die ich ihn überhaupt gesehen habe, seit ich hier arbeite?«

»Dafür wirkt ihr aber sehr vertraut.«

»Wo liegt dein Problem? Ich weiß nicht einmal, wovon du sprichst«, verteidigte sie sich zornig. Sie spürte, dass ihr Wangen rot glühen mussten, denn ihre Haut brannte verräterisch, und ihr Herz pochte beinahe schmerzhaft schnell in ihrer Brust, wie immer, wenn sie sich aufregte.

»Nur als Randnotiz: Wir dulden keine Beziehungen unter Angestellten im *Maint's*.«

Bettys Blut geriet durch diese antiquierte Einstellung nur noch mehr in Wallung. »Ach, ist das so? Wo genau habe ich das denn unterschrieben?«, erwiderte sie scharfzüngig.

»Irgendwo bestimmt«, zeterte Josh, dem die Argumente auszugehen schienen.

Doch Betty redete sich in Rage. »Und außerdem, wer sagt, dass es eine Beziehung sein muss? Vielleicht falle ich nur auf diesem riesigen Tisch im Besprechungszimmer über ihn her!«

Wutentbrannt schnappte Josh nach Luft. »Wage es nicht.«

»Warum nicht?«, keifte sie zurück.

Josh trat nun so nah an sie heran, dass die Spitzen seiner Schuhe ihre Stiefel berührten. »Weil er die Finger von dir lassen wird.«

»Sonst was?«, fragte sie beinahe heiser. Ihre Wut war schlagartig verflogen und hatte einem ganz anderen Gefühl Platz gemacht. Ihr Blut strömte plötzlich heiß wie Lava durch ihre Adern, und alles, woran sie denken konnte, war dieses perfekte Gesicht so nah vor ihrem. Ein Schwall seines Parfums schwappte herüber, und sie atmete tief ein.

Ohne auf ihre Frage zu antworten, blickte Josh ihr wie hypnotisiert in die Augen. Als plötzlich die tiefe Stimme seines Vaters erklang, machte er hastig einen Satz nach hinten und brachte so einen angemessenen Abstand zwischen ihre Körper. Doch das tat der unerträglichen Hitze, die durch sie hindurchströmte, keinen Abbruch.

»Josh? Wir müssen noch etwas besprechen. Kommst du kurz mit nach oben?«, fragte sein Vater laut, als er sie beinahe erreicht hatte.

Sie konnte Josh leise murmeln hören. »Hoffentlich, dass ihr endlich einen Santa gefunden habt.«

Zwei Gefühle mischten sich schlagartig in ihrem Magen. Zum einen das ungute Gefühl, dass sie wusste, dass sein Vater ihn absichtlich den Weihnachtsmann mimen ließ und sie diese Information vor ihm verschwieg, und zum anderen Enttäuschung, da er offensichtlich froh wäre, wenn sie nicht mehr jeden Tag als Weihnachtsduo performen müssten.

»Ist gerade schlecht, Dad. Ms. Davis zeigt mir das Restaurant ihrer Freundin für die Weihnachtsfeier.«

»Nachdem sie ihr Date abgesagt hat«, ergänzte sie frech, da sie ihn etwas provozieren wollte. Denn sie musste zugeben, dass die Gespräche mit Josh das Highlight ihres jeden Tages waren. Auch wenn sie nach wie vor versuchte, sich so wenig Gedanken wie möglich über ihn zu machen, war er dennoch ständig präsent in ihrem Kopf.

»Ach stimmt«, erinnerte sich McAllistar senior, »ich hatte dich ja gebeten, Ms. Davis zu unterstützen. Wählt ihr dann heute ein Menü aus?«

»Das könnten wir bei der Gelegenheit gleich machen«, beantwortete Betty die Frage für ihn.

»Nun gut, so dringend ist es nicht. Dann besprechen wir das morgen früh. Ich wünsche euch einen schönen Abend.«

»Danke, Dad. Bis morgen«, verabschiedete Josh sich und zog sie mit sich.

Das schlechte Gewissen erwachte in ihr, doch Betty wollte sich aus diesem Vater-Sohn-Ding heraushalten. George McAllistar hatte seine Gründe gehabt, und sie hoffte einfach, dass sie sich in dem alten Herrn nicht täuschte und er mit dieser Aktion nur das Beste für seinen Sohn im Sinn hatte. Und ein wenig selbstsüchtig war es auch, denn sie würde nur sehr ungern morgen neben einem anderen Weihnachtsmann stehen.

Zu ihrer Verwunderung ließ er das Handy wieder in seiner Manteltasche verschwinden. »Du magst deinen Elfen-Job, oder?«, fragte er grinsend.

»Alles daran«, erwiderte sie mit einem Strahlen im Gesicht.

»Alles?«, wollte er mich hochgezogenen Brauen wissen. »Auch den Santa, dem du alles einsouflieren musst?«

»Man wächst mit seinen Aufgaben«, antwortete sie gnädig, bevor sie kicherte. »Ich habe dir ja bereits von meiner Theorie zu Ms. Claus erzählt. Santa bekommt das ganz sicher auch nicht allein auf die Reihe.«

Joshs Grinsen wurde noch breiter. »Also bist du meine Ms. Claus?«

Ertappt schüttelte sie hastig den Kopf und relativierte ihre Aussage. »So habe ich das jetzt nicht gemeint, also das war nur wegen des Santa, also dir in der Rolle als ...«

»Sind da«, informierte der Fahrer sie lautstark, um ihr nervöses Gestammel zu übertönen.

Was war sie froh über diese Unterbrechung. Josh gelang es jedes Mal, wenn sie allein waren, sie ins Schwitzen zu bringen. Sie zückte ihr Portemonnaie, doch Josh winkte ab.

»Das würde ich gern übernehmen.«

»Danke.« Sie griff nach ihrer Handtasche und verließ das Taxi.

Josh war nun ebenfalls ausgestiegen und legte den Kopf in den Nacken, um das Schild über der Eingangstür zu betrachten: *Enjoy*.

»Ist es weit von hier?«, fragte er, als ihnen die eiskalte New Yorker Winterluft vor der Tür ins Gesicht peitschte.

»Sind schon ein paar Blocks, in Downtown.«

»Ah, da bekommt man noch schlechter Parkplätze als hier. Dann nehmen wir ein Taxi«, beschloss er und hob bereits die Hand, bevor sie protestieren konnte.

Eine kleine Abkühlung hätte Betty gutgetan, nach diesem hitzigen Gespräch mit Josh eben. Sie wurde einfach nicht schlau aus ihm. Mochte er Ryan nicht, oder passte es ihm tatsächlich nicht, dass sie sich gut mit seinem Marketing-Chef verstand? Doch sie fand keinen geeigneten Aufhänger, um an das Gespräch von eben anzuknüpfen.

Wider Erwarten hielt recht zeitnah ein Taxi neben ihnen, und sie gab dem Fahrer die Adresse durch.

Josh hatte sein Handy aus der Innentasche seines Mantels gezogen, und sie konnte aus dem Augenwinkel sehen, dass er Mails beantwortete.

»Hast du auch irgendwann mal Feierabend?«, fragte sie, darauf bedacht, die Frage mit neutraler Stimmlage zu stellen. Sie wollte eine ehrliche Antwort darauf und ihm nicht das Gefühl geben, dass ihre Aussage wertend gemeint war.

Er blickte sie kurz an, bevor er den Kopf wieder senkte. »Nicht wirklich. Vor allem nicht zur Weihnachtszeit. Unzählige Produkte haben Lieferschwierigkeiten, das *Jessy's* nervt, und diese Santa-Sache wird mich noch ins Grab bringen.« Leise setzte er einen Seufzer ans Ende seiner Ausführungen.

»Ist es so schlimm mit mir im Winter Wonderland?« Sie konnte nicht verhindern, dass ihre Stimme verunsichert klang.

Er hob erneut seinen Kopf, blickte sie dieses Mal aber länger an. »Nein, natürlich nicht. Aber wie du bereits selbst bemerkt hast, ist es nicht mein Ding, es liegt mir nicht, und ich könnte meinen Vater noch immer dafür verfluchen, weil er mich dazu zwingt.« Er blickte aus dem Fenster. »Auch wenn ich selbst daran schuld bin.«

»Sieht gut aus«, er deutete mit dem Zeigefinger zum Schild, »aber der Name ist etwas zweideutig, oder?«

Laut prustete Betty los, als sie sich an die Szene erinnerte, als ein in Lack und Leder gekleidetes Paar sich in den Laden verirrt hatte, weil sie es für ein spezielles Etablissement gehalten hatten. »Da muss ich dir recht geben, und es gab schon Tage, an denen Liz die Namenswahl bereut hat. Doch inzwischen ist es so beliebt, dass sie es nicht mehr ändern kann und will.«

»Na dann, gehen wir mal genießen.«

Schüchtern erwiderte sie sein Lächeln. Es hatte etwas Date-Ähnliches, und das verunsicherte sie. Das Restaurant war brechend voll, und sie bereute es, Liz nicht von unterwegs aus angerufen und stattdessen lieber ihren attraktiven Boss angestarrt zu haben.

Fred, der Barkeeper, erkannte sie und winkte ihr. »Hey Betty, wie geht's dir? Lange nicht gesehen.«

»Bin fleißig am Arbeiten«, gab sie schmunzelnd zurück. »Sieht nicht gut aus ohne Reservierung, oder?« Ihr Blick schweifte die Bar entlang, an der bereits alle Hocker von hungrigen Menschen besetzt waren, die auf einen Tisch zu warten schienen.

Durch das Bullauge in der Tür zur Küche hatte ihre beste Freundin sie erspäht und kam heraus. »Was machst du hier?« Liz umarmte sie und drückte ihr einen Kuss auf die Wange.

»Josh«, Betty wandte sich um und deutete auf ihren Chef, »wollte mal unsere Location für die Weihnachtsfeier checken.«

»Josh? *Der* Josh?«, fragte Liz mit großen Augen und streckte ihm ihre Hand entgegen.

»Ich weiß nicht. Betty, bin ich DER Josh?«, fragte er sie mit einem breiten Grinsen auf den Lippen, während er Liz' Hand schüttelte.

»Wir stornieren unsere Reservierung«, knurrte sie ihrer

besten Freundin entgegen, die diese Drohung jedoch lediglich belächelte.

Hektisch blickte Liz sich im Restaurant um. »Heute ist die Hölle los, aber Tisch zwei hat Stress gemacht, weil sie schnell essen und dann zu einer Broadway-Show wollen. Der Tisch müsste gleich für rund eine Stunde frei sein, reicht euch das?«

»Ja, ich denke schon, aber was ist mit den Leuten an der Bar?«, fragte Betty, da sie sich nicht vordrängeln wollte.

»Die sind schon verteilt, auf bald frei werdende Tische. Lass mich schnell weitermachen, dann rechne ich die Leute an Tisch zwei ab. Wollt ihr euch in der Zwischenzeit mal den Hinterhof anschauen, wegen der Idee mit dem Cocktail-Truck?«

»Gute Idee.« Das hatte Betty schon wieder vergessen.

Josh folgte ihr durchs Restaurant und die schwere Metalltür in den Hinterhof. Wobei diese Bezeichnung der von Liz kreierten Oase in keiner Weise gerecht wurde. Unzählige Lichterketten waren zwischen der Hauswand und dem hohen Zahn zum benachbarten Gebäude gespannt. Stehtische mit weißen Hussen und einige Loungesessel mit weißen Kunstfellen standen überall verteilt.

»Plant ihr, den Empfang hier draußen zu machen?« Josh ließ seinen Blick umherschweifen.

»War mal eine Idee«, erwiderte sie, da sie anhand seiner Miene nicht erkennen konnte, ob ihm diese gefiel oder nicht.

»Cool, klingt gut. Könnte aber etwas frisch werden.«

»Liz hat drinnen noch einige Heizstrahler. Und wenn du genügend Alkohol springen lässt, sollte das kein Problem sein«, erklärte sie grinsend.

»Welchen Cocktail trinkst du am liebsten?«

Lachend warf sie den Kopf zurück. »Das kann ich jetzt nicht sagen.«

Mit amüsiertem Blick hob er die Augenbrauen. »Wieso nicht?«

»Sex on the Beach«, gab sie leise zu.

»Uh, der gehört verboten, mit diesem Pfirsichlikör.« Er bedachte sie mit einem undeutbaren Blick. »Aber zu dir passt es irgendwie.«

Mit weit aufgerissenen Augen sah sie ihn entrüstet an. »Also gehöre ich verboten, oder wie?«

Nun war er es, der laut lachte. »Dein freches Mundwerk vielleicht.«

Obwohl sie eingeschnappt sein sollte, musste sie zugeben, dass diese entspannte Version von Josh sie ziemlich anmachte. »Ich sage lediglich, was ich denke«, verteidigte sie sich.

»O nein«, widersprach er, »ich glaube, dir liegt ganz oft noch viel mehr auf der Zunge, was diese Lippen nicht verlässt.« Sein Blick flog zu ihrem Mund, und sie konnte sich gerade noch so davon abhalten, lustvoll auf ihre Unterlippe zu beißen.

»Eventuell. Aber auch nur, weil ich diesen Job brauche.«

Erneut erklang Joshs raues Lachen. »Du brauchst dir keine Sorgen zu machen, ich würde dich nicht feuern. So einen hervorragenden Elfen würden wir nicht noch einmal finden, und ich glaube, mit jemand anderem wäre mir auch ganz schön langweilig.«

Ihr Herz machte einen kleinen Hüpfer. Offensichtlich schien er die gemeinsame Zeit mit ihr trotz seiner dauergrimmigen Miene irgendwie zu genießen. Doch sie wollte sich nichts anmerken lassen. »Man sieht dir aber absolut nicht an, dass ich dich gut unterhalte.«

»Das liegt nur an dem Rauschebart.«

»Soso.« Nun schlich sich doch ein Grinsen auf ihre Lippen.

Plötzlich öffnete sich die Tür in ihrem Rücken, und Fred streckte den Kopf heraus. »Tisch ist fertig.«

Erstaunt sah Betty ihn an. »Tisch zwei hat's aber echt eilig.«

Joshs Lachen folgte ihr ins Restaurant. »Gut für uns. Ich habe mir fast den Hintern abgefroren.«

»Wem sagst du das, ich spüre meinen nicht mal mehr.«
Sie legte ihre Hände über dem Mantel auf ihren Po.

»Er ist noch da, perfekt wie immer, keine Sorge.« Leise lachte Josh hinter ihr, und hastig zog sie die Hände weg.

Als sie am Tisch Platz genommen und ihr Essen bestellt hatten, lehnte Josh sich in seinem Stuhl zurück und ließ den Blick ganz in Ruhe umherwandern. »Sehr schön hier, wirklich. Wenn das Essen jetzt auch noch gut ist, dürfte das eine tolle Weihnachtsfeier werden.«

»Du erscheinst mir aber generell nicht der Typ zu sein, der die Tage bis zu solchen Events zählt.«

Josh lächelte verhalten. »Nein, erwischt. Nicht wirklich. Ich gehe schon gern aus und treffe mich mit Freunden ...«

»Und lernst Engel kennen«, neckte sie ihn.

Ein beinahe verlegenes Lächeln huschte über sein Gesicht. »Das seltener, als du vielleicht denken magst. Aber im Kreis der Kollegen finde ich es immer etwas steif, erzwungener Small Talk über Themen, die einen eigentlich nicht so recht interessieren ... Und meist kommt doch sowieso keine Stimmung auf.«

»Nun ja, das wäre aber vielleicht auch irgendwie deine Aufgabe, oder?«

»Für Stimmung zu sorgen?«, fragte er überrascht. »Ich bin doch kein Alleinunterhalter.«

»Nein, das meinte ich damit nicht. Aber wenn du das Gefühl hast, dass das Verhältnis zu deinen Mitarbeitern angespannt oder nicht sehr vertraut ist, dann mag das ja mitunter auch an dir liegen. Ich sage ja nicht, dass du mit allen Freundschaft schließen sollst, aber wenn du sie besser kennen würdest, könnte man sich auch über andere Themen wie den Wetterbericht für morgen unterhalten, oder?«

»Dafür fehlt mir die Zeit«, gab er knapp zurück.

»Eventuell reichen dafür auch schon ein paar Minuten in der Mittagspause.« Sie spürte, dass ihm diese Unterhaltung unangenehm war, weswegen sie das Thema wechselte. »Hast du in der Karte schon etwas gesehen, dass du dir für die Feier vorstellen könntest, oder sollen wir uns von Liz beraten lassen?«

»Ich höre mir sehr gern ihre Vorschläge an.«

Der Wein sowie ein kleiner Gruß aus der Küche wurden serviert. Auf Bettys Teller lag zudem ein kleiner zusammengefalteter weißer Zettel. Mit in Falten gezogener Stirn entwirrte sie das Papier und verdrehte mit Blick zur Küche genervt die Augen. Liz hatte ihr eine kleine Botschaft geschickt:

Oh. Mein. Gott.
Er ist wirklich so heiß, wie du behauptet hast!

»Frauengespräche?«, fragte er mit zuckenden Mundwinkeln.

»Nein«, flunkerte sie, da er sich sonst bestimmt denken konnte, dass er der Grund für die Briefpost war. »Liz wollte mir lediglich mitteilen, dass das Essen bald fertig ist.«

Mit einem Schmunzeln auf den Lippen nickte er, und es war mehr als offensichtlich, dass er ihr kein Wort davon glaubte.

Der kurze Moment der Stille am Tisch wurde von Josh unterbrochen. »Bist du eigentlich Single?«

Diese direkte Frage überraschte sie, da das sonst nicht seine Art war. »Ja, ich bin Single. Eine ganze Weile schon. Wieso?« Sie legte ihre Hände in ihren Schoß und knetete diese nervös. Wieso interessierte ihn das?

»Ryan hat mich das heute schon gefragt«, erklärte er daraufhin sachlich.

»Oh, okay.« Sie versuchte, sich die Enttäuschung darüber, dass diese Frage nicht Josh, sondern den Marketingchef zu beschäftigen schien, nicht anmerken lassen. »Was hast du geantwortet?«

Josh zuckte mit den Schultern und wandte den Blick ab.

»Dass ich es nicht weiß und mich das Privatleben meiner Mitarbeiter nichts angeht und auch nicht interessiert.«

»Verstehe«. Sie warf der Tür zur Küche einen sehnsüchtigen Blick zu, in der Hoffnung, das Essen würde bald kommen und sie von diesem unangenehmen Gespräch befreien. Sie griff nach ihrem Weinglas und trank beinahe das halbe Glas in einem Zug.

»Was bedeutet ›schon eine ganze Weile‹?«, wollte Josh nun zu ihrer Verwunderung wissen.

»Ähm, puh, bestimmt schon zwei Jahre.«

»Keine Zeit, keine Lust oder einfach zu hohe Ansprüche?«

Durch zusammengekniffene Augen funkelte sie ihn an. »Heißt das etwa, ich könnte mir keine hohen Ansprüche erlauben?«

Beschwichtigend hob er die Hände. »Das heißt es absolut nicht. Wenn nicht du, wer dann?«, erwiderte er schmunzelnd.

Noch immer beäugte sie ihn kritisch. »Es muss schon passen, er sollte nicht auf den Kopf gefallen, lustig und natürlich attraktiv sein und mit meiner Art zurechtkommen. Das war so manchem Mann schon ...«, auf der Suche nach dem passenden Wort neigte sie den Kopf, »... zu viel.«

Josh nickte stumm, während er sein Weinglas schwenkte und die dunkelrote Flüssigkeit darin beobachtete.

Wieso nickte er? Fand er sie etwa auch *zu viel*?

»Ich finde dich lustig und sehr unterhaltsam. Es ist angenehm, dass du sagst, was du denkst, anstatt um den heißen Brei herumzureden. Das macht vieles einfacher. Man weiß, woran man ist.«

»Ist das so?«, fragte sie keck, angestachelt von seiner Lobpreisung. Zudem stieg ihr der Wein, den sie auf nüchternen Magen heruntergeschüttet hatte, allmählich zu Kopf. »Woran bist du denn bei mir?«

Josh legte seine verschränkten Arme auf dem Tisch ab und beugte sich etwas zu ihr herüber. »Da ich davon ausgehe, dass ich DER Josh bin, hast du deiner Freundin offensichtlich bereits von mir erzählt. Und obwohl du mich als deinen Boss ziemlich sicherlich verfluchst, hast du vermutlich auch erwähnt, dass du mich genauso attraktiv wie nervig findest.«

Ertappt zuckte sie zusammen. Konnte er in ihren Kopf schauen? Der Kerl war gut. Offensichtlich war er tatsächlich ein so großer Frauenheld, wie das öffentliche Bild von ihm präsentierte.

»Liege ich falsch?«, fragte er mit einem süffisanten Grinsen, während er sich lässig in seinem Stuhl zurücklehnte.

Sie ging in die Offensive. »Ich habe nie behauptet, dass du nicht attraktiv bist. Deine Augen und die Muskeln habe ich ja bereits gelobt. Aber generell sind eher Typen der Art Mutters Liebling etwas für mich.« O Gott, was für einen Schwachsinn sie da gerade von sich gab. Hätte sie dann doch mal mit so einem etwas angefangen und nicht immer mit Frauenhelden, die es nicht ernst mit ihr meinten, sie betrogen und mit ihrer Energie nicht klarkamen.

»So wie Ryan?« Herausfordernd blickte Josh ihn an.

»Ja, zum Beispiel«, log sie. »Welche Mutter wäre da nicht begeistert.«

Josh hob eine Braue. »Ich glaube nicht, dass er zu dir passt. Er würde nicht nur nie zu Wort kommen, du würdest ihn auch bei eurem ersten Streit in Grund und Boden argumentieren. Von deinem Temperament will ich gar nicht erst anfangen ...«

Ihre Kehle wurde dank seines tiefen Blickes trocken. Es war nicht schwer zu erraten, von welcher Art Temperament er gerade sprach. Die Hitze in ihrem Körper war beinahe unerträglich.

Hastig lenkte sie ab. »Wo bleibt denn unser Essen?«, fragte sie und fuhr sich mit den Fingern in den Kragen ihres Strickkleides, um für Luftzufuhr zu sorgen. »Ich werde mal nachsehen gehen.« Sie stand auf und steuerte die Küche an.

Mit großen Augen blickte Liz von dem Teller auf, den sie gerade anrichtete, und begann zu kichern. »Da sorgt jemand aber für ganz schön rote Wangen.«

»Das ist nur deine Schuld. *Der* Josh? Was sollte das? Sag ihm doch gleich, dass ich dir erzählt habe, wie unfassbar heiß er ist. Und dann noch der Zettel. Wenn er den gesehen hätte.« Geistesgegenwärtig hatte Betty ihn mitgenommen, als sie in Richtung Küche losgeeilt war.

»Soll ich dir das etwa vor ihm sagen?«, erwiderte Liz, während sie einen kleinen Rosmarinstrauch auf irgendetwas Gelbes drapierte.

»Du sollst gar nichts dazu sagen. Er ist mein Boss. Mehr nicht. Sag mir bitte, dass unser Essen bald kommt.«

»Drei Minuten. Und rede dir das nur ein … Viel Erfolg dabei!«, rief sie ihr hinterher, als sie bereits schon wieder die Schwingtür aufstieß.

Ein Glück, dass sie sich auf Liz verlassen konnte, denn drei Minuten später stand das Essen auf dem Tisch. So konnten sie zumindest darüber sprechen. Erleichtert beobachtete sie, wie gut Josh das Essen zu schmecken schien.

»Lecker, oder?«

Anerkennend nickte er. »Hervorragend, das Fleisch ist butterzart und die Soße wahnsinnig gut gewürzt.« Er deutete mit seiner Gabel auf ihren Teller. »Wie ist deine Pasta?«

»Oh, ich habe bei Liz noch nie schlecht gegessen. Es ist superfein. Möchtest du probieren?«

»Gern«, erwiderte er begeistert.

Für einen kurzen Moment fragte sie sich, ob sie ihn nun füttern sollte, doch da hatte er mit seiner Gabel bereits ein paar Spaghetti von ihrem Teller aufgewickelt und schob sich diese in den Mund. Warum machte dieser Mann sie heute Abend so nervös? Fast hätte sie ihm noch ihre Gabel vor den Mund gehalten und sich komplett blamiert. Sie waren doch hier nicht auf einem Date.

Als ihre Teller komplett leer waren, kam Liz an ihren Tisch. »Ich gehe davon aus, dass es geschmeckt hat«, sagte sie mit einem zufriedenen Grinsen.

»Das kann man wohl sagen«, bestätigte Josh. »Das Fleisch war phänomenal.«

»Das hört man gern. Wäre das auch etwas für eure Weihnachtsfeier? Wollt ihr ein Menü oder lieber à la carte?«

»Menü wäre super«, antwortete Josh. »Wir müssten nur vorher noch abfragen, wer vegetarisch oder vegan essen möchte.«

»Wie wäre es, wenn ich drei Menüs zusammenstelle, und Betty kann Ihnen diese dann zeigen?«

»Sehr gern. Das klingt super. Ich würde dann gern bezahlen, damit der Tisch wieder frei wird.«

»Geht als Probeessen aufs Haus«, entgegnete Liz.

»Das ist sehr freundlich, aber ich würde wirklich gern dafür bezahlen«, insistierte Josh.

»Nicht nötig. Ich freue mich dann einfach auf ein großzügiges Trinkgeld für mein Team an der Weihnachtsfeier.« Sie legte ihren Arm um Bettys Schultern und drückte ihr einen Kuss auf die Wange. Josh verabschiedete sie mit einem Handschlag, und Liz verschwand wieder in der Küche.

»Eindeutig deine Freundin.« Er lächelte verschmitzt.

»Wir sind beide nicht gerade auf den Mund gefallen«, gab Betty grinsend zu.

Sie verließen das Restaurant, und Betty wollte eben zu einer Verabschiedung ansetzen, als Josh fragte: »In welche Richtung musst du?«

»Nur fünf Blocks hier lang.« Sie zeigte die Richtung mit der ausgestreckten Hand an. »Die laufe ich schnell.«

»Ganz sicher nicht.«

Sie nutzte die Gelegenheit, während er mit der Taxi-Zentrale telefonierte. Mit Zeichensprache deutete sie ihm an, dass sie doch laufen würde, und wandte sich ab.

Doch keine zwei Sekunden später wurde sie durch einen

kräftigen Zug an ihrem Mantelkragen gestoppt. »Wo, glaubst du, gehst du hin?«

»Nach Hause.«

»Auf gar keinen Fall lasse ich dich um diese Uhrzeit fünf Blocks allein laufen.«

»Das mache ich immer, wenn ich aus dem Restaurant komme«, stellte sie verwirrt fest. Sie verschwieg an dieser Stelle das Pfefferspray in ihrer Handtasche.

»Das ist gefährlich, das solltest du nicht tun.«

Schrill lachte sie auf. »Elfen verdienen nun einmal zu wenig, um sich Taxis leisten zu können.«

Skeptisch blickte er sie an. »Du bekommst morgen eine Gehaltserhöhung.«

»Nein, nein.« Wild wedelte sie mit ihren Händen herum. »So war das nicht gemeint. Ich wollte damit nicht sagen, dass ...«

Doch Josh unterbrach sie, indem er ihr seine Hände auf die Schultern legte. Trotz ihres dicken Mantels konnte sie die Berührung eines jeden einzelnen Fingers auf ihrer Haut spüren, die er auch bei diesen Minusgraden zum Glühen brachte.

»Du hast es dir verdient. Du machst einen großartigen Job, hast dir die halbe Nacht im Archiv für diese tolle Kampagne um die Ohren geschlagen, und wenn ich weiß, dass du damit nachts sicher nach Hause kommst, mache ich es noch lieber.«

Mit offenem Mund starrte sie ihn an. Das war mit Abstand das Netteste, was er in den letzten Wochen zu ihr gesagt hatte.

»Danke«, war alles, was sie krächzend herausbekam. Ein Glück, dass genau in diesem Moment das Taxi neben ihnen am Bordstein anhielt. Gentlemanlike öffnete Josh ihr die Tür, und sie stieg ein. Noch immer musste sie schmunzeln, als sie an Liz' Botschaft dachte, die sie gerade fest umschlossen in ihrer Hand hielt. Sie hatte sie nicht auf dem Tisch liegen lassen wollen, als sie das Restaurant verließen, um zu vermeiden, dass Josh doch noch einen Blick darauf warf.

»Musst du jetzt noch arbeiten?«, fragte sie neugierig, als Josh neben ihr auf der Rückbank des Taxis Platz genommen hat.

Er blickte auf seine Uhr. »Ja, noch so ein, zwei Stunden.«

»Wow, bin ich froh, dass ich nur ein Elf und nicht Santa bin. Ich stemple nach meinen acht Stunden einfach aus.«

Josh neigte den Kopf mit einem niedlichen Grinsen. »Vielleicht liege ich auch falsch, aber ich hätte immer vermutet, dass die Elfen wesentlich härter arbeiten als der Weihnachtsmann. Wer macht denn die ganzen Spielsachen und verpackt sie? Santa sicher nicht.«

»Guter Punkt. Vielleicht sollte ich eine Elfen-Gewerkschaft gründen. Inakzeptable Bedingungen sind das ... zu furchtbaren Kondition.«

»Du hast doch vorhin schon eine Gehaltserhöhung bekommen.« Josh lachte auf.

»Und was ist mit den anderen armen Elfen, die an so schrecklichen Orten wie dem *Jessy's* arbeiten müssen?«, fragte Betty entrüstet.

Das Lachen ihres Chefs wurde nur noch lauter. »Santa Claus muss hoffen, dass du niemals ein waschechter Elf wirst. Das wären harte Zeiten für ihn.«

»Ach was«, winkte sie ab, »ich bin eigentlich total unkompliziert.«

»Das nehme ich dir inzwischen sogar ab.« Seine funkelnden Augen waren auf sie gerichtet, und mit einem schüchternen Lächeln auf den Lippen erwiderte sie seinen Blick.

Doch als sein Handy in der Manteltasche vibrierte, wandte er den Blick ab. Sein Grinsen wurde breiter, als er die Nachricht las, die eben eingegangen war. Es war eindeutig, dass ihm eine Frau geschrieben hatte, vermutlich flirtete er mit zig Damen gleichzeitig oder verabredete gerade ein nächtliches Schäferstündchen. Dafür war Josh McAllistar bekannt. Es war ja nicht so, dass sie ihn nicht gegoogelt hatte.

Das Lächeln auf seinen Lippen, das nicht ihr galt, versetzte ihr einen leichten Stich, und sie wandte den Kopf ab, um die restliche Fahrt stumm aus dem Fenster zu schauen. Josh war so vertieft in sein Telefon, dass er sie nicht einmal mehr ansprach. Was hatte sie erwartet? Vom Playboy zum Romantiker?

Als das Taxi endlich hielt, konnte sie ihre Sachen nicht schnell genug zusammenraffen. Sie warf dem Fahrer förmlich zwanzig Dollar entgegen, noch bevor Josh sein Veto einlegen konnte, und hastete aus dem Wagen. Lediglich ein gemurmeltes »Vielen Dank für die Einladung« kam ihr über die Lippen. Sie hatte sich nicht mehr als drei Meter vom Wagen entfernt, als sie seine Stimme hörte.

»Du hast was vergessen.« Mit einem verschmitzten Grinsen hielt er ihr den Zettel, den Liz ihr geschrieben hatte, entgegen. Natürlich mit der Schriftseite nach oben, weswegen Betty sicher sein konnte, dass er die Nachricht gelesen hatte.

Mit hochroten Wangen nahm sie das Papier in die Hand.

»Nette Gegend«, sagte Josh, während er umherblickte, und sie war sich nicht sicher, ob er sich über sie lustig machte oder es wirklich so meinte. Sie wohnte zwar nicht im Getto, aber eben auch nicht auf der Upper East Side wie er. »Ach, und schöne Grüße von meinem Vater. Er war wohl zu neugierig und hat mir geschrieben, um zu fragen, wie unser Date war.«

»Aber das war doch gar kein ...«, stammelte sie verdutzt, doch Josh fuhr die Scheibe bereits wieder nach oben, während er ihr noch zurief: »Gute Nacht, Betty.«

Sie lief zur Haustür und stellte mit Verwunderung fest, dass das Taxi noch nicht wieder losgefahren war. Offensichtlich wollte Josh sichergehen, dass sie heil zu Hause ankam, und sie musste zugeben, dass diese Geste wirklich sehr süß war. Als sie die Tür bereits geöffnet hatte und diese aufdrückte, wandte sie sich nochmals um und winkte ihm zum Abschied zu. Er erwiderte den Gruß und wies dem Fahrer an loszufahren.

Mit einem breiten Lächeln auf den Lippen lehnte sie sich gegen die Haustür, nachdem sie diese hinter sich geschlossen hatte. Offensichtlich hatte Josh aufgrund der neugierigen Nachricht seines Vaters so grinsen müssen und nicht etwa wegen einer Frau.

Kapitel 4

»Oh, mein Gott«, schwärmte Betty am nächsten Tag in der Mittagspause. »Diese Foodtrucks waren die beste Idee, die ich jemals hatte.«

»Ich frage mich immer noch, wo du das hin futterst. Jedes Mal, wenn ich dich heute angeschaut habe, hattest du etwas zu essen in der Hand. Und das war nicht gerade selten.« Josh grinste.

Mit der Hand im Zuckerstangenglas hielt sie in ihrer Bewegung inne. *Nicht gerade selten* – gab er damit etwa zu, dass er sie heute oft beobachtet hatte? Eilig lenkte sie ab, um sich nicht anmerken zu lassen, dass sie dieser Gedanke etwas nervös werden ließ.

»Zuckerstange?«, fragte sie und streckte ihm eine der rot-weiß gestreiften Zuckerbomben entgegen.

Er hob eine Braue. »Ich kann hier doch nicht stehen und an einer Stange rumlecken.«

»Ach was, ganz einfach, sieh doch!« Mit unschuldigem Blick sog sie die Zuckerstange ein, ließ ihre Zunge darumwirbeln und zog sie mit einem lauten Plopp wieder aus dem Mund. »Sah das jetzt etwa komisch aus?«

Mit großen Augen blickte Josh sie an.

»Oder sieh da hinüber, frisch geröstete Maronen, das wäre doch bestimmt was für dich.«

Er zögerte noch einen Moment, ehe er den Blick von ihr abwandte und zu dem beigen Foodtruck hinübersah. »Bin mal fast an einer Esskastanie erstickt. Brauche ich nicht noch mal.«

»Kenne ich. Mir bleibt ständig was im Hals stecken, zumal ich keinen Würgereflex habe.«

Mit zusammengezogenen Brauen wirbelte Joshs Kopf zu ihr herum. Er öffnete den Mund, sagte jedoch nichts.

Betty blieb cool. »Jetzt habe ich es. Da, bei Carol, gibt's kandierte Äpfel.«

Josh schüttelte sich kaum merkbar. »Was glaubst du, wie das Zeug an dem Bart kleben würde. Oder wenn es mir auf den Anzugfilz tropft. Außerdem ist das viel zu süß.«

»Oh, ich könnte mich da ja reinlegen, wie witzig wäre das, mein ganzer Körper in dieses klebrige Zeug gehüllt?«

Josh rieb sich mit der Hand über die Stirn. »Machst du das absichtlich oder bemerkst du es echt nicht?«, fragte er sie mit einem schiefen Grinsen.

»Was meinst du?« Mit unschuldigem Blick sah sie ihn an.

»Ach, nichts.« Eines dieser sehr seltenen breiten Lächeln erschien auf seinem Gesicht.

»Hast du etwa gelacht? In der Weihnachtswelt? Ein ganz ehrliches Lächeln tief aus dem Herzen?«

»Eventuell«, bestätigte er. »Weil du ein so unschuldiger Weihnachtself bist, dass du gar nicht bemerkt hast, wie du dich gerade als beste Kandidatin für einen Weihnachtsporno beworben hast.«

Erschrocken klappte ihr Mund auf, und sie dachte über ihre Aussagen in den vergangenen Minuten nach. Zuerst hatte sie genussvoll an einer Zuckerstange gelutscht, danach ihren nicht vorhandenen Würgereflex betont, um ihn sich dann ihren Körper in klebrigem Zeug vorstellen zu lassen. Sie war sicher alles andere als verklemmt, aber das war dann auch für sie etwas zu viel des Guten. Ihre Wangen glühten, das konnte sie sofort spüren. In der Hoffnung, sie würden ihre Haut etwas kühlen, presste sie ihre Handrücken auf ihr Gesicht.

»Da bleibe ich lieber Elf.« Sie grinste ihn beschämt an.

»Gute Idee.« Seine Mundwinkel zuckten. »Kannst du mir das mit der Zuckerstange trotzdem noch mal zeigen?«

Entrüstet boxte sie ihm gegen den Oberarm. »Santa belästigt seine Elfen ganz sicher nicht.«

»Fühlst du dich etwa belästigt?« Seine Stimme war etwas tiefer und noch rauer geworden, und Betty musste ein paarmal blinzeln, bevor sie den Blick von diesen lodernden grünen Augen abwenden konnte. Sie drückte die Schultern durch und kehrte zu ihrer gewohnt kecken Art zurück. »Das eine Mal lasse ich Santa durchgehen.«

»Warum habe ich das Gefühl, dass es dir besser gefällt, als du zugeben willst?«

Unbewusst benetzte sie ihre Lippen, was seinen Blick auf ihren Mund lenkte.

»Betty?« Ryan war hinter ihnen aufgetaucht. »Gut, dass ich dich noch erwische, bevor du in deine wohlverdiente Pause verschwindest. Die ersten Entwürfe sind fertig, und George möchte, dass du einen Blick darauf wirfst.«

Ihr Herz schlug schneller. Nicht nur, weil sie sehr gespannt war, gleich ihre Idee als Kampagne zu sehen, sondern auch, weil George McAllistar Wert auf ihre Meinung zu legen schien.

»Ich ziehe mich nur schnell um.«

»Okay, ich warte hier auf dich«, entgegnete Ryan mit einem aufgeregten Lächeln.

»Den Weg in den neunten Stock wird sie bestimmt auch allein finden«, brummte Josh.

»Oh, alles klar.« Ryan schien verunsichert zu sein. »Dann sehen wir uns oben.« Zögerlich machte er kehrt und ging davon.

Auch wenn ihr der Marketingchef etwas leidtat, verschwand Betty aufgrund von Joshs Kommentar mit einem Grinsen im Gesicht in einer der Umkleiden. War das etwa ein Anflug von Eifersucht, die Josh dazu veranlasste, ständig so unfreundlich zu Ryan zu sein?

Nachdem sie sich umgezogen hatte, war sie überrascht, auf dem Flur auf Josh zu treffen, der wieder im Designeranzug vor ihr stand.

Aufgeregt knabberte sie an ihrer angefangenen Zuckerstange und folgte ihm schweigend zu den Aufzügen.

»Ich habe Laura heute Morgen über deine Gehaltserhöhung informiert, sie wird alles in die Wege leiten.«

»Danke, das wäre nicht nötig gewesen, aber ich freue mich natürlich.« Sie schenkte ihm ein engelsgleiches Lächeln.

Als sich die Kabinentüren vor ihnen öffneten, stellte Josh sich dazwischen und nickte in Richtung ihrer Süßigkeit. »Die bleibt hier.«

»Ist das dein Ernst?«

»Natürlich. Keine Zuckerstangen während des Meetings«, erklärte er unnachgiebig.

»Aber damit kann ich besser denken«, jammerte Betty.

Doch Josh ließ sich nicht beirren. »Ist auch nicht gut für die Zähne.«

Als sie die Stange sinken ließ, dämmerte es ihr, und ein breites Grinsen erschien auf ihrem Gesicht.

»Was?«, fragte er verdutzt.

»Soll ich aufhören, an der Zuckerstange zu lecken, weil es Ryan ablenken könnte?«, fragte sie provokant, da es einfach zu offensichtlich war, dass es Josh nicht passte, wenn sie vor Ryan daran rumschlecken würde – und ganz sicher nicht, weil er sich um ihre Zahngesundheit sorgte.

»Du kannst vor Ryan tun und lassen, was du möchtest. Ich weiß gar nicht, was du damit sagen willst.«

Auch wenn sie dieses Gespräch gern noch fortgesetzt hätte, gab sie nach, da sie Joshs Vater nicht warten lassen wollte. Sie ließ ihre Zunge noch einmal um die Stange wirbeln, zog diese dann lasziv aus dem Mund und warf sie in den Müll neben der Aufzugtür.

Nachdem er den Knopf für den neunten Stock gedrückt hatte, fragte er mit hochgezogener Braue: »War das jetzt das große Finale?«

»Oh, glaub mir, beim richtigen Finale müsstest du nicht nachfragen.«

Er machte einen Schritt auf sie zu, und das Grinsen auf seinen Lippen wurde von einem Blitzen in seinen Augen begleitet. Gerade als er etwas sagen wollte, ertönte jedoch erneut das schrille Signal des Aufzugs, und die Türen sprangen auf.

Betty ärgerte sich, denn sie hätte nur zu gern den frechen Konter gehört.

Sie folgte Josh, der strammen Schrittes den Meetingraum ansteuerte, in dem Ryan bereits neben George McAllistar und Judy vor einem großen Plakat stand.

»Ich muss schon sagen, Ms. Davis, das ist vermutlich die ansprechendste Plakatwerbung, die wir jemals zu Weihnachten hatten«, lobte Joshs Vater sie voller Anerkennung.

Bettys Aufregung wich einem ungewohnten Gefühl. Stolz. Zum allerersten Mal in ihrem bisherigen Berufsleben fand eine Idee von ihr eine solche Anerkennung, dass sie tatsächlich stolz auf sich sein durfte. Sie stellte sich neben Mr. McAllistar senior und betrachtete das Papier, das fast den Tisch bedeckte. Egal, welches Foto man betrachtete, jedes war einzigartig. Man entdeckte Teddybären in allen Farben und Größen, Puppen, Züge, Bauklötze. Über die Jahre wurde es zunehmend bunter, und Barbies und ferngesteuerte Autos kamen dazu. Ihr Slogan war in leicht verschnörkelter Schrift über die Collage gesetzt und mit einem golden glitzernden Schatten hinterlegt worden. Alles an diesem Plakat schrie: *Weihnachten!*

»Ich kann mich gar nicht daran sattsehen«, schwärmte Judy. Sie tippte auf ein Bild. »Das war in dem Jahr, in dem ich hier als Ihre Sekretärin begonnen habe. 1983. Können Sie sich erinnern, Mr. McAllistar?«

»Judy, wie oft muss ich es denn noch sagen? George!«, bat der Seniorchef sie mit freundlicher Stimme, ihn beim Vornamen zu nennen.

Judy kicherte lediglich und wollte dann wohl von ihren geröteten Wangen ablenken. »An das Schaufenster kann ich mich sogar erinnern. Wochenlang bin ich an dem niedlichen Bären vorbeigelaufen, und kurz vor Weihnachten habe ich ihn für meine Nichte gekauft.«

Nun war wohl auch Josh so neugierig geworden, dass er sein Handy in der Hosentasche verschwinden ließ und sich zu ihnen gesellte. Sein Arm berührte ihren, als er sich auf dem Tisch abstütze, um die Bilder zu betrachten. Sein Blick wirkte konzentriert und das anerkennende Nicken wurde zunehmend energischer. »Toll geworden«, stimmte er seinem Vater schließlich zu, und für Betty kamen diese zwei kleinen Worte einem Ritterschlag gleich.

»Das muss auch ich zugeben.« Ryan schenkte ihr ein schiefes Grinsen. »Wobei natürlich noch abzuwarten bleibt, ob es Kunden anlockt.« Als ihr das Lächeln aus dem Gesicht wich, ergänzte er hastig: »Wovon ich natürlich ausgehe. Tolle Idee!«

»Sehr nett von dir«, erwiderte sie dankbar und schenkte ihm ein Lächeln.

»Ich war auch nett«, brummte Josh neben ihr und sie stieß ihn grinsend mit dem Ellenbogen an.

»Habe ich registriert.«

»Hast du heute nach deinem Feierabend noch Zeit für mich, Betty?«, fragte Ryan mit einem Mal.

Sowohl Bettys als auch Joshs Kopf wirbelten zu dem Marketingchef herum. Sie muss Ryan so fragend angesehen haben, dass er sich zu einer Erklärung genötigt sah. »Wegen des Plakats. Wir müssen noch ein paar Details klären, wegen der letztendlichen Anordnung.«

Erleichtert, dass die Anfrage rein beruflicher Natur war, nickte sie. »Ja, natürlich, ich habe nichts vor. Ich freue mich.«

Josh warf ihr einen schiefen Blick zu, den sie nicht so recht deuten konnte.

»Es wäre großartig, wenn wir der Druckerei morgen das Go geben könnten«, sagte George McAllistar.

»Natürlich, das sollte kein Problem sein«, bestätigte Ryan.

»Ich habe den ganzen Abend Zeit«, entgegnete Betty.

»Muss noch was arbeiten«, brummte Josh, zog das Smartphone schon wieder aus der Tasche und verschwand.

Als sie nach ihrer Mittagspause zurück in die Weihnachtswelt kam, saß Josh bereits auf dem Santa-Stuhl und tippte eifrig auf seinem Handy herum.

»Es ist auch nur noch eine Frage der Zeit, bis dieses Gerät mit deiner Hand verschmilzt, du Workaholic«, sagte sie amüsiert.

»Gar nicht wahr. Außerdem ist es zur Abwechslung mal privat.«

»Ah.« Betty beugte sich ungelenk hinter seinen Stuhl, um einen Blick auf das Display des Handys werfen zu können, doch die Scheinwerfer des Kaufhauses machten es zu einem unmöglichen Unterfangen.

Zudem schien Josh ihr Vorhaben zu bemerken und drehte den Bildschirm weiter zu sich.

»Auch Pläne für heute Abend?«, fragte Betty so gelassen wie möglich.

Sein einsilbiges »Mmh« als Antwort weckte ihre Neugierde. Offensichtlich machte Santa sich gerade wieder einen Engel für heute Abend klar. Doch warum zum Henker nervte sie das so? Er war nicht nur ein Grinch und Workaholic, sondern auch ein klassischer Womanizer. Und sein Beuteschema waren sicher keine Elfen.

Den Nachmittag über wurde Josh nicht mehr viel gesprächiger. Immer wieder vibrierte sein Handy in der Manteltasche, und wann immer sich die Gelegenheit bot, beantwortete er die Nachricht mit einem Grinsen im Gesicht.

Schließlich platzte Betty der Kragen. »Kannst du deine Dates vielleicht später vereinbaren?«

Mit düsterem Blick sah er sie an. »Wieso? Du machst deine Dates doch auch während der Arbeitszeit aus.«

»Was redest du da? Das ist doch kein Date«, verteidigte sie sich fassungslos.

»Sieht unser lieber Ryan das auch so?«, fragte ihr Boss mit provokantem Unterton in der Stimme.

»Das ist doch lächerlich. Es ist ein rein geschäftliches Treffen, weil er das Plakat mit mir besprechen möchte.«

»Was gibt es da noch zu besprechen? Dein Vorschlag war überragend, der Entwurf ist perfekt.«

Die Wut entwich aus ihrer Miene, und ein schüchternes Grinsen erschien auf ihren Lippen. »Echt? Findest du?«

»Ja, deswegen verstehe ich auch nicht, was Ryan noch besprechen will.« Als er ihr Lächeln sah, schob er nach: »Die Überstunden will ich ihm nicht bezahlen, total unnötig.«

»Seine Überstunden?«, fragte sie irritiert. »Deswegen. Verstehe.« Geknickt wandte sie sich ab. Es hätte ihr klar sein sollen, dass es Josh mal wieder nur ums Geld ging.

Sie war erleichtert, als sie das letzte Kind an diesem Abend verabschiedeten. Provokant nahm sie die letzten zwei Zuckerstangen aus dem Glas und steckte sie in den Gürtel ihres Kostüms.

Doch auch Josh schien es eilig zuhaben. Mit einer gemurmelten Verabschiedung verließ er das Setting und eilte zu den Umkleiden.

»Viel Spaß bei deinem Date«, rief Betty ihm übertrieben freundlich hinterher. Als sie in den dunklen Flur abbog, fragte sie sich ernsthaft, ob der Marketingchef vielleicht doch etwas mehr Interesse an ihr haben könnte, als sie bisher angenommen hatte. Eventuell wäre es auch eine vernünftige Idee, mal einen netten Kerl zu daten, anstelle von Männern, die bereits beim Kennenlernen die rote Flagge hochhielten – wie ein gewisser Santa Claus.

Gedankenverloren und mit gesenktem Blick lief sie in eine der Mitarbeiterumkleiden, erschrak sich jedoch fast zu Tode, als sich zwei halb nackte, verknotete Körper vor ihr auftaten, die eng umschlungen nicht gerade jugendfreie Dinge anstellte. Hastig wandte sie den Blick ab und zog die Tür wieder zu. Prompt wurde diese hinter ihr abgeschlossen. Für einen kurzen Moment war sie unsicher, erinnerte sich dann jedoch daran, dass der Kerl eben blonde Haare gehabt hatte. Auch wenn sie Josh einiges zutrauen würde, sicherlich keinen Quickie mit einer Angestellten im Umkleideraum für Mitarbeiter.

Mit einem tiefen Seufzer öffnete sie die nächste Tür und wollte nur noch aus diesem kratzigen Kostüm raus, als ihr Blick erneut auf nackte Haut fiel. Doch dieses Mal war es lediglich ein Körper. Aber was für einer. Jeder Muskel war definiert und ausgeprägt. Breite Schultern drehten sich zu ihr herum, und ihr Blick fiel auf die muskulöse Brust, die mit einem stahlharten Sixpack verschmolz. Mit aufgeklappter Kinnlade musterte sie völlig schamlos den lediglich mit Boxershorts bekleideten Astralkörper ihrer Chefs.

»Bist du dann fertig?«, fragte er unbeeindruckt. »Dann würde ich gern die Tür abschließen ... hinter dir.«

»Hinter mir?«, fragte sie verwirrt.

»Nein, also ja, also nicht mit dir hier drin, das meinte ich mit nicht mit *hinter dir*«, stammelte Josh zusammenhangslos.

»Wieso vergisst heute jeder abzuschließen?«, regte Betty sich auf. »Da drüben haben sie Sex, hier steht ein Stripper ...«

»Wer hat Sex?«, wollte Josh entsetzt wissen. »Unsere Mitarbeiter?« Er wollte bereits losstürmen, als Betty einen Arm ausstreckte, um ihn aufzuhalten.

»Lass sie doch ihren Spaß haben.« Erst jetzt bemerke sie, dass ihre Hand auf Joshs nacktem Oberkörper lag.

Auch er blickte langsam nach unten, um den Kopf dann wieder mit einem breiten Grinsen auf den Lippen zu heben.

»Bei den beiden Vögelnden eben war's weniger peinlich«, stammelte sie und zog hastig ihren Arm zurück. Oh, mein Gott, hatte sie eben ernsthaft ihren halb nackten Boss begrapscht? Auf das Arbeitszeugnis war sie gespannt. »Ich warte draußen, bis du fertig bist«, sagte sie krächzend und verließ eilig die Umkleide.

Neben der Tür lehnte sie sich gegen die kalte Mauer und schloss für einen Moment die Augen. So was konnte mal wieder nur ihr passieren.

Minuten später öffnete sich die Tür, und Josh kam heraus. Er lehnte sich in den Türrahmen und blickte sie ruhig an. »Stripper?«

Genervt atmete sie aus. »Du weißt genau, wie du aussiehst. Die Begeisterung darüber überlasse ich deinem Date.«

»Oh, dafür sahst du eben aber sehr begeistert aus«, ärgerte er sie, als sie sich an ihm vorbei in die Tür drängte.

Sie musste raus aus diesem Kostüm. Ihr Körper verbrannte, was zugegebenermaßen nicht nur an diesem Polyester-Strampler lag.

Als sie in Jeans und Pullover im neunten Stock ankam, war sie tatsächlich erleichtert, dass in Joshs Büro Licht brannte. Vielleicht war er doch nicht verabredet. Ach, Betty, ermahnte sie sich selbst. Er würde bestimmt später noch ausgehen.

»Betty«, rief Ryan sie bereits aus dem Meetingraum.

»Hey, Ryan, sorry, es hat etwas gedauert, bis eine der Umkleiden frei war.« Sie verschwieg ihm an dieser Stelle lieber, was sie erlebt hatte. Unauffällig versuchte sie, den Marketingchef zu mustern. Es war unschwer zu erkennen, dass er bei Weitem nicht so gut gebaut war wie Josh unter dem Anzug. Nichts gegen den kleinen Bauchansatz, so oberflächlich war sie nicht, dennoch ging ihr der Anblick ihres fast nackten Chefs nicht mehr aus dem Kopf.

Sie schüttelte sich kaum merkbar und schenkte Ryan ein freundliches Lächeln.

»Du hast bestimmt Hunger. Sollen wir uns etwas zu essen bestellen?«, schlug er vor.

»Sehr gern, ich bin am Verhungern, obwohl ich die beste Kundin an den Foodtrucks bin.« Sie lachte auf, und Ryan strahlte von einem Ohr bis zum anderen.

»Also wenn du es dir nicht leisten kannst, dann weiß ich auch nicht«, entgegnete er.

Plötzlich ertönte Joshs tiefe Stimme. »Ryan, ist die Budgetplanung für die Marketingabteilung für das erste Quartal schon fertig?«

»Einen Moment.« Eilig erhob sich Ryan und ging zu Josh hinüber. »Der Entwurf liegt auf Ihrem Schreibtisch – genau hier«, konnte Betty Ryan erklären hören.

Er kam zurück zu ihr. »Also, Pizza oder lieber Sushi? Oder magst du Chinesisch?«

»Ich esse alles. Such du aus!«

»Dann Pizza«, beschloss Ryan und zückte sein Handy.

»Ich wäre Ihnen dankbar, wenn Sie unseren Meetingraum nicht in ein Restaurant verwandeln würden, Ryan.«

Erschrocken wirbelte Betty herum. Sie hatte Josh nicht hereinkommen hören.

»Natürlich, Mr. McAllistar.«

Betty zog die Augenbrauen hoch und sah Josh mit irritierter Miene nach, als er kehrtmachte. »Vermutlich brauchen wir ja auch gar nicht so lange«, versuchte sie Ryan aufzubauen, da sie bemerkte, wie unangenehm ihm die Situation war.

»Ich wollte mit dir hauptsächlich über die Anordnung sprechen, manche Bereiche sehen von der Farbverteilung her noch etwas ungeordnet aus. Muss es denn unbedingt chronologisch sein?«

»Lass mal sehen«, entgegnete Betty und stellte sich neben ihn. Sie ließ den Blick über das Plakat schweifen, konnte aber keine Unstimmigkeiten entdecken. Für sie sah es ebenso wie für Josh perfekt aus.

»Da, die Ecke oben. Das sind sehr viele verschiedene Rottöne, wenn man das aus einiger Entfernung sieht ...«

»Welche?«, fragte Betty, da ihr wirklich keine Unruhe in der Collage auffiel.

Ryan legte seine Hand auf ihre und führte sie zum oberen Rand. »Ich meine *den* Bereich.«

Verdutzt drehte sie ihren Kopf zu ihm und blickte ihm in die dunklen Augen. Sie konnte nicht genau sagen, ob sie sich unwohl fühlte oder nicht, doch die plötzliche Nähe kam unerwartet.

Ein lautes Räuspern ertönte im Türrahmen. »Ich störe nur ungern, bei was auch immer ihr da macht. Aber, Ryan, ich bräuchte noch eine kurze Erklärung zum Budget.«

Betty war froh um die Unterbrechung. Der Marketingchef war nett und auch gut aussehend, keine Frage, doch er konnte ihr Interesse nicht so recht wecken.

Als Ryan zurückkam, blickte er sie zerknirscht an. »Entschuldige, ich wusste nicht, dass Mr. McAllistar heute so lange arbeiten und Rückfragen haben würde.«

»Kein Problem«, versuchte sie, ihn zu beruhigen. Sie stand auf und blickte auf das Plakat. »Ryan, ich verstehe, dass du dafür ein viel besseres Auge hast, du bist nun mal der Profi, aber ich muss gestehen, dass ich es, so, wie es ist, sehr gelungen finde.« Hastig hob sie die Hände. »Das soll jetzt nicht eingebildet klingen.«

Er kicherte leise. »Schon gut, wenn das dein Entschluss ist, dann bitte ich George McAllistar um Freigabe, auch wenn ich persönlich definitiv an der Zusammenstellung ...«

»Ich danke dir«, unterbrach sie ihn euphorisch, da sie die

Diskussion nicht erneut starten wollte. Sie griff nach ihrem Handy auf dem Tisch. »Dann rufe ich mir mal ein Taxi.« Auch wenn sie es Josh gegenüber nicht zugeben würde, freute sie sich wahnsinnig, dass sie die vielen Blocks nicht mehr jeden Tag nach Hause laufen musste, vor allem, wenn es abends etwas später geworden war.

»Das brauchst du doch nicht. Ich kann dich gern nach Hause bringen«, bot Ryan ihr an.

»Das ist nicht nötig. Bestimmt ist es ein Umweg für dich.«

»Ich habe heute nichts mehr vor«, erklärte er mit einem freundlichen Lächeln.

Da sie ihn bereits wegen seiner Kritik an dem Plakat übergangen hatte, wollte sie nicht unhöflich sein. »Okay, klar, danke.«

Ryan folgte ihr aus dem Meetingraum.

»Fertig für heute?«, fragte Josh mit lauter Stimme.

Entnervt rollte Betty mit den Augen, da sie seinen Auftritt am heutigen Abend nicht nachvollziehen konnte. Sollte er Ryan doch einfach seinen Job machen lassen.

Bei dem Marketingchef schien die einschüchternde Art jedoch zu ziehen, und er eilte in Joshs Büro. »Ja, wir konnten alles klären. Ich werde Ihren Vater direkt morgen früh um seine Freigabe bitten.«

»Warum kann ich das nicht freigeben?«, fragte Josh eisig.

»Ähm, doch natürlich können Sie das. Ich wollte damit nicht sagen, dass das unbedingt von Ihrem Vater ...«

Josh erhob sich mit Schwung aus seinem Stuhl und ging in das Besprechungszimmer. »Was habt ihr geändert?«, fragte er mit ungeduldigem Blick.

»Nichts«, antwortete Ryan brav; er klebte Josh wie ein Welpe an den Beinen.

»Nichts?«, wiederholte Josh mit hochgezogenen Brauen. »Was habt ihr dann die letzte halbe Stunde hier gemacht?«

»Hauptsächlich deine Unterbrechungen über uns ergehen

lassen«, konterte Betty bissig, da sie seinen *Big Boss*-Auftritt völlig daneben fand.

»Ich habe unterbrochen?«, fragte er sie mit großen Augen. »Wobei? Beim Händchenhalten?«

Sie schnaubte. »Gibst du das Plakat jetzt frei oder nicht?« Ihre Stimme war lauter geworden.

»Ja, natürlich gebe ich es frei. Ich habe doch schon gesagt, dass es perfekt ist, weswegen dieses Meeting hier auch völlig unnötig war«, rief Josh laut.

»Gut«, keifte Betty zurück. »Dann können wir ja gehen. Ryan wird mich nämlich jetzt nach Hause bringen«, erklärte sie Josh provokant.

»Ach, ist das so? Dafür habe ich dir eine Gehaltserhöhung gegeben?«

Betty versuchte erst gar nicht, das Augenrollen zu unterdrücken, und hakte sich bei dem Marketingchef, der ihren Schlagabtausch mit offenem Mund verfolgt hatte, unter und dirigierte ihn in Richtung der Aufzüge.

In der Tiefgarage des Gebäudes blickte Betty sich beeindruckt um. »Wow, so ein Luxus – ein Parkplatz mitten in Manhattan.«

»Das stimmt, der ist den beiden Chefs und den Abteilungsleitern vorbehalten«, erklärte Ryan stolz.

»Da bin ich echt neidisch und das, obwohl ich nicht mal ein Auto habe.« Betty lachte herzlich.

Auch Ryan musste kichern. »Du bist witzig.«

Betty stoppte abrupt. »Danke.« Auch wenn sie nicht sicher war, was die Absichten des Marketingchefs waren, war sie nicht auf einen Flirt aus. Dieses tägliche Hin und Her mit Josh reichte ihr im Moment vollkommen aus.

»Wo wohnst du denn?«

Nachdem sie ihm ihre Adresse genannt hatte, blickte sie angestrengt aus dem Fenster. So richtig wohlfühlte sie sich nicht.

»Ist die Stimmung zwischen dir und Mr. McAllistar immer so?«, wollte Ryan plötzlich wissen.

»Wie denn?«, fragte sie irritiert.

»Nun ja, ich würde es vielleicht *angespannt* nennen.«

Betty würde es gern Vorspiel nennen. Denn dieser verdammte nackte Sixpack ging ihr einfach nicht mehr aus dem Kopf, egal wie arschig Josh sich heute Abend verhalten hatte.

»Wir sind beide stur und hitzköpfig«, erklärte sie betont gelassen. Zum einen, um bei Ryan keinen falschen Eindruck zu erwecken, und zum anderen, um sich selbst davon zu überzeugen, dass sie Josh eigentlich gar nicht leiden konnte.

»Es hat mich nur überrascht.«

»Dass wir uns angeraunzt haben?«, fragte sie peinlich berührt, da sie ihr Temperament entgegen ihren guten Vorsätzen auch bei diesem Job mal wieder nicht im Griff hatte.

»Das auch, vor allem aber, dass Mr. McAllistar dir das durchgehen lässt. Ich würde längst meine Kündigung in den Händen halten.«

Betty fühlte sich nicht etwa durch den unterschwelligen Vorwurf, dass sie es sich leisten konnte, so mit ihrem Boss zu reden, weil sie eine Frau war, angegriffen, sondern musste zugeben, dass Ryan wohl recht hatte. Würden Josh und sie nicht dann und wann heftigst flirten, könnte sie einen solchen Ton sicher nicht anschlagen. Zudem war sie davon überzeugt, dass Josh jemanden brauchte, der ihm die Meinung geigte, anstatt lediglich immer zu nicken, wie es Ryan tat.

»Ich glaube, ich genieße Elfenschutz. Und es ist vermutlich nicht so einfach, jemanden für die Rolle zu finden.«

»Ah, wie Welpenschutz, ich verstehe. Das ist witzig«, analysierte Ryan den Witz und lachte lautstark. »Du machst das aber auch überragend, das sagen alle. Ich habe sogar McAllistar junior zu seinem Vater sagen hören, dass es vermutlich niemals einen besseren Elfen gab und die Kids ganz vernarrt in dich sind.«

Interessiert zog sie die Stirn in Falten. Sie hätte nicht gedacht, dass Josh solch warmen Worte bei seinem Vater für sie finden würde.

Je näher sie ihrer Wohnung kamen, desto nervöser wurde Betty. Sie hoffte, Ryan würde keine Einladung auf ein Glas Wein erwarten oder noch mehr.

Das Navigationssystem verkündete, dass sie ihr Ziel erreicht hatten. Er stoppte den Wagen und warf einen Blick auf die dunkelgrüne Tür des dreistöckigen Hauses aus roten Backsteinen. »Ja, dann ...«, stammelte er.

Sie wandte sich ihm zu, griff aber bereits demonstrativ nach ihrer Handtasche, die sie im Fußraum abgestellt hatte. »Ich danke dir fürs Heimbringen.« Ihre rechte Hand lag bereits auf dem silbernen Türgriff.

Ungelenk beugte sich Ryan ihr entgegen. Doch bevor er auf dumme Ideen kommen konnte, lehnte Betty sich so weit zurück, dass das Plastik der Tür schmerzhaft gegen ihren Rücken drückte. Abweisend streckte sie ihm die Hand entgegen. »Vielen Dank und einen schönen Abend dir noch.«

Verdutzt schüttelte er ihre Hand und blickte ihr nach, als sie beinahe aus dem Wagen flüchtete.

Auf halbem Weg zur Tür drehte sie sich um, winkte ihm mit einem schiefen Grinsen zu und atmete erleichtert aus, als sie in ihrer Wohnung war.

Am kommenden Tag war es ungewöhnlich ruhig. Zwischen den Besuchen der Kinder waren immer wieder längere Pausen. Doch jedes Gespräch, das Betty begann, war nach Sekunden bereits wieder beendet. Sie hatte den Eindruck, dass der Juniorchef wegen ihres kleinen Disputs am gestrigen Abend schmollte.

Wieder einmal wartete sie ungeduldig auf das nächste Kind, als sie mit weit geöffnetem Mund gähnte.

»Harte Nacht gehabt?«, fragte Josh mit unverkennbarem Sarkasmus in der Stimme.

»Keine Ahnung, worauf du anspielst, aber nein, eine sehr entspannte«, gab sie mit aufgesetztem Lächeln zurück.

»Ach, wer oder was hat dich denn so entspannt?« Seine Stimme klang schon wieder angriffslustig.

Auch wenn Betty nicht genau wusste, warum, wollte sie nicht, dass Josh dachte, sie hatte etwas mit dem Marketingchef gehabt.

»Niemand. Nachdem Ryan mich zu Hause abgesetzt hatte, habe ich mir einen Weihnachtsfilm angeschaut und bin für meine Verhältnisse früh ins Bett gegangen.« Den Zusatz, dass ihr im Traum Santas braun gebrannter Waschbrettbauch erschienen war, ließ sie lieber weg.

Josh Gesichtszüge entspannten sich sichtlich. »Also hat er sich benommen?«

Überrascht über die Frage blickte sie ihn an. »Wieso fragst du?«

Er wandte den Blick ab. »Wenn du so lange arbeitest, muss ich als dein Boss ja dafür sorgen, dass du sicher zu Hause ankommst. Na ja, und dass sich keiner meiner Angestellten irgendwie, nun ja, also ...«

Er tat Betty beinahe leid, wie er völlig unbeholfen herumstammelte.

»Ryan hat sich benommen«, erlöste sie ihn. Doch sie konnte nicht widerstehen. »Also er hat nichts gemacht, was ich nicht auch wollte.«

Joshs Kopf wirbelte zu ihr herüber. Mit großen Augen fragte er sie: »Und was wolltest du?«

Sie konnte das Kichern, das bereits schon die ganze Zeit ihre Kehle verlassen wollte, nicht mehr unterdrücken. »Ihm die Hand zum Abschied schütteln.«

Josh nickte mit entspannter Miene. »Okay. Also es ist ja nicht so, dass es mich interessieren würde. Es geht ja nur darum, dass zwischen unseren Mitarbeitern alles anständig abläuft.«

»Du meinst, so anständig wie bei den beiden in der Mitarbeiterumkleide gestern?« Betty musste bei der Erinnerung daran erneut kichern.

»Standest du bei denen auch so lange in der Tür und hast sie angestarrt?«, fragte Josh amüsiert.

Ja, ja, dachte Betty, jetzt hat er wieder Oberhand, aber eben noch stammelnd herausfinden wollen, ob was zwischen ihr und Ryan gelaufen war.

»Ja, die Stellung sah inspirierend aus. Außerdem war der Kerl extrem gut gebaut – überall.«

Mit weit aufgerissenen Augen sah Josh sie an, und sie brach in schallendes Gelächter aus.

Grinsend schüttelte er den Kopf. »Du bist unmöglich. Warst du schon immer so?«

»Wie denn?«

»Frech, vorlaut, musst immer das letzte Wort haben, sturköpfig ...«

»Danke, danke, reicht«, unterbrach Betty ihn. »Ich habe es verstanden.«

Gerade als sie Feierabend machten, kam ihnen Rose mit einem langen Gesicht entgegen. Die ältere Frau bastelte mit den Kindern in der Weihnachtswelt Lebkuchenhäuser.

»Rose, was ist los?«, fragte Betty besorgt.

»Ach, seit das *Jessy's* so viele Attraktionen für Kinder hat, kommen immer weniger zu uns. Ich habe unzählige leckere Lebkuchenwände übrig, da der Andrang heute so gering war.«

»Das ist schade«, stimmte Josh zu ihrer Überraschung zu.

Während dieser ein Gespräch mit Rose über die Materialkosten begann, setzte Betty sich in das überdimensionale Lebkuchenhaus. Sie legte sich ein paar der essbaren Wände zurecht und bestrich die Ränder mit Zuckerguss. Mit spitzen Fingern und konzentriertem Blick versuchte sie, die Wände gerade zusammenzukleben.

»Josh, hilf mir mal«, rief sie ihrem Chef zu, der unter einem Seufzen zu ihr herüberkam.

Rose musste los und bat sie beide lediglich, die Sachen zusammenzustapeln, wenn sie fertig waren.

»Ich muss eigentlich noch etwas arbeiten.« Josh zog ein leidendes Gesicht.

»Nur kurz, bis mein Rohbau steht.«

Er lachte rau auf und tat wie geheißen. Kraftvoll packte er zu, und prompt brach eine Ecke ab.

»Doch nicht so grob«, tadelte Betty ihn. »Mit mehr Gefühl.«

Seine Augen funkelten. »Also magst du es nicht, wenn man fest zupackt, sondern eher gefühlvoll?«

Sie erwiderte den Blick mit einem Schmunzeln auf den Lippen. »Die Mischung macht's.«

Lachend warf er den Kopf in den Nacken. »Gute Antwort.«

Zu ihrer Überraschung setzte Josh sich neben sie auf die Holzbank und griff nach einem neuen Lebkuchen. Fokussiert richtete er die Wände aus, strich Zuckerguss darauf und dirigierte ihre Hände dorthin, wo sie festhalten sollte.

Sie nahm einen tiefen Atemzug. »Lebkuchenduft ist einfach der Inbegriff von Weihnachten.«

Josh grinste, erwiderte aber nichts.

Genüsslich biss Betty in einen der übrig gebliebenen Lebkuchen. »O Gott, sind die gut«, schwärmte sie begeistert. »Probier mal«, forderte sie Josh auf, während sie ihm das Gebäck vor den Mund hielt.

»Ähm, na ja, gut.« Er nahm einen kleinen Bissen und kaute nachdenklich.

Seine Miene irritierte sie. »Nicht gut?«

»Doch«, er nickte sachte. »Schmecken wie damals bei meiner Grandma.«

»Hat sie auch immer selbst Lebkuchen gebacken?«

»Die besten! Das ganze Haus roch danach, und kaum waren wir zur Tür hereingekommen, habe ich mich jedes Mal sofort in die Küche geschlichen und genascht.« Er grinste, während er sich daran erinnerte. »Meine Granny wusste es natürlich und hat deshalb immer schon die abgebrochenen Stücke auf dem Küchentisch deponiert.«

»Das klingt nach einer tollen Weihnachtserinnerung.«

»Was ist deine schönste Weihnachtserinnerung?«, fragte er, während er den Zuckerguss kräftig umrührte.

»Hm, wenn ich mich entscheiden müsste, dann der Weihnachtsmorgen. Nicht unbedingt wegen der Geschenke unterm Baum, aber ich liebte es, im Schlafanzug ins Wohnzimmer hinunterzurennen, um zu sehen, ob Santa die Kekse und die Milch, die ich ihm hingestellt hatte, gegessen und getrunken hat. Das ganze Haus roch bereits nach dem Festessen, das es zu Mittag gab, und ich saß stundenlang auf dem Teppich neben dem Weihnachtsbaum und habe mit meinen neuen Sachen gespielt. Lief es bei euch ähnlich ab?«

Joshs Miene verhärtete sich. »Ja, ungefähr, bis ich dreizehn war. Danach mochte ich Weihnachten nicht mehr sonderlich.«

Dreizehn? Das war jung. Hatte das etwas mit dieser Miranda zu tun, von der sein Vater gesprochen hatte? Sie konnte dann aber nicht Joshs Freundin oder Frau gewesen sein. Ihr lag die Frage bereits auf der Zunge, doch sie schluckte sie hinunter. Es ging sie nichts an, und Josh hatte für seine Verhältnisse sowieso bereits viel über sich preisgegeben. Sie wollte den Moment nicht zerstören. Um die Stimmung etwas aufzulockern, rief sie laut »Dekoration!« und zog die vielen Schüsseln mit bunten Streuseln, Schokolinsen, Zuckerstangenbröseln und Gummibärchen heran.

Josh musste über ihre kindliche Begeisterung den Kopf schütteln, wenn auch begleitet von einem Schmunzeln. Mit einem Mal tauchte er seinen Finger in den Zuckerguss und tippte ihn ihr auf die Nase. »Ich dekoriere den Elf.«

Ungläubig riss sie die Augen auf. »Na, warte.« Sie revanchierte sich ebenfalls mit einem Zuckergusspunkt auf seiner Nase.

Beide mussten laut lachen.

Betty nahm eine rote Schokolinse und drückte sie sich auf die Nase.

»Das süßeste Rentier, das ich je gesehen habe«, kommentierte Josh ihren Look.

Kichernd nahm sie die Schokolade von ihrer Nase und versuchte, sich die Masse abzuwischen. Doch sie verteilte sie lediglich auf ihrer Wange.

Mit dem Daumen strich Josh plötzlich sanft über ihre Haut, um den Zuckerguss zu entfernen.

Gebannt und mit leicht geöffnetem Mund blickte sie ihn stumm an.

Erneut tauchte er einen Finger in den Zuckerguss und machte ihr einen kleinen Punkt auf die Lippen.

Sie hielt den Atem an und wartete gespannt darauf, was er als Nächstes tun würde.

Er ließ seinen Blick keine Sekunde von ihren Augen gleiten, als er ihr sanft eine Hand in den Nacken legte und sie langsam zu sich zog. Aufgeregt krallte sich Betty an der Holzbank fest. Würde dieser verboten heiße Santa sie wirklich küssen?

Lediglich ein paar Zentimeter trennten ihre Lippen voneinander, als Stimmen neben ihnen ertönten.

Josh zuckte zwar zurück, blickte jedoch noch immer wie hypnotisiert auf ihre Lippen, als sie erschrocken den Zuckerguss von ihnen leckte.

Gepresst atmete sie aus und versuchte, ihren rasenden Puls zu beruhigen. Mit zitternden Fingern fuhr sie sich durch die langen Haare.

Mike, der für die Security zuständig war, streckte seinen Kopf durch ein Fenster des riesigen Lebkuchenhauses. »Hallo ihr beiden, was macht ihr da?«

»Lebkuchenhaus bauen«, rief sie übertrieben schrill.

Josh nickte energisch. »Wir testen das Kundenerlebnis.«

»Das klingt ja toll. Da wünsche ich euch viel Spaß!« Mike schlenderte fröhlich pfeifend weiter.

Verlegen blickte Betty ihren Chef an, der den Blick wieder auf ihr Bauwerk gesenkt hatte.

»Dekorieren?«, fragte sie euphorisch, um ihre Nervosität zu überspielen. Sie hoffte so sehr, dass Josh noch bleiben würde.

Und zu ihrer großen Freude griff er tatsächlich nach der Schüssel mit bunten Streuseln. »Los geht's.«

Kapitel 5

Betty war froh, dass heute Liz' freier Tag war. Daher ging sie nicht nach Hause, sondern lief direkt vom *Maint's* zur Wohnung ihrer besten Freundin. Noch bevor sie Schuhe und Mantel ausgezogen hatte, begann sie, ihr von dem Beinahe-Kuss im Lebkuchenhaus zu berichten.

»Das wäre so romantisch gewesen«, schwärmte Liz mit verträumtem Blick.

»Nachdem Mike uns unterbrochen hatte, hat Josh aber keinen Versuch mehr gestartet.«

»Na ja, er ist nun mal dein Boss und ihr saßt ja mitten im Kaufhaus.« Liz grinste verschmitzt. »Aber da will Santa wohl einen Elfen flachlegen.«

Betty schenkte ihr ein zynisches Grinsen. »Wie witzig.«

»Jetzt tu doch nicht so! Glaubst du ernsthaft, mir würde nicht auffallen, wie deine Augen glitzern, wenn du von ihm erzählst? Als ihr in meinem Restaurant gesessen seid, hätte man meinen können, ihr hättet euer erstes Date. Er hat keine Sekunde die Augen von dir gelassen, und du hast gekichert wie eine Sechzehnjährige.«

Schnaubend ließ Betty sich aufs Sofa fallen. »Quatsch! Er sieht gut aus, das kann ich nicht leugnen. Aber das weiß er auch. Außerdem hängt er die ganze Zeit dümmlich grinsend am Handy. Daher gehe ich davon aus, dass er jemanden datet.«

»Hast du gesehen, mit wem er schreibt?«, wollte Liz neugierig wissen.

»O Gott, nein! Er ist immer noch mein Boss. Soll ich mich

über seine Schulter lehnen, wenn er mal wieder das Handydisplay anlächelt, und einen Blick auf die Nachrichten werfen? Bei der Gelegenheit kann ich ihn ja gleich mal fragen, ob es etwas Ernstes oder nur eine Bettgeschichte ist.« Sie verschwieg Liz an dieser Stelle lieber, dass sie bereits zu spionieren versucht hatte und gescheitert war.

Nachdenklich schüttelte ihre beste Freundin den Kopf. »Du gefällst ihm, definitiv. Alles, was du mir erzählt hast und ich selbst beobachten konnte, spricht dafür.«

Unsicher zuckte Betty mit den Schultern.

»Tick, tack«, ahmte Liz das Geräusch einer Uhr nach.

Fragend hob Betty die Augenbrauen.

»Es ist nicht mehr lange bis Weihnachten. Dann wird er in sein schickes Büro zurückkehren und du wieder auf der Suche nach einem neuen Job sein.«

Schlagartig richtete Betty sich auf dem Sofa auf. Diesen Gedanken hatte sie völlig verdrängt. Sie hatte bislang nicht nur so viel Energie in ihren Job als Elf, sondern auch in die Marketingkampagne und die Organisation der Foodtrucks und Weihnachtsfeier gesteckt, dass ihr gar nicht aufgefallen war, wie viel Zeit bereits vergangen war.

»Der Gedanke passt dir nicht, oder?«, fragte Liz und schmunzelte, da sie die Antwort darauf bereits zu kennen schien.

»Ich fühle mich wohl dort, wohler als in jedem anderen Job jemals. Vielleicht könnte ich Josh oder besser seinen Vater mal fragen, ob ich als Verkäuferin anfangen könnte? Was meinst du? Ich habe zwar keine Erfahrung, aber das wird schon nicht so schwer sein, oder?«

Mit vor der Brust verschränkten Armen lehnte Liz sich im Sofa zurück. »So kenne ich dich ja gar nicht. Es ist faszinierend genug, dass du den Job jetzt schon über Wochen am Stück hast, aber dass du dir das langfristig vorstellen kannst, ist überraschend. Das liegt nicht zufällig an dem attraktiven Juniorchef?«

»Jetzt hör doch mal auf mit Josh ...«

»Würde ich vielleicht, wenn ich mir seinen Namen nicht mehrmals am Tag anhören müsste, genauso wie Details zu Santas Sixpack und den gut gefüllten Boxershorts.«

»Deswegen will ich ihn doch nicht gleich heiraten. Mach keine riesige Sache daraus!«, spielte Betty alles runter.

»Heiraten vielleicht nicht, aber sicherlich auf dem Dekoschlitten vernaschen.« Verschlagen lachte Liz auf.

Betty rollte mit den Augen, wenn auch mit zuckenden Mundwinkeln. »Komm lieber morgen mit mir mein Werk bewundern.«

»Was für ein Werk? Meinst du das Plakat? Wird das morgen schon aufgehängt?«

»Ja, ich bin so aufgeregt.« Begeistert und nervös zugleich klatschte Betty in die Hände.

Betty konnte die Mittagspause am nächsten Tag kaum erwarten. Immer wieder blickte sie auf die große Uhr über den Aufzügen.

Als das letzte Kind vor ihrer Pause die Weihnachtswelt verließ, griff sie nach ihrem Handy, das sie hinter Santas Stuhl versteckt hielt, und blickte enttäuscht auf die Absage von Liz. Ihr Souschef war wohl krank geworden, und sie konnte nicht weg aus dem Restaurant. Das verstand Betty natürlich, war aber dennoch traurig, da sie gern jemanden dabeigehabt hätte, um ihren ersten nennenswerten beruflichen Erfolg zu feiern.

Geknickt ging sie in Richtung der Umkleiden.

»Alles okay?«, fragte Josh, als er sie eingeholt hatte, während er sich den Bart vom Gesicht zog. »Du siehst traurig aus.«

»Ja, ja, alles in Ordnung. Ich hatte nur geplant, mir mit Liz in der Pause eines der Plakate anzuschauen. Aber sie hat mir eben abgesagt.« Sie lächelte ihn schief an. »Vergiss es, du findest es bestimmt lächerlich, dass ich überhaupt dorthin pilgern will.«

»Gar nicht«, entgegnete er ruhig, während er langsam den roten Anzug aufknöpfte und das eng anliegende weiße Shirt darunter zum Vorschein kam. »Ich habe noch heute den Artikel aus der New York Times, in dem verkündet wurde, dass ich Geschäftsführer im *Maint's* werde, in der Schublade liegen«, gestand er ohne Umschweife.

»Auch wenn die Ernennung zum Geschäftsführer des *Maint's* eine ganz andere Nummer ist als das Zusammenstellen von Fotos für eine Werbekampagne – dennoch danke.«

»Soll ich dich begleiten?«, bot Josh ihr überraschend an.

»Musst du nicht arbeiten?«, fragte sie verdutzt.

»Jetzt habe ich tatsächlich noch einige Telefonate, aber heute Abend nach Feierabend könnte ich dir anbieten.«

»Ja, dann sehr gern.« Betty war selbst verwundert über ihre schüchterne, beinahe zurückhaltende Art.

»Gut! Sorry, ich muss mich etwas beeilen.« Josh griff nach der Türklinke einer der Umkleiden.

»Abschließen nicht vergessen«, rief sie ihm etwas zu schrill nach, als er darin verschwand.

Mit einem breiten Grinsen drehte er sich nochmals zu ihr um. »Es wundert mich, dass du nicht vorgeschlagen hast, dass wir uns eine Umkleide teilen.«

Hastig tippte sie eine Nachricht an Liz, in der sie diese darüber informierte, dass sie adäquaten Ersatz gefunden hatte. Das grinsende Emoji, das sie dahintersetzte, ließ sie selbst ins Grübeln kommen. Ob Liz recht und sie größeres Interesse an Josh hatte, als sie sich selbst eingestehen wollte?

Als der Feierabend näher rückte, stieg Bettys Aufregung. So kannte sie sich selbst gar nicht. Es war selten, dass eine Verabredung sie nervös werden ließ. Doch obwohl Josh den Beinahe-Kuss im Lebkuchenhaus nicht mehr angesprochen hatte und sich auch sonst nichts anmerken ließ, konnte sie den Moment nicht so einfach aus ihrer Erinnerung streichen.

Als die Security den Weihnachtsbereich absperrte, wandte sie sich erwartungsvoll zu Santa um.

Der hatte bereits ein Lächeln auf den Lippen. »So aufgeregt? Ich ziehe mich kurz um und hole meinen Mantel.«

»Ich komme mit«, rief sie, da sie Judy so von den Lebkuchen vorgeschwärmt hatte, dass diese meinte, sie solle ihr unbedingt einen zum Probieren mitbringen, wenn mal wieder welche übrig wären. »Also nach oben, nicht umziehen«, stammelte sie.

Josh begann, laut zu lachen. »Ich dachte schon ...«

»Nein, nein, ich habe Judy nur versprochen, ihr einen dieser leckeren Lebkuchen zu bringen«, versuchte sie, hastig zu erklären.

Sie konnte Joshs raues Lachen noch immer hören, als sie ihm zu den Mitarbeiterumkleiden folgte. Es war neu für sie, dass sie sich gegenüber einem Mann wie eine Vollidiotin aufführte. Üblicherweise hatte sie die Oberhand, vor allem beim Flirten. Doch sie schien ihren Meister gefunden zu haben.

Als sie sich umgezogen hatte und wieder auf den Flur hinaustrat, konnte sie Josh nirgendwo entdecken. Eilig hastete sie zum Lebkuchenhaus, griff sich ein paar der Platten und ging zurück in den dunklen Flur. Wie konnte ein Mann nur so lange brauchen, um sich aus einem roten Einteiler zu schälen? Doch mit einem Mal nahm sie seine Stimme wahr. Er schien zu telefonieren und lachte dabei herzlich. Es klang nicht nach einem geschäftlichen Gespräch. Verstohlen blickte Betty sich um und drückte dann schamlos das Ohr gegen die Metalltür.

»Deine Nachrichten sind sehr witzig«, hörte sie ihn sagen. Offensichtlich telefonierte er mit der Frau, mit der er auch ständig chattete. »Nur die braven Mädchen bekommen was von Santa.«

Bettys Augen weiteten sich. Wow, auf einmal ging er in seiner Weihnachtsmann-Rolle auf, oder was? Verstimmt rückte sie ein wenig von der Tür ab. Offensichtlich hatte Josh immer mehrere Eisen im Feuer – und sie wollte definitiv keines davon sein.

Energisch klopfte sie gegen die Tür. »Ich gehe schon einmal hoch«, informierte sie ihn knapp.

Doch da öffnete sich die Metalltür plötzlich. »Schon fertig.« Er hatte ein Strahlen im Gesicht, was Betty nur noch zorniger werden ließ. Sein Blick fiel auf den riesigen Stapel Lebkuchen in ihrer Hand. »Glaubst du, Judy hat so einen großen Appetit?«

Eigentlich hatte sie sich selbst noch damit stärken wollen, bevor sie hinaus in die Kälte gingen, doch nun nutzte sie die Gelegenheit, um Josh etwas zu ärgern. »Die sind nicht alle für Judy. Ich dachte mir, dass Ryan vielleicht auch mal probieren möchte.«

Joshs Lächeln wich tatsächlich von seinen Lippen, und obwohl Betty zufrieden über die Reaktion war, fragte sie sich auch, warum es ihn so störte, da er flirttechnisch ja offensichtlich ausgelastet war.

Während sie nebeneinander zu den Aufzügen liefen, brummte Josh missmutig: »Das mit den Angestelltenbeziehungen habe ich dir ja bereits erläutert.«

»Ich arbeite doch sowieso nicht mehr lange hier«, erwiderte Betty gelassen, beobachtete seine Reaktion jedoch genau.

Und ebenso, wie es ihr gestern bei dem Gespräch mit Liz ergangen war, schien Josh die Erkenntnis zu treffen, dass sie nicht mehr allzu lange zusammenarbeiten würden. Eine tiefe Falte zog sich über seine Stirn. »Weißt du schon, was du danach machen wirst?«

Sie zuckte mit den Schultern und schüttelte den Kopf. »Nein, ich habe mich noch nicht umgesehen.« Schüchtern senkte sie den Blick zu Boden. »Mir gefällt es hier bei euch.«

»Okay«, war alles, was Josh dazu sagte.

Angestrengt versuchte sie, ihre Enttäuschung über seine Reaktion zu verbergen. Er hätte ihr nicht deutlicher sagen können, dass er ihr nach den Feiertagen keinen Job anbieten konnte.

Im neunten Stock angekommen, bog Josh in sein Büro ab, während Betty einen Blick in Ryans Zimmer warf. Doch der Marketingchef schien schon Feierabend gemacht zu haben. Eigentlich kam ihr das sehr gelegen, denn sie hatte einen Bärenhunger und biss genüsslich in einen der lecker duftenden Lebkuchen. Den restlichen Stapel reichte sie Judy.

»Oh, wie herrlich. Vielen Dank, dass Sie daran gedacht haben, Betty.«

Josh trat aus seinem Büro und zog gerade den Mantel an, als er sich Judy zuwandte. »Können Sie meinem Vater bitte sagen, dass ich gleich morgen früh mit ihm über die Personalplanung fürs kommende Jahr sprechen will?«

»Natürlich, Mr. McAllistar.«

Erstaunt blickte Betty ihn an. Dachte er ernsthaft darüber nach, ihr einen Job anzubieten? Er erwiderte ihren Blick und zwinkerte ihr zu, was ihre Theorie zu bestätigen schien. Für einen Moment stand sie wie eingefroren da und starrte ihn an. Sie hätte niemals gedacht, dass es tatsächlich so heiß aussehen könnte, wenn ein Mann zwinkerte.

Mit roten Wangen verabschiedete sie sich von Judy und schlüpfte ebenfalls in ihren Mantel. Sie konnte nicht abstreiten, dass es sie nervös machte, mit Josh allein zu sein. Und jede noch so kleine Geste – wie er ihr sanft seine Hand auf den Rücken legte, als sie im Erdgeschoss aus dem Aufzug traten, oder ihr die große Glastür am Ausgang aufhielt – befeuerte ihre Aufregung nur noch weiter. Glücklich über die eiskalte Winterluft, die ihr draußen entgegenschlug, nahm sie ein paar tiefe Atemzüge, in der Hoffnung, es würde ihren Puls und ihre Gedanken beruhigen.

»Hast du die genauen Standorte? Ich weiß nur, dass wir in der Nähe vom Rockefeller eine Wand haben müssten.«

Mit einem verschmitzten Grinsen zog sie einen Zettel aus ihrer Jackentasche. Ryan hatte ihr die Adressen, wo überall

Plakatwände des *Maint's* zu finden waren, aufgelistet. Sie faltete das Papier auseinander und hielt es so, dass auch Josh einen Blick darauf werfen konnte.

Jedoch schienen weniger die aufgelisteten Straßennamen, als Ryans Notiz auf dem Papier seine Aufmerksamkeit auf sich zu ziehen. »Da hatte sich doch jemand angeboten, dich zu begleiten«, sagte er in einer für sie nicht zu deutenden Tonlage.

Das hatte der Marketingchef tatsächlich, doch sie hatte keine Lust darauf gehabt, dass er womöglich noch dachte, sie hätte ernsthaftes Interesse an ihm. »Hat er, aber Liz war mir als Begleitung lieber.«

Josh schmunzelte. »Und der Ersatz?«

»Ist auch ganz okay«, gab sie betont gelassen zurück, um ihn zu ärgern.

»Ganz okay«, wiederholte er. »Soso, dann muss ich mich wohl anstrengen, um es in deiner Skala von *ganz okay* auf *überragende Gesellschaft* zu bringen.«

»Ich bin für alles offen, ich werde gern überrascht.« Kaum hatte sie den Satz ausgesprochen, bereute sie es bereits wieder. »Also, ich meinte jetzt nicht für alles, sondern ...«

Lachend zog er lederne Handschuhe aus den Jackentaschen und zog diese an. »Zu spät!«

Gespannt, was er damit meinte, folgte sie ihm in Richtung Rockefeller Center.

Er warf einen Blick auf ihre nackten Hände. Typisch für Betty. Da sah ihr Mantel zwar superschick aus, verfügte aber nicht einmal über Taschen, um ihre Hände darin zu wärmen.

»Stehst du auf abgestorbene Gliedmaßen?«, fragte er nun mit einem schiefen Grinsen.

»Nein, absolut nicht. Aber auf modische Outfits, wobei ich zugeben muss, dass das hier heute nicht die beste Wahl war.«

»Möchtest du meine Handschuhe haben.«

»Nein, lass nur, alles gut. Wir sind ja nicht lange unterwegs«, lehnte sie das Angebot ab.

Kaum hatten sie das Rockefeller Plaza erreicht, konnte sie nicht anders, als den riesigen beleuchteten Weihnachtsbaum zu bestaunen. Sie liebte diesen Anblick und war doch viel zu selten dort.

»Und selbst hier kommt keine Weihnachtsstimmung bei dir auf?«, fragte sie ihren Boss ungläubig.

Doch der schüttelte nur den Kopf und blickte sich suchend um. »Ah.« Zu Bettys Überraschung nahm er ihre Hand und zog sie mit sich. Auch wenn sie seine Finger lediglich durch das kalte Leder seiner Handschuhe spüren konnte, reicht das aus, um ihre Haut angenehm kribbeln zu lassen. Sein Griff war weder zu leicht noch zu fest, sondern angenehm und ließ ihre Gedanken bereits abschweifen – zu einem Szenario, in dem er ihre Hand für einen Winterspaziergang durch den Central Park hielt. Kaum merkbar schüttelte sie den Kopf. Mach dich nicht lächerlich, ermahnte sie sich selbst. Josh McAllistar war ganz sicher nicht der Typ Mann, der sonntags Händchen haltend mit seiner Freundin durch den Park schlenderte.

Vor einer der Holzbuden am Rande der großen Schlittschuhbahn vor dem Rockefeller Center blieb er stehen, und Betty musste leise auflachen. Eine grauhaarige Frau verkaufte flauschige Handschuhe in allen möglichen Farben. Josh warf einen Blick auf Bettys Outfit und entschied sich dann, ohne sie zu fragen, für fliederfarbene Handschuhe. Seine Wahl gefiel ihr, passten sie doch gut zu ihrem lilafarbenen Wollschal. Als die Verkäuferin fünfzehn Dollar aufrief, öffnete Betty den Reißverschluss ihrer Handtasche, doch Josh hielt sie mit einer Hand davon ab, während er der Frau mit der anderen Hand bereits einen Zwanzigdollarschein reichte.

»Das geht auf mich«, ließ er verlauten, und Betty bedankte sich artig bei ihm. Eilig zog sie die Handschuhe über ihre beinahe steif gefrorenen Finger und betrachtete diese. »Sehr hübsch, vielen lieben Dank.«

»Ist mir eine Freude. Also, wohin genau müssen wir?«

Sie zückte ihr Handy und zoomte die Karte heran. »Links an der Eislaufbahn vorbei. Es müsste ganz in der Nähe von der St. Patricks Cathedral sein.«

»Ah okay, jetzt weiß ich wieder, wo. Da hat mal eine Ex-Freundin von mir gewohnt. Und morgens, wenn ich aus der Wohnung kam, habe ich auf unser hässliches Werbeplakat geschaut.«

Betty unterdrückte angestrengt ein Augenrollen. Genau so eine Information hatte sie gern haben wollen ... nach der romantischen Geste mit den Handschuhen. Doch sie nutzte die Gelegenheit, mehr über Josh herauszufinden. »Hätte dich gar nicht als Beziehungstyp eingeschätzt.«

Er zögerte kurz. »Bin ich auch nicht. Keine Zeit dazu. Genau daran ist die Beziehung damals auch gescheitert.«

Sie nickte lediglich, konnte sie es doch tatsächlich nachvollziehen. Er verbrachte den Großteil des Tages im Kaufhaus und vermutlich auch den Montag, an dem das *Maint's* eigentlich geschlossen hatte, zu Hause am Laptop. Keine Frau würde das wirklich toll finden.

»Und du?«

Mit großen Augen blickte sie ihn an. »Ob ich ein Beziehungstyp bin?«

»Mmh«, bestätigte er, bevor sich ein Grinsen auf seinen Lippen bildete. »Also, wenn du mal einen gefunden hast, der mit deinem Temperament mithalten kann.«

Sie kicherte laut. »So schlimm bin ich gar nicht, aber ich gebe zu, dass ich das Herz auf der Zunge trage. Das ist nicht immer clever, vor allem nicht seinen Chefs gegenüber.«

Nun war Josh es, der laut lachte. »Ich muss zugeben, ich habe mich auch erst daran gewöhnen müssen. Und wärst du nicht so lustig und zugegebenermaßen«, er ließ seinen Blick langsam an ihr hinabschweifen, »attraktiv, hätte ich dich nach zwei Tagen wieder gefeuert.«

Mit offenem Mund starrte sie ihn entgeistert an. »Das kannst du doch nicht zu deiner Angestellten sagen.«

»Doch«, er grinste breit, »außerhalb des Kaufhauses schon, oder sind wir gerade beruflich unterwegs?«

»Weiß ich nicht.« Sie blickte ihn herausfordernd an. »Sag du es mir.«

Er erwiderte ihren Blick. Goldene Funken tobten in seinen grünen Augen, als er lediglich stumm den Kopf schüttelte.

Bettys Magen spielte verrückt, und obwohl es Minusgrade in Manhattan hatte, war ihr Körper angenehm warm. Dass ein Mann ihr lediglich mit seinen Augen dermaßen einheizen konnte, war eine neue Erfahrung für sie. Sie hielt seinem dunklen Blick nicht mehr stand und wandte schüchtern den Kopf ab. Schweigend folgte sie ihm einige Blocks, ehe er stehen blieb.

»Wow«, war alles, was sie Josh sagen hörte. Sie hob den Kopf und blickte auf die überdimensionale von einer Straßenlaterne beleuchtete Plakatwand. Die Bilder der einzelnen Schaufenster leuchteten in satten Rot- und Grüntönen. Weihnachtliches Gold mischte sich dazwischen, genauso wie im Slogan, der über der Bildercollage thronte. Ihr war klar, dass es lediglich Werbung war und unzählige Menschen täglich daran vorbeilaufen würden, ohne dem Plakat auch nur einen Blick zu schenken, doch sie liebte es und war unglaublich stolz auf sich selbst.

»Es ist wirklich toll geworden. Eine großartige Idee«, lobte auch Josh sie. »Leider haben wir bereits einen Marketingchef. Obwohl ich so langsam anfange zu denken, dass du den Job besser machen würdest als er.«

Betty kicherte. »Das kannst du so auch nicht sagen. Ich habe doch gar keine Erfahrung.«

»Würdest du es lernen wollen?«

»Du meinst bei Ryan? Bei euch? Im Kaufhaus?«

Er nickte beinahe schüchtern. Diese Seite von ihm kannte sie bislang nicht.

»Sehr, sehr gern!« Freudig hüpfte sie auf und ab.

»Ich spreche gleich morgen mit meinem Vater darüber.«

»Wäre Ryan dann mein Chef?«, fragte sie unsicher.

»Mmh«, brummte er bestätigend. »Ist das ein Problem?«

»Nein«, wiegelte sie hastig ab. »Ich denke, wir werden gut miteinander klarkommen.«

»Wie gut?«, fragte er, den Blick noch immer stoisch auf das Plakat gerichtet.

Betty war froh, dass er ihr Schmunzeln nicht sehen konnte. »Professionell gut.«

»Mmh«, wiederholte er erneut, jedoch mit wesentlich entspannterer Miene, die Betty denken ließ, dass er mit ihrer Antwort zufrieden war.

Sie zückte ihr Handy und machte Fotos von dem Plakat, um sie Liz zu schicken.

Josh holte ebenfalls sein Smartphone aus der Manteltasche. Erneut grinste er breit, als er sich dem Bildschirm widmete, und Betty blickte genervt weg. Warum schien er eifersüchtig auf Ryan zu sein, wenn seine Gedanken doch ständig bei einer anderen Frau waren?

Frierend wandte sie sich ab. »Wollen wir zurück?«

»Ja, Moment.« Er hatte einen Handschuh ausgezogen und tippte eifrig eine Nachricht auf seinem Handy.

Angefressen verschränkte sie die Arme vor der Brust. Soll sie jetzt auch anfangen, Ryan eine Nachricht zu schicken, und Josh hier warten lassen?

»So, was steht jetzt an?«, fragte ihr Chef, als er sein Handy wieder in der Tasche verschwinden ließ.

Verwundert darüber, dass er den Abend noch nicht beenden wollte, zuckte sie mit den Schultern. »Keine Ahnung.«

»Hunger?« Joshs Mundwinkel zuckten, da er die Antwort darauf bereits kannte.

»Immer. Das weißt du doch.« Betty fing an zu lachen und lief los, da ihr eiskalt war. »Wollen wir ins *Winter Village* im Bryant Park?«, fragte sie. »Da war ich dieses Jahr noch gar nicht, und die haben die besten Cheesesteaks dort.«

Überrascht sah er sie an. »So was isst du?«

»Falsch. Ich esse es nicht nur, ich könnte mich hineinlegen.«

Irritiert hob er eine Braue, äußerte sich aber nicht.

»Sag mir bitte, du stellst mich dir nicht gerade nackt inmitten von fleischgefüllten Brötchen vor.«

Josh warf lachend den Kopf zurück. »Dazu sage ich jetzt nichts.«

»Stell dir vor, was du willst, Hauptsache, wir begeben uns schnellstens dorthin.«

»Ich weiß nicht, wie du ja bereits festgestellt hast, bin ich nicht der allergrößte Weihnachtsfan.« Er schien tatsächlich nicht sonderlich angetan zu sein von dem Vorschlag.

»Echt? Ist mir noch nicht aufgefallen«, foppte sie ihn. »Nur kurz zum Essen, bitte. Ich halte es nicht mehr aus.«

»Meinetwegen«, gab er seufzend nach. »Ich kenne keine Frau mit deinem Appetit.«

»Ist das etwas Schlechtes?«

»Überhaupt nicht. Für mich gibt es nichts Schlimmeres, als wenn mein Date lustlos in ihrem Salat rumstochert.«

Hatte er sie eben als Date bezeichnet oder ging es hier um Frauen im Allgemeinen? Sie traute sich nicht nachzufragen. Wie komisch wäre das rübergekommen? Das hier war kein Date, und sie war sich sicher, dass er das genauso sah.

»Machst du denn viel Sport?«, wollte er wissen, als sie in Richtung des Parks liefen.

Sie kicherte verlegen. »Absolut gar keinen. Liz will mich immer dazu bewegen, sonntagmorgens mit ihr ins Fitnessstudio zu gehen, aber der Morgen ist mir heilig.«

»Und wie sieht so ein heiliger Morgen bei dir aus?«

»Meistens mache ich mir Frühstück und kuschle mich dann wieder ins Bett. Im Moment schaue ich gern Weihnachtsfilme oder lese ein Buch.«

»Das klingt gemütlich. Und so ganz anders als mein Sonntagmorgen.« Er lachte rau auf.

»Lass mich raten, du stehst um sechs Uhr auf, gehst trainieren, danach gibt's einen Eiweißshake für die Muskeln, und dann geht es ab an den Laptop, bis der Lieferdienst abends das Essen bringt.«

Joshs Lachen wurde nur noch lauter. »Hast du heimlich Kameras bei mir installiert? Oder bin ich einfach so leicht zu durchschauen?«

»Ich habe eine relativ gute Menschenkenntnis.«

»Wobei du nur bedingt richtiglagst. Ich stehe gegen sieben auf und jogge meistens ins Fitnessstudio.«

»Welcher Verrückte joggt auch noch dorthin? Reicht es denn nicht, dass man dort Sport machen muss?«

»Von nichts kommt nichts, und deiner häufigen Erwähnung nach scheinen meine Muskeln ja zumindest dir zu gefallen.« Seine Mundwinkel zuckten verdächtig, als er das sagte.

Sie ließ diese Aussage unkommentiert, da Abstreiten sowieso zwecklos gewesen wäre. »Damit würdest du perfekt zu Liz passen.«

»Ach, ich finde Gegensätze auch ganz spannend.«

Umgehend stieg Betty wieder Röte ins Gesicht. Sie so oft in Verlegenheit zu bringen, war bislang auch noch keinem Mann gelungen.

Als sie das *Winter Village* erreicht hatten, steuerten sie umgehend den Stand mit den Cheesesteaks an. Trotz Bettys Protest bestand Josh darauf, sie einzuladen.

»Oh wow, die sind wirklich lecker«, schwärmte er, als er seinen ersten Bissen genüsslich kaute.

»Ja, oder? Wir sollten öfter in unserer Mittagspause hierherkommen.«

Er bedachte sie mit einem intensiven Blick. »Das klingt nach einem guten Plan.«

Nachdem sie ihre Brötchen verputzt hatten, schlängelten sie sich durch die Menge, vorbei an unzähligen kleinen Glashäuschen, in denen Weihnachtsdekoration, Baumschmuck sowie Geschenkartikel verkauft wurden.

Josh blieb so abrupt stehen, dass sie gegen ihn prallte. Wow, die Schultern waren breiter und härter, als sie angenommen hatte.

Er ging zu einem der Shops hinüber und griff zielsicher nach einer Schneekugel. Er drehte sie um, um nach dem Preis zu schauen, und reichte dem Verkäufer dann ein paar Dollarscheine.

Als er sich Betty wieder zuwandte und sie endlich erkennen konnte, was im Inneren der Kugel war, fing sie schallend an zu lachen. Ein Elf in einem knallgrünen Anzug und goldenen Glöckchen an den Schuhen, hatte offensichtlich den Schlitten des Weihnachtsmanns geklaut, denn dieser hielt sich mit verzweifelter Miene am fliegenden Schlitten fest.

Mit einem breiten Grinsen auf den Lippen streckte er ihr die kleine Schneekugel entgegen. »Für dich – als Erinnerung an deine überragende Performance als Elf.«

Schüchtern nahm sie diese entgegen. »Danke, aber ich muss dir etwas gestehen.«

Seine Augen weiteten sich neugierig.

»Ich hatte gar keinen Termin zu einem Vorstellungsgespräch bei euch.«

»Nicht?«, fragte er verdutzt.

»Nein, ich hatte an dem Morgen erst meinen Job verloren, weil ich meinen Chef angeschrien hatte.«

Joshs lautes Lachen unterbrach ihre Erzählung. »Warum wundert mich das nicht?«

»Ich hatte die Stellenanzeige des *Maint's* im Internet gesehen und gedacht, dass ihr eine Verkäuferin sucht. Erst bei dir im Büro habe ich realisiert, dass es um den Job als Elf geht.«

»Wie hast du es überhaupt bis in mein Büro geschafft ... ohne Termin?«

»Ich habe bei Tony unten einfach behauptet, ich hätte einen, habe mir ein paar Frauennamen ausgedacht, da ich mich nicht mehr an den Namen der Dame erinnern ›konnte‹, mit der ich Kontakt gehabt hatte, und landete mit Judy einen Treffer.«

»Ich muss mir ernsthaft Gedanken über unser Sicherheitskonzept machen«, scherzte Josh.

»Du warst nicht sehr überzeugt von mir, oder?«, fragte sie mit einem schiefen Grinsen.

»Ich hatte so viel anderes im Kopf an diesem Tag, da ich keinen Nerv mehr für ein Vorstellungsgespräch mit einem Elfen hatte. Aber ich war froh, dass wir endlich jemanden für den Posten gefunden hatten, und mir war schnell klar, dass es mit dir nicht langweilig werden würde.«

»So? Ich habe mich gefühlt, als hätte ich den Grinch höchstpersönlich kennengelernt.«

»Wirklich? Nein, ich war nur gestresst. Und eventuell habe ich darüber nachgedacht, was für eine Schande es doch ist, eine Frau wie dich in so ein Kostüm zu stecken.«

»Aha, das hast du dir also gedacht?«, fragte sie keck.

»Mmh.« Er presste die Lippen fest aufeinander, während er nickte.

Sie verlor sich in seinen strahlenden Augen und konnte die Anziehungskraft, die diese auf sie ausübten, beim besten Willen nicht mehr leugnen.

Ihr Blick löste sich erst voneinander, als sie im dichten Gedränge unsanft angerempelt wurden. Fest umklammerte sie die Schneekugel und brachte diese lieber eilig in ihrer Handtasche in Sicherheit.

Josh warf dem Typen einen bitterbösen Blick zu, sodass dieser sich umgehend bei ihr entschuldigte.

»Soll ich dir den besten Platz in New York zeigen? Ohne drängelnde Menschenmassen?«

Das klang nach Zweisamkeit und irgendwie romantisch. Natürlich wollte sie mit ihm dorthin. »Klar, wo ist das?«

»Überraschung.« Er hielt ihr seinen angewinkelten Arm hin, damit sie sich einhaken konnte. Dicht an dicht liefen sie durch die Stadt. Joshs Körper strahlte eine unglaubliche Hitze aus, und Betty konnte sich kaum auf ihr Gespräch über das gute Cheesesteak konzentrieren, da sie die unerwartete Nähe zwischen ihnen nervös machte.

Daher ließ sie ihren Blick durch den Park schweifen. »Oh, sieh mal, dort drüben ist auch ein Santa Claus«, stellte sie begeistert fest. »Glaubst du, ich darf mich auch mal auf seinen Schoß setzen, obwohl ich schon erwachsen bin?«

Josh zog sie näher an sich heran und raunte ihr ins Ohr: »Das würde ich persönlich nehmen. Falls du dich unbedingt mal auf Santas Schoß setzen willst, kenne ich zufällig einen.«

Ihre Augen weiteten sich, und überrascht blickte sie Josh an, der sie mit einem schelmischen Grinsen durch das Gedränge lotste.

Irritiert blickte sie die steinerne Fassade des Kaufhauses hinauf, als sie erneut davor standen. »Was machen wir hier?«

»Geduld ... Das ist nicht deine Stärke, oder? Das habe ich schon bemerkt«, sagte er grinsend. »Du wirst es gleich erfahren.«

Er öffnete die Tür zum Personaleingang mit seiner elektronischen Zugangskarte.

Sie folgte ihm zu den Aufzügen und war irritiert, als er die Taste mit der Elf darauf drückte. Über den neunten Stock hinaus war sie noch nie gekommen. Nun musste Josh seine Zugangskarte an den Scanner halten, und das rote Licht um die Taste sprang auf Grün. »Wohin lockst du mich?«, wollte sie mit gespielt unsicherem Unterton in der Stimme wissen.

»Vertraue mir, du wirst es nicht bereuen.«

Als sich die Aufzugtüren öffneten, tat sich ein dunkler Flur vor ihnen auf. »Ich weiß nicht, ob ich dir genug vertraue, um dir in diesen Gang zu folgen. Vielleicht habe ich deine Nerven endgültig überstrapaziert, und ...«

Josh fing an zu lachen. »Du bist unmöglich. Folge mir einfach, es wird sich lohnen.«

»Sagte der Serienkiller zu Opfer Nummer achtzehn.«

Erneut erklang Joshs raues Lachen, als er an dem Griff einer Metalltür zog. Eiskalte Luft pfiff Betty mit einem Mal um die Ohren. Neugierig beugte sie sich nach vorn, um erkennen zu können, wohin die Tür führte. Vor ihr tat sich eine Art Dachterrasse auf.

Begeistert folgte sie Josh, der ihr mit einer Hand noch immer die Tür aufhielt, hinaus. »Wow«, war alles, was sie krächzend herausbrachte. Vor ihr lag Manhattan. Unzählige Lichter funkelten bunt, der Weihnachtsbaum des Rockefeller Centers erstrahlte direkt vor ihnen, und sie konnten hier oben sogar ganz leise die Musik von der Eislaufbahn hören. *Jingle Bells* kam dort gerade blechern aus den Lautsprechern, während die winzig kleinen Figuren ihre Runden auf dem Eis drehten. Fest umklammerte sie das Eisengeländer und starrte mit offenem Mund hinab. »Wow«, sagte sie erneut.

Josh blickte nicht etwa auf die Stadt hinab, sondern sah sie gebannt an. »Und? Habe ich zu viel versprochen?«

Mit einem fröhlichen Lachen schüttelte sie den Kopf. »Absolut nicht. Es ist traumhaft. Ich hatte noch nie einen solchen Blick auf die Stadt. Die meisten Wolkenkratzer sind schon wieder zu hoch oben, als dass man noch viel erkennen könnte, aber hier fühlt es sich an, als wäre man mittendrin, und dennoch hat man den Überblick.«

Schlagartig versteifte sie sich, denn Josh hatte sich hinter sie gestellt, und sie konnte seinen Körper wärmend an ihrem spüren. Sein Atem berührte ihren Nacken und ließ die Hitze in jede einzelne ihrer Poren strömen.

Er streckte den Arm an ihrem Gesicht vorbei und deutete nach links. »Da drüben ist der Bryant Park, die haben an Heiligabend immer eine phänomenale Lichtershow. Die habe ich mir früher immer zusammen mit meinem Bruder und meinen Eltern von hier oben aus angeschaut.«

Überrascht wandte sie ihm ihr Gesicht zu. Doch sie spürte, dass es nicht der richtige Zeitpunkt war, um nach seiner Familie zu fragen. Er war so nahe, dass ihre Wange seinen Bart streifte. Es kratzte und fühlte sich so aufregend an. Josh hatte den Blick noch immer geradeaus gerichtet und schien nicht zu bemerken, dass sie ihn musterte. Die grünen vor Begeisterung leuchtenden Augen, das markante Kinn und die perfekt geschwungenen Lippen. Unbewusste fuhr sie sich mit ihrer Zunge über die Unterlippe. Genau in diesem Moment wandte Josh ihr sein Gesicht zu. Gerade mal ein paar Zentimeter trennten ihre Lippen voneinander.

Ihr stockte der Atem, als er seine Hand ganz langsam in ihren Haaren vergrub und sie zu sich zog. Er ließ sich Zeit. Vermutlich nicht nur, um das Knistern noch zu steigern, sondern auch, um ihr die Gelegenheit zu geben, sich zurückzuziehen, sollte sie es nicht wollen. Doch nichts und niemand hätte Betty in diesem Moment davon abhalten können, diesen Mann zu küssen. Ungeduldig legte sie ihre Lippen auf seine, was ihm ein leises Lachen entlockte, bevor er mit seinen Lippen sanft über ihre strich. Sein Kuss war zärtlich und vorsichtig, doch Betty wollte mehr. Sie öffnete den Mund leicht für ihn, und er ergriff die Gelegenheit, diesen mit seiner Zunge zu erobern. Zärtlich und zügellos zugleich küsste er sie, umschlang ihre Zunge mit seiner, biss ihr sanft in die Unterlippe, nur um diese sofort danach liebevoll mit seiner Zunge zu streicheln. Was konnte dieser Mann küssen ...

Atemlos lösten sie sich voneinander und blickten sich stumm an. Bettys Brustkorb hob und senkte sich schnell. Doch bevor sie etwas sagen konnte, lagen seine Lippen erneut auf ihren. Mit seiner Hand fuhr er ihren Rücken hinab und stoppte kurz vor ihrem Po, um sie noch näher an sich heranzuziehen. Trotz der Romantik, die in diesem Moment lag, glühte ihr Körper, und der Kuss erregte sie, wie sie es noch nie zuvor erlebt hatte.

Josh war es, der schließlich einen Schritt zurücktrat und

sie mit geröteten Lippen, aber zufrieden grinsend ansah. Ihr Gesicht brannte, und sie erwiderte seinen Blick selig. Das ließ sein Grinsen nur noch breiter werden, und er schlang seine Hände um ihre Taille. Seine Stirn gegen ihre gelehnt, flüsterte er mit rauer, deutlich erregter Stimme: »Wow!«

Dieses kleine Wort sorgte dafür, dass sich alles in Betty beinahe schmerzhaft zusammenzog. Diese Stimme war so unglaublich sexy. Wie gern wäre sie jetzt woanders als auf diesem Dach in der Kälte gewesen. Nicht etwa, weil der Ausblick nicht atemberaubend war, doch sie würde nur allzu gern dort weitermachen, womit sie soeben aufgehört hatten.

Seine Augen musterten gerade schon wieder verdächtig ihre geschwollenen Lippen, als sein Handy in voller Lautstärke klingelte.

Gepresst atmet er aus und löste lediglich einen Arm von ihr. Der andere lag noch immer fest an ihrer Taille, als er einen Blick auf das Handydisplay warf. Er zog die Stirn in Falten. »Entschuldige bitte, aber wenn mein Dad mich um diese Uhrzeit anruft, bedeutet das nichts Gutes.«

Sie nickte verständnisvoll und hoffte, dass nichts Schlimmes passiert war.

»Dad?«, nahm er den Anruf mit besorgtem Unterton in der Stimme an. »Warte, Moment, wo bist du?«

Betty erkannte zwar George McAllistars tiefe, brummende Stimme, doch sie konnte nicht verstehen, was genau er sagte.

»Wie kann das sein? Die Plakate hängen erst seit heute Morgen? Wo hast du das gesehen?«

Nun runzelte auch Betty fragend die Stirn. Plakate – was hatte der Anruf mit ihren Plakaten zu tun?

»Ich schaue mir das gleich an. Ich melde mich später wieder.« Mit zornigem Blick beendete Josh den Anruf und stieß einen Schwall Luft aus.

Er schien wütend zu sein, jedoch nicht auf sie, sonst würde seine Hand wohl nicht noch immer auf ihrem Rücken liegen. »*Jessy's* hat eine neue Werbung. Sie haben all ihre Werbeflächen durch digitale Anzeigetafeln ausgewechselt.

»Okay, wem's gefällt, ich mag unsere ...«

Doch Josh unterbrach sie seufzend. »Verstaubte Kampagne?«

Fragend blickte sie ihn an und schüttelte den Kopf, sie verstand nicht, worauf er hinauswollte.

»*Jessy's* neuer Slogan ist: *Bei uns liegt kein Staub. Die neusten Trends zum besten Preis.* Und anscheinend haben sie Produktbilder zu einer identischen Collage angeordnet wie wir die Schaufensterbilder.«

»Dürfen die das überhaupt?«, fragte Betty, die nun ebenfalls wütend wurde.

»Das wird unser Anwalt prüfen. Aber jetzt will ich mir das erst mal anschauen.«

»Darf ich mitkommen?«, fragte sie energisch. Sie hatte so eine Wut im Bauch. Wie hatte das *Jessy's* so schnell auf ihre Kampagne reagieren können?

»Klar, mein Auto steht in der Tiefgarage.«

»Ach ja, ich weiß, wo, ich war mit Ryan ...«

Joshs Gesichtszüge verhärteten sich noch ein bisschen mehr, weswegen sie das Thema ein für alle Mal klären wollte. »Zwischen Ryan und mir ist nichts gelaufen.«

Sein Kiefermuskel entspannte sich sichtlich, und er nickte knapp.

Wortlos bretterte Josh durch die Straßen. Entgegen den üblichen Staus war es um diese späte Uhrzeit ruhig auf New Yorks Straßen. Es dauerte keine zehn Minuten, und sie erreichten eine der Anzeigetafeln nur eine Viertelmeile vom *Jessy's* entfernt. Grell leuchtete ihnen das Orange, welches das Kaufhaus auch in seinem Logo und den Einkaufstaschen verwendete, entgegen. Es waren etwas weniger Fotos als auf ihrem Plakat, doch ... Ach herrje, das Bild änderte sich, und es erschienen neue Fotos in der Collage. Alle halbe Minute wechselten die Produktfotos, lediglich der Slogan darüber blieb stehen, und es war eindeutig, dass sie sich über das *Maint's* lustig machten.

»Wie haben sie das so schnell hinbekommen?«, fragte Betty flüsternd.

»Scheinen eine gute Marketingfirma an der Hand zu haben«, brummte Josh sichtlich verärgert.

»Und nun?« Betty war traurig, sie war so stolz auf ihre Idee gewesen und nach wie vor davon überzeugt, doch es hatte einen bitteren Beigeschmack, dass das *Jessy's* die Tradition des Kaufhauses ins Lächerliche zog.

»Werden sich die Anwälte darum kümmern.«

»Das ist alles, was wir machen können? Kann man ihnen das nicht verbieten? Sie schießen doch eindeutig gegen das *Maint's*, und die Idee ist auch geklaut, das sieht doch ...«

»Betty«, unterbrach Josh sie ruhig. Der professionelle Businessman war zurück. »Die Anwälte werden sehen, was sie tun können. Es bringt nichts, sich darüber den Kopf zu zerbrechen.«

»Okay.« Schweigend saß sie auf dem Beifahrersitz und wusste nicht, was sie sagen sollte. Sollte sie nun aussteigen? Sich ein Taxi nehmen?

Doch Josh tippte das Zeichen für das Navigationssystem am Bildschirm an. »Nennst du mir deine Adresse? Dann bring ich dich nach Hause. Ich bekomme sie nicht mehr zusammen.«

Sie hatte nun wirklich nicht erwartet, dass er sich ihren Straßennamen gemerkt hatte, doch seine unterkühlte Art versetzte ihr nach dem heißen Kuss über den Dächern Manhattans einen Stich. »Das musst du nicht, ich kann mir auch ein Taxi nehmen.«

»Ach was«, winkte er ab, »es liegt doch sowieso auf dem Weg.«

Mit leiser Stimme nannte sie ihm ihre Adresse.

Stumm saßen sie im Wagen, der ihrer Wohnung immer

näher kam. Unruhig rutschte sie auf ihrem Sitz hin und her und wusste nicht so recht, wie sie sich gleich von Josh verabschieden sollte.

Als er den Wagen am Straßenrand vor dem Haus stoppte, schnallte sie sich ab und wandte sich ihm mit einem aufmunternden Lächeln zu. »Es wird sich schon alles regeln.«

»Hoffen wir es.«

»Dennoch fand ich den Abend ...«

»Ja, was das betrifft ...« Er senkte den Blick auf das Lenkrad, und es war unschwer zu erkennen, dass er sich unwohl fühlte.

Bettys Herz setzte für einen Moment aus. Er würde doch jetzt nicht ...

»Es war ein netter Abend, aber das vorhin hätte nicht passieren dürfen. Ich bin immer noch dein Boss, du unsere Angestellte, das ...« Er stockte. »Also so verhalte ich mich Mitarbeiterinnen gegenüber normalerweise nicht.«

Angestellte? Das war alles, was er in ihr sah? Fest presste sie die Lippen aufeinander, um die aufkommenden Tränen zu unterdrücken. Diese Blöße wollte sie sich nicht geben. Prompt fiel ihr die andere Frau wieder ein, mit der Josh den ganzen Tag zu schreiben schien. »Verstehe. Ist nie passiert.«

Eilig griff sie nach ihrer Handtasche, die sich aufgrund der Schneekugel darin ungewohnt schwer anfühlte. So etwas schenkte er dann jeder Mitarbeiterin, oder war das Geschenk auch unangebracht? Doch sie schaffte es nicht, ihm diese zurückzugeben. Zu den kommenden Tränen mischte sich Wut. Darüber, dass sie auf die romantische Dachterrassen-Masche hereingefallen war. Wer weiß, wie viele Frauen er bereits dorthin entführt hatte.

Als sie energisch an dem silbernen Hebel zog, der ihr die Tür öffnete, seufzte Josh laut.

»Betty, es ist ...«

»Alles okay«, gab sie kühl zurück. »Mach dir keine Gedanken. Du bist mein Boss, ich deine Angestellte. So werde ich mich von nun an auch verhalten.«

Er schloss die Augen für einen Moment und lehnte seinen Kopf gegen die Lehne seines Sitzes. »Betty ...«

Doch sie wollte nicht mehr hören, was er zu sagen hatte. Lautstark knallte sie die Wagentür zu und stapfte durch den Schnee zum Hauseingang. Auch wenn sie mit dem Rücken zum Wagen stand, dessen Motor Josh noch nicht einmal gestartet hatte, wusste sie genau, dass er sie beobachtete. Mit zitternden Fingern zog sie den Schlüssel aus ihrer Tasche und benötigte mehrere Anläufe, um die Tür zu öffnen. Das war nicht nur ihren Fingern, sondern auch ihrer verschwommenen Sicht geschuldet, denn ihre Augen hatten sich bereits mit heißen Tränen gefüllt. Ohne sich noch einmal umzublicken, stürzte sie ins Haus und schloss eilig die Tür hinter sich. Erschöpft lehnte sie sich dagegen. Und noch bevor sie hören konnte, wie der Wagen startete und davonfuhr, rannen ihr die Tränen über die Wangen.

Verletzt und wütend ging sie in ihre Wohnung. Was hatte sie erwartet? Eine romantische Lovestory zwischen Santa Claus und dem Elfen? Vermutlich hatte Josh bemerkt, wie dämlich es war, etwas mit einer Angestellten anzufangen, wenn man es nicht ernst meinte. Er konnte ihr schließlich nicht aus dem Weg gehen. Sie hätte sich nur gewünscht, er hätte sich das *vor* diesem atemberaubenden Kuss überlegt. Mit eiskalten Fingerspitzen fuhr sie sich über ihre Lippen, die er noch vor Kurzem mit seinen berührt hatte.

Kaum war sie in der Wohnung angekommen, warf sie ihre Handtasche auf den Boden und bereute es bereits die Sekunde darauf. Eilig grub sie in der Tasche nach der Schneekugel und war froh, dass diese unversehrt war. Beim Anblick des lachenden Elfen kamen ihr erneut die Tränen. Wieso küsste er sie denn so, nur um ihr dann keine Stunde später eine Abfuhr zu erteilen?

Sie griff nach ihrem Handy und tippte eine Nachricht an Liz.

Santa ist ein Arsch!

Es dauerte eine Weile, bis diese antwortete, doch das war sie von Liz gewohnt. Schließlich wirbelte sie wie an fast jedem Abend der Woche durch die Küche ihres Restaurants.

Betty hatte sich bereits ein großes Glas Wein eingeschenkt, als ihr Handy piepste.

Oh, oh! Was hat er angestellt?

Betty hätte am liebsten mit Liz geredet, doch sie wusste, dass das im Moment nicht möglich war, daher schrieb sie lediglich:

Irgendwie-Date im Winter Village, romantischster Kuss aller Zeiten auf dem Dach des Maint's und die blödeste Abfuhr aller Zeiten.

Es dauerte keine zwei Minuten, ehe ihr Handy klingelte. Sie musste schmunzeln und war einmal mehr dankbar für ihre beste Freundin.

»Was?«, rief Liz lautstark ins Telefon.

»Unfassbar, oder? Habt ihr die Küche schon geschlossen?«

»Gerade eben ist das letzte Dessert rausgegangen. Willst du mir von heute erzählen, während ich hier Klarschiff mache?«

Betty war hin- und hergerissen, ob sie jetzt noch mal in ein Taxi steigen sollte. Doch der Drang danach, ihrer besten Freundin ihr Herz auszuschütten, überwog. »Bin in einer halben Stunde da.«

Exakt eine halbe Stunde später saß sie erneut mit einem Glas Wein in der Hand an dem kleinen Klapptisch in der Küche von Liz' Restaurant.

»Wieso macht man so was?«, fragte diese entsetzt.

»Ich habe keine Ahnung, was über ihn gekommen ist. Es wäre nur echt nett gewesen, er hätte sich das eine Stunde früher überlegt.«

Nachdenklich schüttelte Liz den Kopf. Ich verstehe es wirklich nicht, es war doch nicht bloß der Kuss, der ganze Abend schreit doch nach einem romantischen Date.«

»Es war so schön«, gestand Betty zerknirscht.

»Das glaube ich dir. So klingt es auch. Und die Schneekugel ist richtig süß.«

Traurig beobachtete Betty ihre beste Freundin dabei, wie diese die Schneekugel schüttelte und dem glitzernden Schnee zusah, wie er sich langsam wieder legte. »Wo habe ich mich da hineinmanövriert?«

Liz grinste sie verschmitzt an. »Hat es sich wenigstens gelohnt?«

Betty wusste natürlich genau, worauf die Frage abzielte, und nickte. Auch wenn es nicht zu einem Lächeln reichte, zuckten ihre Mundwinkel. »Bester Kuss meines Lebens. Er hat etwas Stürmisches, Forderndes und gleichzeitig so Sanftes.«

Verträumt blickte Liz erneut auf die Schneekugel. »So würde ich auch gern mal wieder geküsst werden. Wer weiß, was der Kerl noch so draufhat.«

»Ähm, hallo?« Betty wedelte mit ihrer Hand wild vor Liz' Gesicht herum. »Du erinnerst dich, dass er mir kurz danach gesagt hat, dass es ein Fehler war, oder?«

»Sorry, es ist nur schon zu lange her bei mir.« Entschuldigend zuckte ihre beste Freundin mit den Schultern.

Nun musste Betty doch kichern. »Frag mich mal. Aber offensichtlich wird die Durststrecke ja noch weiter andauern.«

»Ich glaube, er mag dich, aber das ist neu für ihn. Vielleicht hatte er tatsächlich noch nie etwas mit einer Angestellten ...«

»Liz, bitte«, unterbrach Betty sie schnaubend, »du hast doch selbst erst festgestellt, dass es nur noch etwas über zwei Wochen bis Weihnachten sind. Danach wäre ich doch gar keine Mitarbeiterin des *Maint's* mehr.«

»Ja, aber du hast mir doch vorhin erzählt, dass er dir einen Job in der Marketingabteilung geben möchte. Das würde die

Sache doch dann schon komplizierter machen, und wer weiß, wie McAllistar senior zu Beziehungen unter seinen Leuten steht.«

Nachdenklich starrte Betty in ihr Weinglas. Vielleicht hatte Liz recht, und Josh wollte ihr die Chance auf die Stelle nicht verbauen oder ging davon aus, dass ihr der Job sowieso wichtiger wäre als ein kurzes Intermezzo mit ihm. Sie stützte ihre Ellenbogen auf dem wackeligen Tisch ab und vergrub ihr Gesicht in den Händen. »Ich will heute über nichts mehr nachdenken«, murmelte sie in ihre Handflächen, »ich will nur noch mehr Wein.«

»Damit kann ich dienen. Aber wollen wir die Party in meine Wohnung verlegen? Da ist es gemütlicher.«

»Klingt gut«, stimmte Betty zu und ließ sich von ihrer besten Freundin vom Stuhl ziehen.

Kapitel 6

»O Gott«, stöhnte Betty, als sie am nächsten Tag mit brummendem Schädel neben Liz in deren Bett aufwachte. »Wie viele Flaschen Wein waren das?«

Diese hob den Kopf und strich sich ein paar verirrte Strähnen aus dem Gesicht. »Ich glaube, nur zwei oder drei, aber du hast sie mit den weihnachtlichen Schnapspralinen gemixt.«

»Du hast recht ... die waren es.« Stöhnend rollte sie sich auf die Seite und griff nach ihrem Handy auf dem Fußboden. Als sie die Uhrzeit entdecke, kreischte sie laut auf. »Scheiße, ich muss in einer Viertelstunde ein Elf sein.«

»Das wird knapp.« Liz zog eine Grimasse.

Betty stürmte ins Bad. Da sie öfter bei ihrer besten Freundin übernachtete, hatte sie im Badschrank ihre eigene Zahnbürste. Während sie sich die Zähne putzte, kämmte sie sich durch die verknoteten Haare und griff nach Liz' Deospray. Keine Minute später stand sie im Flur und versuchte hüpfend, ihre Stiefel anzuziehen. Sie hatte keine Zeit mehr, in Klamotten von Liz zu schlüpfen, und dank des Elfenkostüms würde sowieso niemandem auffallen, dass sie dasselbe Outfit wie am gestrigen Tag trug.

»Viel Glück beim Santa-Claus-Ignorieren«, rief Liz ihr noch hinterher.

Betty erwischte sofort ein vorbeifahrendes Taxi und blickte gebannt auf die Uhr im Display des Wagens. Drei Minuten noch – obwohl sie nur noch einen Block vom *Maint's* entfernt waren, würde das knapp werden, da sie sich noch umziehen musste. Gott sei Dank hatte sie ihr Kostüm inzwischen in einer der Mitarbeiterumkleiden deponiert.

Mit einer Punktlandung stürmte sie durch die Tür des Mitarbeitereingangs und zog sich ungelenk den Mantel aus. Zu ihrer Verwunderung stand Santa vor den Räumen für die Angestellten. Und leider tat selbst dieser Anzug samt riesigem Bauch seiner Attraktivität keinen Abbruch.

Sie straffte die Schultern und ging eiligen Schrittes an ihm vorbei. »Guten Morgen«, begrüßte sie ihn, in der Hoffnung, dass ihre Stimme so gleichgültig wie gewünscht klang.

»Alles okay? Du bist spät dran heute.« Sie spürte seinen Blick auf ihr. »Kommst du von zu Hause?« Irritation lag in seiner Stimme.

Mit fragendem Blick sah sie ihn an.

»Nur weil du dieselben Klamotten wie gestern trägst.«

»Ich habe nicht zu Hause geschlafen«, gab sie knapp zurück und verschwand dann im ersten Raum zu ihrer Linken. Joshs irritierter Blick war ihr nicht entgangen, doch ihm war sie wohl als Letztes eine Erklärung schuldig, wo sie übernachtete.

Sie zog sich so eilig um, dass sie beinahe umgekippt wäre, als sie in die engen grünen Schläuche an dem Kostüm für die Beine schlüpfte. Sie hoffte, Santa würde nicht mehr vor der Tür herumlungern. Ihre Hoffnung wurde tatsächlich erfüllt, und er saß auf seinem großen Thron inmitten der Weihnachtswelt. Das erste Kind war bereits auf dem Weg zu ihm.

Dennoch startete er einen Versuch, als sie ihren Posten neben ihm eingenommen hatte. »Wo warst du denn heute Nacht? Ich hatte dich doch nach Hause gebracht.«

Mit verhärteten Gesichtszügen wandte sie sich ihm zu. »Fragst du all deine Angestellten, wo sie ihre Nächte verbringen?«

Diese Frage schien in zu verwundern. »Nein, natürlich nicht, ich ...«

»Dann muss ich die Frage ja sicherlich nicht beantworten.« Mit steinerner Miene drehte sie sich weg, legte aber umgehend ein strahlendes Lächeln auf, als das kleine rothaarige Mädchen sie erreicht hatte.

Obwohl Josh sein Weihnachtsmann-Programm abspulte, konnte sie spüren, dass er sie noch öfter als sonst beobachtete. Doch sie erwiderte die Blicke nicht. Sie hatte Angst, dass ihr die Tränen kommen würde, sollte sie ihn ansehen. Obwohl sie sich nicht lange kannten und Joshs Ruf ihm vorauseilte, hatte sie tatsächlich das Gefühl gehabt, dass da etwas Besonderes zwischen ihnen lag. Und die Tatsache, dass sie auf diese Abfuhr wesentlich emotionaler als üblich reagierte, machte es für Betty noch schwerer, das Ganze zu verstehen.

Plötzlich entdeckte sie einen Blondschopf in der Reihe der wartenden Kinder. Moment, das war doch Cailen. Der kleine Junge, der bereits zweimal bei ihnen gewesen war und sich einen Job vom Weihnachtsmann gewünscht hatte.

Betty konnte es kaum erwarten, bis er an der Reihe war; das Gefühl ließ sie nicht los, dass da etwas nicht stimmte.

»Cailen, richtig?«, begrüßte Josh den Jungen, als dieser endlich an der Reihe war, und entlockte ihr damit eine anerkennend hochgezogene Braue. »Was führt dich wieder zu mir?«, fragte Josh mit warmer Stimme.

»Ich wollte sichergehen, dass wir einen Deal haben«, erwiderte der Kleine ernst und blieb vor Santa stehen.

»Du meinst, mit deinem Job?«, fragte Josh in seiner Rolle als Weihnachtsmann und runzelte irritiert die Stirn.

»Ja genau.« Cailen nickte energisch.

Mike, der Security-Mann, der heute für die Pforte der Weihnachtswelt zuständig war, deutete ihnen mit Handzeichen an, sich etwas zu beeilen, da die Schlange unaufhörlich wuchs und der Geräuschpegel ein beinahe unerträgliches Ausmaß annahm.

»Kommst du die Tage noch mal vorbei und erklärst mir, was für einen Job du möchtest?«, fragte Josh ruhig.

Cailen nickte und nahm die zwei Zuckerstangen, die Betty ihm entgegenstreckte.

Sie begleitete ihn bis zu dem rot-weiß-gestreiften Bogen, der den Ausgang der Weihnachtswelt darstellte. Sie ging in die Hocke und blickte Cailen eindringlich an. »Ist bei dir alles in Ordnung? Das ist ein sehr ungewöhnlicher Wunsch an den Weihnachtsmann.«

Mit traurigem Blick schüttelte er den Kopf. »Nein, meine Mama kann nicht mehr arbeiten. Ich habe gehört, wie sie zu Granny gesagt hat, dass wir die Wohnung verlieren werden. Wo sollen wir dann leben?«, fragte er verzweifelt.

Sie drückte ihn fest an sich. »Geht es deiner Mama nicht gut oder warum kann sie nicht mehr arbeiten?«

»Weil sie ihren Job nicht mehr hat.«

Irritiert zog Betty die Stirn in Falten. »Also wurde sie gekündigt?«

»Ja, sie hat im Kaufhaus gearbeitet, aber ihr Chef hat sie rausgeschmissen, weil ich krank war und sie eine Woche zu Hause bei mir bleiben musste.«

Entsetzt weiteten sich Bettys Augen. »Hat deine Mom hier im Kaufhaus, im *Maint's*, gearbeitet?«

Mit Tränen in den Augen nickte Cailen und schniefte laut. »Sie mochte ihren Job doch so sehr, und nun ist sie furchtbar traurig.«

Betty warf Santa einen zornigen Blick zu. »Cailen, komm bald wieder, und wir reden noch mal darüber, versprochen.«

Der Junge nickte und ging mit seinen zwei Zuckerstangen in der Hand davon.

Gleichermaßen verwirrt wie verärgert blickte sie ihm nach, bis sie Joshs lautes Rufen hörte. »Elf, wir brauchen hier mal den Elf.«

Böse funkelte sie ihn an, als sie ihren Posten wieder einnahm und eine Zuckerstange für den Jungen aus ihrem Glas nahm, der sich gerade von Santa verabschiedete.

Kaum war es Zeit für ihre Mittagspause und Betty allein mit Josh, brach es aus ihr hervor. »Weißt du, was Cailens Problem ist?«

»Nein, hast du was rausfinden können?«, fragte er und schien ehrlich daran interessiert zu sein.

»Seine Mom hat hier gearbeitet und wurde von ihrem Boss gefeuert, weil ihr Kind krank war – eine Woche. Josh, er war eine Woche krank. Deswegen entlässt man doch niemanden.«

Josh hob abwehrend die Hand. »Moment, mach mal langsam. Wir entlassen doch niemanden, der wegen seines kranken Kindes nicht arbeiten kann.«

»Wie du mit Mitarbeitern umgehst, weiß ich ja jetzt ...« Prompt biss sie sich auf die Zunge, sie hatte sich fest vorgenommen, Josh nicht zu zeigen, wie sehr er sie gestern Nacht verletzt hatte.

»Betty, das hat doch damit ...«

»Es geht hier nur um Cailens Mutter«, unterbrach sie ihn schroff.

»Wie heißt die Frau? Wir hatten kaum Kündigungen dieses Jahr. Daran würde ich mich doch erinnern«, versuchte er, ihr den Wind aus den Segeln zu nehmen.

»Ich weiß es nicht, aber so abwegig finde ich den Gedanken nicht. Vielleicht hat sie nicht genug Umsatz gebracht. Rote Zahlen mögen wir doch so gar nicht, stimmt's?«

Josh schloss für einen kurzen Moment die Augen und holte tief Luft. »Betty, ich weiß, du bist wütend auf mich, das verstehe ich, aber ich würde niemals jemandem wegen so etwas kündigen und mein Vater erst recht nicht.«

»Ich? Wütend?«, rief sie fröhlich.

»Nicht?«, fragte er verwirrt.

»Nein, es ist alles ganz wunderbar. Du hast recht, so, wie es ist, ist es gut. Alles andere würde die Dinge unnötig verkomplizieren.«

Er blickte ihr mit hochgezogenen Brauen lange in die Augen, als würde er versuchen, darin zu lesen, ob sie die Wahrheit sagte. »Okay«, erwiderte er lang gezogen.

»Aber überdenk mal deine Arbeitnehmerpolitik und vielleicht willst du Cailens Mutter dann ihren Job wiedergeben«, erklärte sie ihm bissig, bevor sie kehrtmachte.

»Ich weiß nicht einmal, über wen wir reden«, rief er ihr beinahe verzweifelt nach, als er ihr in einigen Metern Abstand folgte.

Noch bevor sie bei den Mitarbeiterumkleiden angekommen war, hatte sie bereits die Hälfte des Reißverschlusses an ihrem Kostüm geöffnet. Heute kratzte es besonders unangenehm, was natürlich auch daran liegen könnte, dass sie sich selten so aufgeregt hatte und ihr Körper darin fast verging vor Hitze.

Entnervt schnaubte sie, als sie wahrnahm, dass jemand hinter ihr stand. Mit zornigem Blick drehte sie sich um, und zuckte zusammen, als sie wider Erwarten nicht in Joshs, sondern in Ryans Augen blickte.

»Oh, hey, Ryan, wie geht es dir?«

»Gut, aber du holst dir doch noch den Tod.«

Ungelenk verdrehte Betty ihren Kopf, als der Marketingchef sich hinter sie stellte und beherzt nach dem Zipper an ihrem Kostüm griff.

Gerade als er diesen mit dem Kommentar: »Und wir wollen doch auch nicht, dass jeder deine hübsche Unterwäsche sieht«, nach oben zog, bog Josh um die Ecke. Der letzte Satz war wohl auch ihm nicht entgangen, da er die Stirn runzelte und die beiden ungläubig anblickte.

Diese Gelegenheit musste Betty natürlich ergreifen. »Da hast du recht, Ryan. Das ist nur besonderen Menschen vorbehalten.«

Josh räusperte sich. »Ryan, Ihre Hand an Ms. Davis nacktem Rücken inmitten des Kaufhauses ist ... ähm ... ähnlich problematisch.«

Erschrocken machte Ryan einen großen Schritt zurück

und hob unschuldig die Hände. »O nein, ich wollte lediglich behilflich sein.«

Betty trat wieder näher an ihn heran, legte ihm eine Hand an den Oberarm und lächelte ihn zuckersüß an. »Du musst wissen, dass Josh, ähm, Mr. McAllistar natürlich, das mit den Beziehungen unter Mitarbeitern wirklich sehr kritisch sieht und da äußerst strikt ist.«

Josh neigte seinen Kopf, und sie konnte an den angespannten Kiefermuskeln erkennen, wie stark er die Zähne zusammenpresste. Sein Blick fragte sie ganz offensichtlich, ob das hatte sein müssen. Natürlich nahm er ihr für keine Sekunde ab, dass zwischen ihnen beiden alles bestens war. Doch Betty war es egal, war er es schließlich gewesen, der mit ihren Gefühlen gespielt hatte. Also wollte sie es auf die Spitze treiben und drehte dem Marketingchef erneut den Rücken zu. »Das ist aber auch ein kompliziertes Kostüm. Würdest du mir den Reißverschluss öffnen – mit meinem ausdrücklichen Einverständnis.«

Ryan bewegte zwar seine Finger in Richtung ihres Rückens, blickte aber unsicher zwischen ihr und seinem Boss hin und her.

»Ryan«, knurrte Josh mit warnendem Unterton in der Stimme.

»Ich denke, ich gehe besser wieder nach oben«, erwiderte dieser sichtlich überfordert und verschwand eilig zu den Aufzügen.

Betty rollte mit den Augen und verdrehte ihren Arm, um den Verschluss selbst wieder zu öffnen, während sie die Tür zur Umkleide aufstieß.

Zu ihrer Überraschung folgte Josh ihr. Er stand dicht hinter ihr, als sie im Türrahmen stehen blieb.

»Wenn der Typ diesen Reißverschluss noch einmal anfasst, kündige ich ihm«, raunte er ihr leise ins Ohr.

Doch als Betty sich verwirrt umdrehte, verschwand Josh bereits in der Tür nebenan und schloss diese hinter sich ab.

Sie fasste sich an die prickelnde Stelle unterhalb ihres Ohres und bildete sich ein, seinen heißen Atem dort noch immer spüren zu können. Sofort waren die Bilder der gestrigen Nacht zurück in ihrem Kopf, wie er sich hinter sie gestellt hatte und sie gemeinsam in einem Blick auf das weihnachtliche Manhattan versanken. Es war ihr unbegreiflich, wie man jemandem so ungeniert etwas vormachen konnte.

Betty war überrascht, als Judy auf sie zustürmte, kaum dass sie umgezogen aus der Tür trat.

»Ms. Davis, kommen Sie mit mir nach oben? Mr. McAllistar möchte Sie bei dem Gespräch dabeihaben.«

Sie konnte sich natürlich denken, worum es ging, und auch wenn die Aktion vom *Jessy's* ihr Blut noch immer zum Brodeln brachte, ehrte es sie, dass George McAllistar sie bei der Krisensitzung dabeihaben wollte.

Sie folgte Judy und fuhr gemeinsam mit ihr in den neunten Stock. Josh, sein Vater sowie Ryan saßen bereits in dem großen Besprechungszimmer.

»Ms. Davis, nehmen Sie gern Platz.« George McAllistar deutete auf den Stuhl neben Josh, den sie widerwillig zurückzog, um sich setzen zu können.

Überraschenderweise ergriff Ryan als Erster das Wort. »Ich hatte gleich befürchtet, dass man uns die Kampagne als altmodisch und angestaubt auslegen könnte.«

Betty legte die Stirn in Falten. Angestaubt. Wieso verwendete er nur immer dieses Wort?

»Die Kampagne ist nach wie vor genial. Das Problem hier ist das *Jessy's* und nicht unsere Werbung«, brummte Josh.

»Ich meine ja nur«, verteidigte Ryan sich. »Die Kinder von heute stehen auf Nerf Guns und Mini-Roboter und nicht auf Holzzüge und Puppenwagen.«

»Aber darum ging es doch gar nicht«, stammelte Betty überfordert.

»Es geht darum, dass die Konkurrenz unsere Werbung kopiert«, sprach George McAllistar ein Machtwort.

»Können unsere Anwälte denn wirklich etwas dagegen ausrichten?«, wollte der Marketingchef wissen.

»Werden wir sehen«, entgegnete Josh übellaunig.

»Im Moment können wir nicht viel unternehmen«, seufzte sein Vater. »Ms. Davis, nehmen Sie es als Kompliment.«

Fragend blickte sie ihn an, da sie nicht verstand, worauf er hinauswollte.

»Ihre Kampagne war offensichtlich so gut, dass unsere Konkurrenz sich bedroht fühlt.«

Sie musste schmunzeln und schätzte seine aufmunternden Worte sehr.

Auch Josh entfuhr ein leises Lachen über die charmante Sichtweise seines Vaters.

Sie wandte sich dem Santa zu. »Wir sollten wieder runter. Es geht gleich weiter.«

Dieser nickte stumm, ließ seinen Blick aber wesentlich länger in ihrem verankert, als es nötig gewesen wäre.

»Ah, Mr. McAllistar, bevor Sie gehen«, wandte Judy sich an Josh, »wegen Ihrer E-Mail von gestern Abend. Sind Sie sicher, dass ich noch immer nach einem Weihnachtsmann suchen soll? Die Feiertage sind nicht mehr fern und ...«

Mit großen Augen blickte Betty ihn an, während er leise seufzte. Es war ihm ganz offensichtlich unangenehm, dass Judy ihn vor ihr auf die Bitte angesprochen hatte. Wollte er so dringend von ihr wegkommen, dass er noch gestern Abend eine Mail an Judy geschrieben hatte?

Verkniffen presste Betty die Lippen aufeinander und versuchte, sich nicht anmerken zu lassen, wie sehr sie diese Information traf. Sie dachte nicht daran, auf ihn zu warten, und verließ eiligen Schrittes das Besprechungszimmer. Ein Glück, dass Judy Josh in ein Gespräch verwickelte, weswegen sie allein in der Aufzugskabine war. Sie stieß einen

Schwall Luft aus, lehnte sich gegen die kalte, metallische Wand und schloss die Augen für einen Moment.

Als Josh kurze Zeit später zu ihr stieß, machte er keine Anstalten, seinen Auftrag an Judy zu erklären.

Betty versuchte tunlichst, Augenkontakt mit ihm zu meiden. Sie wusste selbst nicht so genau, ob sie angefangen hätte zu weinen oder ihn anzuschreien, hätte sie ihm tief in die verlogenen grünen Augen geschaut. Ein Glück, dass sich trotz des Kampagnendebakels viele Leute vor der Weihnachtswelt drängten, um Santa zu besuchen. So würden sie zumindest genug zu tun haben, und Betty konnte Josh ignorieren. Offensichtlich hatte die neue Werbung doch einige Leute ins Kaufhaus gelockt, denn die Schlange der wartenden Kinder samt Eltern war heute mindestens doppelt so lang wie üblich.

Doch sie hatte nicht bedacht, wie anstrengend es werden würde, alle Kinder glücklich zu machen. Zudem war der Lärm ohrenbetäubend, und sie blickte immer wieder besorgt in das Glas in ihren Händen. Die rot-grün gestreiften Zuckerstangen gingen schneller zur Neige, als sie nachfüllen konnte, und sie war sich nicht sicher, ob sich in dem Karton hinter der Weihnachtswelt noch weitere Packungen befanden.

Gedankenverloren streifte sie sich gerade ein paar Strähnen aus ihrer Stirn, als eine schrille Stimme erklang. »Betty? Bist du es wirklich? Betty Davis?«

Sie wirbelte herum und blickte die groß gewachsene blonde Frau verdutzt an. Die Falte auf Bettys Stirn wurde immer tiefer, da sie die Kundin absolut nicht einordnen konnte.

»Lindsay Moore, Hutchville High?«

»Ah, Lindsay«, fiel es ihr tatsächlich wie Schuppen von den Augen. Aber eher, weil Bettys Gedächtnis ihr nun all die negativen Erinnerungen an ihre Mitschülerin präsentierte. Und diese reichten von Mobbing bis hin zum ausgespannten Freund. »Wie geht's dir?« Sie blickte auf den kleinen ebenfalls blonden Jungen neben ihrer ehemaligen Mitschülerin. »Du hast einen Sohn?«

»Nein, das ist nur mein Neffe, Scotty. Er wollte unbedingt zu Santa dieses Jahr und ihm seinen wichtigsten Wunsch persönlich mitteilen.«

Betty schenkte ihr ein aufgesetztes Lächeln. Sie erinnerte sich noch gut an Lindsays fiese Sprüche über sie, weil ihre Familie weniger Geld gehabt hatte, Bettys Klamotten nie besonders cool gewesen waren und sie über weniger Freunde verfügt hatte. »Na, dann los, Santa ist ein viel beschäftigter Mann.«

Irritiert blickte Lindsay über ihre Schulter hinter sich. »Aber da ist doch niemand mehr außer uns.«

Betty beugte sich zur Seite, um an der großen Blondine vorbeizuschauen. Sie hatte recht. Sie waren die Letzten nach dem Wunschmarathon. Betty hoffte darauf, dass Scotty sich kurzfassen und Lindsay dann umgehend wieder abrauschen möge.

Während ihr Neffe dem Weihnachtsmann erklärte, warum es unbedingt ein Bausatz für einen Power Ranger sein musste, ließ Lindsay ihren immer abschätziger werdenden Blick über das Elfenkostüm schweifen. »Also bist du der Elf? Ich muss ja zugeben, die Farbe ist fies. Aber ich würde wetten, du findest niemanden, dem das steht.«

Josh hatte mittlerweile seine angeregte Diskussion mit dem Jungen beendet und forderte Betty auf, ihm eine Zuckerstange zu geben. Doch sie war damit beschäftigt, ihr Augenrollen im Zaum zu halten.

Lindsay schien das nicht zu bemerken und fuhr unbeirrt fort. »Hältst dich mit Gelegenheitsjob über Wasser?« Während sie kicherte, entfuhr ihr ein leises Grunzen. »Wie muss man sich das vorstellen? Bist du dann noch der Nikolaus, und zu Ostern hoppelst du als Bunny durchs Kaufhaus?« Nun konnte Lindsay sich kaum noch halten vor Lachen.

Betty wandte den Blick ab, da sie befürchtete, ihre Beherrschung zu verlieren und Lindsay mit einer Zuckerstange zu verprügeln. Leider steuerten ihre Augen wie automatisch Santa an, der bei dem Stichwort *Bunny* interessiert die Brauen hochgezogen hatte.

Betty atmete gepresst aus. Sie wollte nur noch raus aus diesem Kaufhaus und diesem furchtbar demütigenden Kostüm. Einmal mehr bereute sie es, bisher in keinem sinnvollen Job Fuß gefasst zu haben. Ohne Lindsay die Frage nach ihrer derzeitigen Tätigkeit zu beantworten, stellte sie eine Gegenfrage. »Was machst du denn inzwischen?«

»Ich bin im Marketing tätig. Endlich kann ich meine unendliche Kreativität ausleben.«

Bei dem Griff in ihr Glas dachte Betty kurz darüber nach, ob sie die Zuckerstange nicht lieber Lindsay in den Mund schieben sollte, in der Hoffnung, sie würde dann die Klappe halten. Doch Scotty sah sie bereits erwartungsvoll an, und sie wollte den armen Jungen natürlich nicht enttäuschen. Wenn er schon mit so einer Tante gestraft war.

»Wollen wir uns mal auf einen Kaffee treffen?«, fragte Lindsay euphorisch und wandte sich bereits ab.

»Unbedingt«, versprach Betty. Das tat sie immer und ging dann trotzdem nie zu Treffen mit Leuten, die sie nicht mochte.

»Ich schaue wieder vorbei«, flötete ihre ehemalige Mitschülerin noch, bevor sie mit Scotty endlich in Richtung Ausgang lief.

Unsanft drückte sie mit ihren Fingern gegen ihre Schläfen. Der pochende Schmerz, denn Lindsays nervige Stimme ausgelöst hatte, wurde zunehmend stärker.

»Was war das denn?«, fragte Josh und blickte Lindsay irritiert nach.

»Ehemalige Mitschülerin. Wir haben uns nie gut verstanden.«

»Mit der hätte ich mich auch nicht gut verstanden«, murmelte er. »Der Auftritt eben war komisch.«

»Einmal hätte ich sie fast verprügelt.« Sie kicherte leise bei der Erinnerung. »Aber mein Anstand war dann doch größer.«

Ein Schmunzeln erschien auf Joshs Lippen. »Warum fällt es mir gar nicht mal so schwer, das zu glauben? Also das mit dem Verprügeln.«

Betty schnalzte tadelnd mit der Zunge. »Sie hat mir meinen Freund ausgespannt.«

»Dann war dein Ex aber auch ein Arsch«, erwiderte er bestimmt.

»Sind das nicht alle Männer irgendwie?«, fragte sie ihn mit säuselnder Stimme. Doch es war offensichtlich, dass er den Seitenhieb verstanden hatte.

Ohne sich zu verabschieden, verließ Betty ihren Arbeitsplatz und stapfte davon. Auf Small Talk mit Josh hatte sie im Moment ganz sicher keine Lust. Was bildete er sich eigentlich ein? Dass sie den gestrigen Abend einfach so ausblenden konnte? Sollte sie sich ihm gegenüber auf Knopfdruck so benehmen wie noch gestern Nachmittag, bevor er sie gedemütigt hatte?

Auch der kommende Tag brachte ihr keine Erleichterung. Josh sah zwar etwas zerknautscht, aber leider auch verdammt gut aus in dem dunkelblauen Anzug, als sie ihn aus den Aufzügen kommen sah. Er hatte wohl schon einige Zeit am Schreibtisch verbracht, bevor er hier den Weihnachtsmann mimen würde.

Er war früh dran. Normalerweise schlüpfte er auf den letzten Drücker in sein Kostüm und warf sich beinahe auf den Thron, um pünktlich zur Öffnung des Kaufhauses draufzusitzen.

Ausgerechnet heute musste er großzügig Zeit einplanen, weswegen sie nachher sicherlich minutenlang unangenehmes Schweigen zwischen ihnen ertragen musste.

Betty versuchte nach dem Umziehen, noch etwas Zeit in dem Raum für die Mitarbeiter totzuschlagen, doch dann resignierte sie unter einem lauten Stöhnen. Es ärgerte sie nicht nur, dass sie es keine fünf Minuten ohne Beschäftigung aushielt, sondern auch, dass sie Josh trotz allem unbedingt sehen und Zeit in seiner Nähe verbringen wollte.

Noch während sie auf die Weihnachtswelt zusteuerte, kam Judy mit wedelnden Armen angelaufen. »Wie herrlich, dass Sie beide schon da sind. Besser könnte es heute Morgen ja gar nicht laufen.«

Sowohl sie als auch Josh blickten die Sekretärin mit hochgezogenen Augenbrauen an.

»Mr. Roberts muss jeden Moment da sein«, kündigte diese weiterhin euphorisch an. Als ihr die fragenden Mienen auffielen, fügte sie hastig hinzu: »Der Fotograf.«

»Was für ein Fotograf?«, fragte Josh verwirrt.

»Na, wir müssen ja im Gespräch bleiben, da hat Ihr Vater beschlossen, dass wir die Winterwelt sowie Santa und unseren liebreizenden Elfen in Szene setzen und in der Zeitung von unserem traditionellen Programm zu Weihnachten berichten lassen«, erklärte Judy aufgeregt.

Bevor Betty sich weigern konnte, wurde auch schon besagter Fotograf von dem Wachmann hineinbegleitet. Sie schluckte ihren Unmut auf Josh hinunter und nahm sich vor, Judy und George McAllistar zuliebe ein fröhlicher Elf zu sein.

Doch bereits eine Viertelstunde später geriet Bettys Vorsatz aufgrund der nervtötenden Übermotiviertheit des Fotografen zunehmend ins Wanken. Das Kaufhaus würde gleich die Türen aufschließen, und dieser Roberts drapierte sie nun zum vierten Mal wie eine Schaufensterpuppe um.

»Wir öffnen gleich«, brummte Josh, der dem Spektakel ebenso wenig abgewinnen konnte.

»Nur noch eins ... Wir haben es gleich«, versprach der Fotograf, wie er es vor den letzten beiden Fotos auch schon getan hatte. »Santa, bitte einmal auf den Stuhl, und der Elf bitte auf seinen Schoß.«

Erschrocken sah Betty ihn an. »Bitte was?«

Judy klatschte begeistert in die Hände. »Was für eine schöne Idee«, rief sie entzückt und Betty war sich nicht sicher, ob die Sekretärin nüchtern war oder bereits am Glühwein vom Foodtruck genippt hatte.

»Ich denke nicht, dass ...«, stammelte Josh, wurde aber umgehend von dem Fotografen unterbrochen.

»Wir haben nur noch eine Minute. Bitte, das ist doch der Sinn der Weihnachtswelt. Menschen, die auf ihrem Schoß sitzen und ihnen ihren sehnlichsten Wunsch verraten.«

Betty schloss für einen kurzen Moment die Augen, atmete tief ein und setzte sich ungelenk seitlich auf Joshs Oberschenkel.

Der leicht übergewichtigen Fotografen lachte keuchend auf. »Bitte nicht so, als hätte Santa eine ansteckende Krankheit. Der Elf muss sich freuen, dass er nun auch endlich seinen Wunsch beim Weihnachtsmann loswerden kann.«

Josh, der wohl keine Geduld für das Schauspiel mehr hatte, packte sie an der Taille und zog sie mit einem Ruck auf seinen Schoß.

»Na, geht doch. Sieht das nicht klasse aus?«, freute Mr. Roberts sich.

Begeistert stimmte Judy zu, während Betty vergaß zu atmen. Es fiel ihr schwer, still zu sitzen.

»Der Elf, bitte einmal lächeln«, forderte der Fotograf sie auf. »Denken Sie an Ihren größten Wunsch.«

Sie setzte ein falsches Grinsen auf und murmelte: »Der ist, so schnell wie möglich hier wegzukommen.«

Natürlich hatte Josh sie gehört. Während er weiterhin zur Kamera starrte, erwiderte er knurrend: »Und meiner, dass du aufhörst, so rumzurutschen.«

Schlagartig erstarrte sie zur Statue und traute sich kaum

noch zu atmen. Sie wollte nichts unter ihrem Hintern fühlen, was sie nicht fühlen sollte.

»Nervös geworden?«, fragte Josh mit einem frechen Unterton in der Stimme.

Betty reichte es, was bildete sich dieser Kerl eigentlich ein? Erst servierte er sie nach diesem atemberaubenden Kuss einfach ab, und dann flirtete er weiterhin völlig ungeniert mit ihr. Wenn man eines nicht tun sollte, dann, sie zu verärgern.

Während der Fotograf ihnen weiterhin irgendwelche schwachsinnigen Aufforderungen zurief, bewegte sie ihren Hintern absichtlich mehr, als es notwendig gewesen wäre.

Mit dunklem Blick sah Josh sie an, und sie konnte trotz des Bartes seine zornige Miene erkennen.

Erneut positionierte sie sich auf seinem Schoß um, als Josh so ruckartig aufstand, dass sie beinahe hingefallen wäre, hätte er sie nicht unter den Armen gepackt.

»Schluss jetzt, das Kaufhaus öffnet«, verkündete er in einem so resoluten Ton, dass selbst der engagierte Fotograf zustimmend nickte.

»Herrlich!« Judy war noch immer hin und weg. »Die Fotos werden sicherlich großartig.«

Betty drehte sich zu Josh, der sein Kostüm zurechtzupfte. »Nervös geworden?«

Völlig gelassen entgegnete er. »Nein, wieso auch?«

Verärgert stapfte sie davon, um ihr Zuckerstangenglas zu holen. Was für ein arroganter Arsch!

Bevor sie zurückging, schrieb sie Liz noch eilig eine Nachricht und berichtete von dem unangenehmen Fotoshooting, auch wenn sie jetzt schon wusste, dass diese herzlich darüber lachen würde.

Der Andrang im *Maint's* war riesig, dennoch bestand Josh auf der Mittagspause, da er dringende Anrufe zu erledigen hatte.

Unsicher, welchen Foodtruck sie für ihr Mittagessen heute

ansteuern würde, stand Betty allein auf dem Podest der Weihnachtswelt, als eine fröhliche Stimme hinter ihr ertönte.

»Darf ich auch noch auf Santas Schoß oder hat der Elf da was dagegen?«

Lachend drehte sie sich um, hatte sie Liz doch längst erkannt. »Was machst du denn hier?« Sie schlang die Arme um ihre beste Freundin und drückte sie fest an sich.

»Nach der Nachricht musste ich mal nach dem Rechten sehen. Wie geht es denn bei euch zu?«, neckte Liz sie.

»Hör mir auf. Darauf hätte ich heute Morgen auch verzichten können.« Sie berichtete ihrer Freundin im Detail von ihrer Zeit auf Santas Schoß, während sie zu den Essensständen hinüberschlenderten.

Wie erwartet, brach Liz in schallendes Gelächter aus. »Sorry, ich weiß, er hat dich echt verletzt. Nur die Vorstellung, wie der Elf Santa heißmacht, ist einfach zu gut.«

Nun musste auch Betty widerwillig lachen. »Vielleicht ist es weniger nervig, wenn ich es mit Humor nehme.«

»Darauf erst mal einen Glühwein, oder?«

»Ich sollte während der Arbeit echt nicht trinken«, lehnte Betty den Vorschlag ab.

»Ach komm, ich glaube, das würde dir jetzt guttun – nach der Begegnung mit Santas Zuckerstange.«

»Du bist unmöglich, hör auf! Diese Bilder bekomme ich nie wieder aus dem Kopf.«

Es war nicht bei einem Glühwein geblieben, was auch Josh nach seiner Rückkehr aus dem neunten Stock sofort feststellte. Betty und Liz saßen im Lebkuchenhaus und futterten sich durch Wände und Dächer, während sie laut kicherten.

»Was habe ich denn die letzte Stunde verpasst?«, wollte er amüsiert wissen.

»Eine kulinarische Tour vom Feinsten«, erwiderte Liz. »Eure Foodtrucks sind klasse.«

»Mmh, besonders der mit dem Glühwein, oder?«, fragte Josh grinsend.

»Das war meine beste Idee jemals«, stimmte Betty zu und schloss für einen Moment die Augen. »Bei mir dreht sich alles.«

»Oje, und wie bekommen wir meinen Elfen wieder fit, bis die ersten Kinder in der Schlange stehen?« Josh bedachte sie mit einem amüsiert mitleidigen Blick.

»Ich muss los, Leute«, verkündete Liz und erntete einen besorgten Blick vom Juniorchef.

»Kann ich dich so gehen lassen?«, fragte Josh überraschend fürsorglich.

»Ich treffe gleich eine Freundin vor dem Kaufhaus. Null problemo.« Erneut kicherte sie laut und verabschiedete sich von den beiden. Doch Betty bekam mit, dass Josh dem Wachmann anwies, Liz zu begleiten und sich zu versichern, dass besagte Freundin sie auch wirklich abholte.

»Okay. Dann kümmern wir uns mal um dich.« Josh hatte sich Betty zugewandt und blickte sie nachdenklich an, bevor er davonging und die Foodtrucks ansteuerte.

Keine Minute später kam er mit zwei Espressotassen in der Hand zurück. »Zweimal einen doppelten Espresso, das sollte hoffentlich ein wenig helfen.«

»Mir geht's gut«, winkte Betty ab. »So ein bisschen Glühwein macht doch einem Elfen nichts aus.«

»Es ist schön, dass ihr Spaß hattet in deiner Pause«, meinte er grinsend. »Doch bald bildet sich hier wieder eine riesige Schlange, und dann brauche ich einen fitten Elfen an meiner Seite, okay?«

»Okay«, stimmte sie kleinlaut zu und kippte den ersten Espresso hinunter. »Uh, ah, ist der heiß.« Sie blickte ihn mit einem verschmitzten Grinsen an, bevor sie kicherte. »Fast so heiß wie Santa«, gab sie leicht lallend von sich.

Joshs Mundwinkel zuckten, als er sich neben sie auf die schmale Holzbank setzte. »Das klären wir später, jetzt musst du erst mal wieder nüchtern werden. Auf geht's, der Kaffee ruft.«

»Ich mach ja schon. So viel Glühwein war es nun auch wieder nicht.«

»Ich will nur verhindern, dass du mir umkippst oder einschläfst. Was war denn der Anlass für eure feuchtfröhliche Mittagspause?«

»Deine Zuckerstange«, erwiderte sie ehrlich und griff nach der Espressotasse, während Josh sie mit heruntergeklappter Kinnlade ansah.

»Meine ... meine was?«

Doch Betty blieb ihm eine Erklärung schuldig, stand auf und wollte das Lebkuchenhaus verlassen. Noch etwas wackelig auf den Beinen klammerte sie sich am Dach des Miniaturhauses fest. »Ui, das war echt keine gute Idee.«

Josh war ebenfalls aufgestanden. »Noch mal... Meine was?«, wiederholte er ungläubig.

Mit einem frechen Grinsen auf den Lippen scannte sie seinen Körper ab, verharrte mit ihrem Blick kurz an seinen Lenden, bevor sie sich zurück auf ihren Posten als Elf begab.

Der Nachmittag war die Hölle. Betty hatte nicht nur starke Kopfschmerzen, sondern wurde auch wellenartig von einer kaum auszuhaltenden Müdigkeit überwältigt. Wieder einmal fasste sie sich an den brummenden Schädel. Was hatte sie sich nur dabei gedacht? Welcher Mensch trank drei Gläser Glühwein auf nüchternen Magen, wenn man noch den ganzen Nachmittag arbeiten musste? Selten war sie so glücklich gewesen, als das letzte Kind Santa zum Abschied zugewinkt hatte. Eilig stellte sie das Glas ab und wollte sich aus dem Staub machen. Alles, was sie wollte, war eine Kopfschmerztablette und sich in ihrem kuscheligen Bett verkriechen. Sie sah im Augenwinkel, wie Josh auf sie zusteuerte, jedoch von seinem Vater aufgehalten wurde, der ihn in ein Gespräch verwickelte. Ganz offensichtlich besorgt blickte Josh ihr nach, doch sie beeilte sich wegzukommen. Ein weiteres Zuckerstangengespräch würde ihr nicht dabei helfen, besser mit der Situation klarzukommen.

Kaum war sie zu Hause angekommen, klingelte ihr Handy.

»Sorry, Süße, das war echt unverantwortlich von mir«, seufzte Liz ins Telefon, die sich wohl gerade auf dem Fußmarsch ins Restaurant befand.

»Schon okay, ich bin ja selbst schuld.«

»Wie war dein Nachmittag dann noch?«, fragte ihre beste Freundin zerknirscht.

»Schrecklich! Zuerst habe ich Josh gestanden, dass seine Zuckerstange der Anlass für unsere Glühwein-Orgie war, und dann ist mir am Nachmittag bei dem Lärm im Kaufhaus der Kopf fast explodiert. Ich will nur noch schlafen.«

Liz kicherte leise. »Wie hat er auf das Geständnis reagiert?«

»Er war maximal verwirrt. Nach unserem Feierabend hatte ich das Gefühl, er wollte das Thema noch mal aufgreifen, aber ich habe schnell das Weite gesucht.«

Während sie das Telefon an ihr Ohr presste, vibrierte es leicht, was üblicherweise den Eingang einer Nachricht verkündete. Sie blickte auf den Bildschirm ihres Handys und konnte es kaum glauben, als sie Joshs Namen darauf sah. »Du glaubst nicht, wer mir gerade geschrieben hat.« Sie schaltete den Lautsprecher an und öffnete parallel zu ihrem Telefonat mit Liz die Nachricht. Mit großen Augen starrte sie auf den einen Satz:

Bist du sicher nach Hause gekommen?

»Das ist jetzt verwirrend«, meinte Liz. »Auf geht's. Ich mach dir einen Glühwein, und wir analysieren diese Nachricht bis zum Umfallen.«

»Klingt gut, bin unterwegs.«

Eine Stunde später hielt Betty ihre fünfte Tasse Glühwein

am heutigen Tag in der Hand und kratzte mit einem kleinen silbernen Löffel die Schokoladensoße von dem Dessertteller, auf dem Liz ihr ein Zimt-Pflaumentörtchen serviert hatte.

»Kannst du das an der Weihnachtsfeier machen?«, fragte sie ihre beste Freundin begeistert. »Das ist wie Weihnachten auf der Zunge.«

»Klar«, erwiderte Liz, die sich für eine kurze Pause neben sie an die Bar gesetzt hatte, da die Küche eben geschlossen worden war. »Aber ich dachte, dein Kuss über den Dächern Manhattans mit Blick auf den Rockefeller-Baum wäre wie Weihnachten auf der Zunge.«

»Ha, ha, sehr witzig. Danke, dass du es mir in Erinnerung gerufen hast. Ich hatte es beinahe erfolgreich verdrängt.« Betty nahm einen großen Schluck von der heißen Flüssigkeit in ihrer Tasse.

»Verdrängt? Du redest seit mehr als zwei Stunden ununterbrochen von deinem Boss. Du hast lediglich verdrängt, dass du ihn verdrängen wolltest.«

Betty rutschte von dem Barhocker und wäre beinahe weggeknickt. Ihre Beine waren unter dem Einfluss der rauen Mengen an Glühwein an diesem Tag etwas nachgiebig. »Ich gehe jetzt heim zum Schlafen, da denke ich dann hoffentlich an gar nichts mehr.«

»Willst du bei mir übernachten?«, fragte Liz fürsorglich.

»Danke fürs Angebot. Aber ich muss dringend mal unter die Dusche und frische Klamotten anziehen. Wenn ich den dritten Tag in Folge mit demselben Outfit auftauche, wird Josh nicht nur skeptisch, sondern findet mich vermutlich auch etwas eklig.«

»Das wäre es tatsächlich auch. Aber nimm dir bitte ein Taxi, okay?«

»Mach ich.« Betty beugte sich über den Holztresen und gab Liz zum Abschied einen Kuss auf die Wange.

»Hey, gut geschlafen?«, begrüßte Josh sie am nächsten Morgen. »Hast du meine Nachricht gestern bekommen?« Er blickte sie ernst an. »Ich habe mir Sorgen gemacht.«

»Nicht notwendig«, entgegnete sie übertrieben freundlich. »Oder fragst du all deine Angestellten, ob sie gut nach Hause gekommen sind?« Sie riss die Augen auf, als hätte sie eine Erleuchtung gehabt. »Sitzt du deswegen abends immer so lange am Schreibtisch? Bis du dich versichert hast, dass alle wohlbehalten daheim sind?«

Seine Gesichtszüge verhärteten sich. »Ich verstehe, dein Privatleben geht mich nichts an.«

»Nein, das tut es nicht. Du bist mein Boss für ...«, sie senkte ihren Blick auf den Handybildschirm, »noch genau zwölf Tage. Dann hast du wieder deine Ruhe.«

Sein Blick blieb fest in ihrem verankert, auch als bereits ein Kind die Weihnachtswelt betreten hatte und Santa ansteuerte. Betty wandte sich zuerst ab. Sie konnte es nicht leiden, wenn sie aus ihrem Gegenüber einfach nicht schlau wurde.

Irritiert kniff Betty die Augen zusammen und konzentrierte sich auf das summende Geräusch an ihrem Ohr. Woher kam das? Sie drehte sich einmal um die eigene Achse, ehe sie bemerkte, dass Josh Ursprung des tiefen Tons war.

Erstaunt zog sie die Brauen hoch und riss die Augen auf. »Summst du da etwa *Jingle Bells* mit?«

»Nein«, bestritt er prompt.

Sie hob ihren Zeigefinger und deutete auf ihn. »O doch, ich habe es genau gehört.«

»Du hast Halluzinationen. Vermutlich warst du es selbst, aber in Gedanken mal wieder in deiner eigenen Fantasiewelt.«

»O bitte, was redest du da überhaupt? Du warst es.«

»Und selbst, wenn? Was wäre so schlimm daran?«

»Du bist der Grinch«, erklärte sie ihm lautstark. »Es hat mich eine Ewigkeit gekostet, mich damit abzufinden, dass es jemanden gibt, der die Weihnachtszeit nicht mag. Und dann läufst du über Märkte, kaufst Schneekugeln und summst jetzt auch noch Weihnachtslieder mit.«

Es war offensichtlich, dass er nach einer passenden Rechtfertigung suchte, während er unkoordiniert mit den Schultern zuckte. »Das ist dein schlechter Einfluss auf mich. Ich habe noch nie einen größeren Weihnachtsfan erlebt als dich. Du gerätst sogar in Ekstase, wenn du einen Elfen in einem kratzigen neongrünen Kostüm spielen kannst.«

»Schlechter Einfluss?«, echote sie entsetzt. »Ich fasse es ja nicht. Ich habe mich doch längst damit abgefunden, dass ich den Grinch höchstpersönlich geküsst habe.«

»Pssst«, zischte Josh laut und blickte sich um, ob sie jemand gehört hatte. »Nicht so laut.«

Auch Betty zuckte ertappt zusammen. Sie hatte dieses Ereignis sicherlich nicht im Einkaufszentrum öffentlich verkünden wollen, doch ihr Temperament war mal wieder mit ihr durchgegangen. Zum Glück schien ihnen jedoch niemand während ihrer Pause Beachtung zu schenken.

Josh wandte den Blick ab. »Ich bin nicht der Grinch persönlich. Ich mochte Weihnachten wirklich mal, aber inzwischen ist das nicht mehr so.«

Sie wollte keinen plumpen Vorstoß wagen und ihn direkt nach dem Grund fragen. Betty erinnerte sich an das Gespräch zwischen George McAllistar und Judy, das sie belauscht hatte. Eine gewisse Miranda hatte Josh wohl die Freude am Fest genommen.

»Vielleicht kann dir irgendwas auch die Freude daran zurückgeben, wenn du dich darauf einlässt.«

Sie entdeckte ein Schmunzeln auf seinen Lippen. »Du meinst, ein Elf könnte mich mit seiner Besessenheit anstecken?«

»Nicht nur ein Elf. Hast du nicht den absolut besten Arbeitsplatz aller Zeiten? Wenn man die Rotznasen der Kinder mal ausblendet«, kicherte sie leise.

»Habe ich?«, fragte er, noch nicht so recht überzeugt.

»Du sitzt den ganzen Tag in diesem traumhaft schönen Setting. Schnee um dich herum, ein riesiger Schlitten mit Geschenken, Lebkuchenduft in der Nase, und die Kinder laufen alle mit strahlenden Augen auf dich zu, erzählen dir von ihren größten Wünschen und werden vermutlich noch tagelang davon berichten, dass sie dich getroffen haben.« Sie senkte den Blick und betrachtete ihre Fingernägel. »Und du arbeitest natürlich neben dem besten Elfen weit und breit.«

Josh nickte nachdenklich. »Ich muss schon zugeben, keiner verteilt Zuckerstangen so wie du.«

»Danke, danke«, erwiderte sie ernst, bis sie sich nicht mehr zusammenreißen konnte und in schallendes Gelächter ausbrach.

Auch Josh prustete los und schüttelte den Kopf. »Du bist unmöglich, aber ich gebe zu, so unrecht hast du nicht. Es gibt vermutlich schlechtere Orte zum Arbeiten.«

»Siehst du.« Sie wandte sich ab und wusste nicht, ob sie sich über sich selbst ärgern sollte. Gemeinsam mit Josh zu lachen hatte heute ganz sicher nicht auf ihrer Agenda gestanden, und sie war auch noch immer wütend auf ihn. Nun dachte er bestimmt, dass alles wieder in Butter sei.

Kurz nachdem der Wachmann die Weihnachtswelt nach der Mittagspause wiedereröffnet hatte, entdeckte Betty einen kleinen Blondschopf in der Schlange. Sie stupste Josh an. »Cailen ist wieder da«, zischte sie leise. »Hast du dich mal bemüht herauszufinden, wer seine Mutter ist?«

»Tatsächlich ja, und laut Judy haben wir dieses Jahr keiner Mutter gekündigt. Cailen muss sich irren«, gab er ruhig zurück.

»Na, das werden wir ja dann sehen.« Ungeduldig wartete sie, bis der kleine Junge an der Reihe war. Kaum hatte er sie erreicht, ging sie in die Hocke und begrüßte ihn fröhlich. »Cailen, hey, wie geht's dir und deiner Mom?«

Mit tieftraurigen Augen blickte er zwischen ihr und Santa Claus hin und her. »Nicht gut. Sie musste unser Auto verkaufen, und Ende des Monats müssen wir aus unserer Wohnung ausziehen.« Hoffnungsvoll wandte er sich an Santa. »Deswegen bin ich auch hier. Ich habe keine Zeit mehr, bis Weihnachten zu warten. Da bekomme ich das Geld ja nie zusammen, dass wir unsere Miete bezahlen können.«

»Ganz ruhig, Kleiner.« Josh streckte seine Hand nach ihm aus. »Das ist wirklich schrecklich, aber nun erzähl mal, was deiner Mutter passiert ist. Bist du ganz sicher, dass sie hier im *Maint's* gearbeitet hat?«

Obwohl Betty besorgt um den Jungen war, galt ihre volle Aufmerksamkeit für einen Moment dem bärtigen, gutherzigen Mann, in den Josh sich verwandelt hatte. Es war rührend, mit anzusehen, wie er verständnisvoll auf Cailen zuging und die immer länger werdende Schlange völlig auszublenden schien.

Cailen zuckte mit den Schultern. »Ich weiß es nicht, ich denke schon. Sie hat gesagt, sie arbeitet in einem Kaufhaus, in dem es viele Spielsachen gibt und einen Santa, und ich muss brav sein, sonst bringt er mir keine Geschenke.«

»Hat sie nie gesagt, wie das Kaufhaus heißt, in dem sie arbeitet?«, fragte nun auch Betty mit sanfter Stimme, um Cailen nicht zu bedrängen.

Doch erneut zuckte dieser mit den Schultern und schüttelte den Kopf.

»Hat sie vielleicht mal etwas von der Arbeit mit nach Hause gebracht? Eine Papiertüte?«, fragte Josh, und Betty sah Cailen gespannt an.

»Sie hatte immer Plastiktüten dabei«, erwiderte dieser, »in einem Knallorange, eine richtig coole Farbe. Ich wollte, dass sie mir eine Wand in meinem Zimmer so streicht, aber sie hat Nein gesagt.«

Zerknirscht verzog Betty das Gesicht. Da hatte sie wohl voreilige Schlüsse gezogen. Es schien so, als wäre Cailens

Mutter nicht vom *Maint's*, sondern vom *Jessy's* gekündigt worden. Sie ärgerte sich über sich selbst. Sie hätte die McAllistars besser kennen sollen.

Doch Josh blickte sie nicht etwa vorwurfsvoll, sondern beinahe erleichtert an, seinen Ruf damit reingewaschen zu haben.

Sie formte ein stummes *Sorry* mit den Lippen, und er lächelte sanft.

»Willst du mal zusammen mit deiner Mutter bei mir vorbeischauen?«, schlug Santa dem Jungen mit einem aufmunternden Lächeln vor.

»Ich weiß es nicht, sie sagt, sie glaubt nach diesem Jahr nicht mehr an den Weihnachtsmann.« Geknickt senkte er den Blick.

»Was sagst du da?«, rief Josh mit tiefer brummender Stimme. »Das müssen wir auf jeden Fall ändern, okay?«

Cailen nickte energisch.

»Verrätst du mir noch deinen ganzen Namen?«, bat Betty ihn. »Nur damit der Weihnachtsmann auch weiß, wo er nach dir suchen muss.«

»Cailen Brown. Wir wohnen an der 54th Street, gleich neben einem asiatischen Restaurant.«

Fest drückte Betty ihn zum Abschied an sich und legte ihm erneut zwei Zuckerstangen in die Hand. Unruhig blickte sie ihm nach. Sie hoffte inständig, dass es ihm gelingen würde, seine Mutter zu einem Besuch bei ihnen zu überzeugen.

»Ich hätte gleich wissen müssen, dass sie im *Jessy's* gearbeitet hat«, schnaubte Josh ungehalten, dessen Blick ebenfalls noch an Cailen haftete. »Wie kann man einer Mutter, die bei ihrem kranken Kind bleibt, kündigen?«

»Es tut mir leid«, sagte Betty kleinlaut.

Josh schenkte ihr erneut einen sanften Blick. »Schon okay. Er hatte dir ja zunächst erzählt, dass sie bei uns gearbeitet hat. Und du bist halt ein resoluter kleiner Elf.« Sein Lächeln verwandelte sich in ein verschmitztes Grinsen, das mal wieder sämtliche Synapsen bei ihr durchbrennen ließ. Wie gelang es ihm, selbst in diesem absolut unsexy Kostüm verboten heiß auszusehen, wenn er sie angrinste? Dafür konnte es keine wissenschaftliche Erklärung geben. Das musste Weihnachtsmagie sein.

»Gut, dass du ihn nach seinem vollen Namen gefragt hast«, riss Josh sie aus ihren Gedanken.

»Ich kann meine Füße nicht mehr spüren«, stöhnte Betty qualvoll, als der Wachmann eben am Absperrband zur Weihnachtswelt zog.

»Und ich meinen Hintern nicht mehr.« Josh blickte sich um, ob auch wirklich alle Kinder außer Sichtweite waren, und riss sich dann Mütze und Bart herunter.

»Wie viele Kinder haben uns heute besucht? Eine Million?« Unter einem lauten Ächzen ließ sie sich auf den Boden fallen, zog die Elfenschuhe aus und begann, ihre Füße zu kneten.

Mit schmerzverzerrter Miene blickte er auf ihre Füße. »Ich höre schon auf zu jammern, ich darf wenigstens sitzen, während du den ganzen Tag stehen musst.«

»So sieht's aus.« Sie zog sich die überdimensionalen Schuhe mit Glöckchen an der Spitze wieder an und stand ungelenk auf. »Ich gehe mal nach Hause.«

»Hast du noch was geplant für heute Abend?«, wollte Josh betont beiläufig wissen, und es gelang ihm nicht, ihr bei der Frage in die Augen zu blicken.

»Jap«, gab sie knapp zurück, in der Hoffnung, ihn damit nur neugieriger zu machen.

»Ah cool, dann gehst du wohl noch aus«, gab er lässig zurück, und Betty wurde unsicher, ob es ihn nun störte oder nicht.

»Nein. Pläne für zu Hause.«

»Auch nett, dann bekommst du Besuch?«, bohrte ihr Boss weiter nach.

»Ja, Jude kommt vorbei«, erklärte sie völlig entspannt und musste angestrengt ein Grinsen unterdrücken, als Joshs Kopf zu ihr herumschoss.

»Du hast ein Date? Bei dir zu Hause?«, fragte er sichtlich irritiert.

»Mmh«, bestätigte sie. »Wir trinken Whiskey, landen im Bett, verlieben uns und beschließen, eine Fernbeziehung über den Großen Teich hinweg zu führen.«

Völlig verwirrt sah Josh sie mit großen Augen an. Auch dann noch, als sie in schallendes Gelächter ausbrach.

»Ich spreche von Jude Law, dem Schauspieler. Heute Abend steht *Liebe braucht keine Ferien* auf der Agenda, und das war quasi der Inhalt des Films.«

»Oh, okay, jetzt verstehe ich. Denn Film kenne ich nicht ... wie du dir denken kannst.«

»Was für Filme magst du so?«, wollte sie nun interessiert wissen.

Verdutzt über den abrupten Themenwechsel sah er sie an und zuckte dann mit den Schultern. »Ähm, keine Ahnung, ich habe wenig Zeit für Filme. Wenn, dann schaue ich mir gern einen guten Thriller oder irgendeinen Agenten-Streifen an.«

»So was mag ich auch. Aber im Dezember gehört meine Fernsehzeit einzig und allein Weihnachtsfilmen.«

»Und die schaust du dir alle allein an?«

Sie beantwortet die Frage nicht sofort, was ihn dazu veranlasste, verteidigend seine Hände zu heben. »Und bevor du jetzt wieder fragst, ja, das frage ich alle meine Angestellten.«

Ein Grinsen huschte über sein Gesicht, und sie hob amüsiert die Augenbrauen.

»Meistens mit Freundinnen. Aber heute hat keine von ihnen Zeit. Was ich absolut nicht verstehen kann bei Jude Law.«

Josh nickte lediglich, und Betty hatte keine Ahnung, was sie überkommen hatte, als sie sich selbst fragen hörte: »Es sei denn, du willst dich mal an einem Weihnachtsfilm versu...«

»O nein«, lehnte er postwendend ab, und sie hätte sich selbst ohrfeigen können. »Also nicht wegen des Films, aber ich muss echt noch einiges arbeiten heute Abend.«

»Ja klar, verstehe. Dann viel Erfolg dabei.« So schnell ihre schmerzenden Füße sie tragen konnten, eilte sie davon, ohne ihn noch einmal anzusehen. Sie schämte sich so sehr für diesen Vorschlag. Wie konnte man so dämlich sein? Er hatte ihr unmissverständlich zu verstehen gegeben, dass er kein Interesse an ihr hatte, und was machte sie? Lud ihn zu einem romantischen Filmabend ein! Was hatte sie sich erhofft? Dass sich ihre Finger in der Popcorn-Schüssel ineinander verhaken würden und er ihr gestand, was für ein riesiger Fehler es gewesen sei, ihr nach dem Kuss eine Abfuhr zu erteilen? So was passierte nur in Filmen. Aber nicht im wahren Leben. Zumindest nicht mit Typen wie Josh McAllistar.

Kapitel 7

Es war spät geworden bei ihrem Date mit dem schnuckligen Briten, weswegen Betty heute Morgen nur schlecht aus dem Bett gekommen war. Sie musste sich nun wirklich beeilen, wenn sie pünktlich bei der Arbeit erscheinen wollte.

Zu allem Überfluss traf sie kurz vor der Abzweigung zum *Maint's* erneut auf ihre ehemalige Mitschülerin Lindsay.

»Guten Morgen, Betty«, flötete diese ihr bereits entgegen, und Betty fragte sich, was sie verbrochen hatte, dass ihr Karma im Moment dermaßen auf Kriegsfuß mit ihr stand.

»Morgen, Lindsay.« Betty gab sich nicht einmal Mühe, ihre Stimme sonderlich begeistert klingen zu lassen. Dafür fehlte ihr einfach die Energie so früh am Morgen.

»Oh, was ist denn mit dir passiert? Etwas zu lang Party gemacht? Ich sag's dir, in unserem Alter kann man sich das nicht mehr erlauben. Sonst sieht das Gesicht morgens aus wie zusammengeknülltes Geschenkpapier.« Sie kicherte übertrieben laut über ihren eigenen Witz. »Das muss ich mir merken als Slogan für unsere neue hauseigene Kosmetiklinie.«

»Wo arbeitest du denn?«, fragte Betty irritiert. »Scheint ja ein großer Laden zu sein, wenn ihr sogar eigene Kosmetik habt.«

»Ach«, Lindsay macht eine abwinkende Handbewegung, »ich bin im Marketing bei *Jessy's*.«

Schockiert riss Betty den Mund auf. »Du bist was?«

Doch Lindsay nahm ihre Verärgerung gar nicht wahr, da sie

etwas in der großen orangen Plastiktüte suchte, die an ihrem Arm baumelte und erst jetzt von Betty bemerkt wurde.

»Also hast *du* meine Kampagne gestohlen?« Bettys Stimme wurde zunehmend lauter.

Lindsay blickte auf und schüttelte völlig entspannt den Kopf. »Deine Kampagne? Ich weiß gar nicht, wovon du sprichst, kleiner Elf.« Ein grunzendes Lachen entfuhr ihr, als sie Betty einen dicken Prospekt in die Hand drückte. »Das ist unsere neue Linie, mit Proben.«

Noch bevor Betty in ihrer Entrüstung über dieses schamlose Verhalten etwas sagen konnte, hob Lindsay die Hand zu einem Abschiedsgruß und lief davon. Sie drehte sich noch einmal um und rief lautstark. »Benutzt die Pflegeprodukte auch. Deine alternde Haut wird es dir danken.«

Betty war nun eindeutig richtig wach. Dass kein Dampf aus ihren Ohren kam, war alles. So wütend hatte diese Lindsay sie gemacht. Nicht nur, weil sie ihre makellose Haut beleidigt hatte, sondern auch, weil sie sich dumm gestellt hat, als die Sprache auf die geklaute Idee für die Werbekampagne gekommen war. Sie war drauf und dran, diesen dämlichen Prospekt in den Mülleimer neben ihr zu donnern, besann sich dann aber darauf, dass es nicht schaden könnte, einen Blick hineinzuwerfen. Das *Maint's* hatte ebenfalls eine eigene Kosmetiklinie, und da war es sicherlich nicht verkehrt zu wissen, was die Konkurrenz so trieb. Auch wenn sie niemals so dreist wäre, anderer Leute Ideen zu klauen.

Ein Blick auf ihr Handy ließ sie erschrocken aufstöhnen. »Verdammt.« Sie würde definitiv zu spät zur Arbeit kommen.

Als sie gehetzt durch den Mitarbeitereingang kam, lief Josh bereits durch den Flur und stoppte sofort, als er sie entdeckte. »Betty, alles okay? Ist was passiert?«

»Nein, es tut mir leid. Es war nur …«

»Was ist das?«, unterbrach er sie mit skeptischem Blick

auf den Prospekt in ihrer Hand, auf dem unübersehbar das Logo des *Jessy's* prangte.

»Der Grund, warum ich zu spät bin. Erinnerst du dich an Lindsay?«

»Die große Blonde?«

»Ja genau, sie arbeitet nicht *irgendwo* im Marketing, sondern bei *Jessy's.*«

Erstaunt weiteten sich seine Augen.

»Ich habe sie zur Rede gestellt, wegen der geklauten Kampagne, aber sie hat mich einfach ignoriert und mir das hier in die Hand gedrückt. Meine Haut hätte es dringend nötig.«

»Hat sie nicht. Aber mal abgesehen davon, was willst du damit?« Josh widmete dem Papier in ihrer Hand einen abschätzigen Blick.

»Recherche betreiben.«

»Lass es. Damit kommt man nur auf Ideen, die zu nah am Original sind. Du bist kreativ genug, das brauchst du nicht«, sprach er und wandte sich ab. »Du hast noch eine Minute Zeit zum Umziehen, dann geht das Chaos los.«

Hektisch stürzte Betty in eine der Umkleiden.

»Ms. Davis, guten Morgen«, begrüßte George McAllistar sie, kaum dass sie die Weihnachtswelt betreten hatte.

»Guten Morgen, Mr. McAllistar, das steht Ihnen ausgezeichnet.« Mit einem Grinsen deutete sie auf die Weihnachtsmann-Mütze, die der alte Herr auf dem Kopf trug.

»Oh, vielen Dank, die hat Judy mir mitgebracht, damit uns bei dem ganzen Stress die Weihnachtsstimmung nicht abhandenkommt.«

»Das ist eine gute Idee.«

»Würden Sie in Ihrer Pause zu mir nach oben ins Büro kommen?«, fragte er in sachlichem Tonfall.

Betty entglitten alle Gesichtszüge. Sie begann sofort zu schwitzen, und ein flaues Gefühl breitete sich in ihrem Magen aus. Diesen Satz hatte sie in der Vergangenheit oft zu hören bekommen, und er hatte nie etwas Gutes zu bedeuten gehabt. »Habe ich etwas angestellt?«, fragte sie unsicher.

Josh neben ihr lachte leise, während sein Vater energisch den Kopf schüttelte. »O nein, Ms. Davis, absolut nicht. Ich wollte Ihnen keinen Schrecken einjagen. Es ist alles in bester Ordnung.«

Ihr Puls normalisierte sich langsam wieder, und sie nickte sachte. »Oh, da bin ich beruhigt. Ich komme dann später zu Ihnen.«

»Josh, dich hätte ich auch gern dabei. Viel Spaß euch beiden.« Der leuchtende Zipfel der Weihnachtsmütze wippte fröhlich hin und her, als George McAllistar von dannen zog.

»Mach dir keine Sorgen«, raunte Josh ihr zu, »es sind gute Neuigkeiten.«

Bettys Herz setzte für einen Schlag aus – nicht nur, weil sie sich plötzlich Hoffnungen machte, dass das mit dem Job in der Marketingabteilung geklappt haben könnte, sondern auch, weil ihr der Duft von Joshs Parfum in die Nase stieg. Es musste neu sein, denn so hatte er noch nie gerochen.

»Neuer Duft?«, murmelte sie und presste kurz darauf die Lippen zusammen.

Seine Mundwinkel hoben sich, und er nickte zustimmend. »Irgendwas mit Winterholz und Zimtnote, wie findest du es?«

Sie schluckte schwer und räusperte sich. »Gut, wirklich gut.« Es roch phänomenal und erinnerte sie an Weihnachten, hatte aber dennoch den nötigen herben Touch, sodass es zu ihm passte.

Er neigte den Kopf und näherte sich ihrem Hals. Als seine Nasenspitze beinahe ihre Haut berührte und er einen tiefen Atemzug nahm, schloss sie die Augen und hielt die Luft an. Wie konnte diese Situation sie so elektrisieren? Ihr ganzer Körper kribbelte aufgeregt, und sie blinzelte hektisch, als sie ihre Augenlider wieder öffneten.

Josh zog sich etwas zurück, entließ ihren Blick aber für keine einzige Sekunde. Er schmunzelte, was ihn noch verführerischer aussehen ließ. »Ich habe mich immer gefragt, ob das einfach der Duft hier im Raum ist oder ob du es bist. Aber tatsächlich riechst du wie ein Weihnachtsmorgen.«

Die Umschreibung gefiel ihr. Sehr sogar. Sie strahlte ihn an. »Wie riecht denn ein Weihnachtsmorgen?«

»Es ist eine wilde Mischung aus Düften, die mich an die Feiertage erinnern. Zimt, etwas Süßes, etwas leicht Fruchtiges – vielleicht Zitrus. Es gibt einem ein Wohlgefühl und ist so verführerisch.«

Bei dem letzten Wort zuckte sie zusammen. Sie brachte etwas Abstand zwischen ihre Körper. »Welche Kindheitserinnerungen hast du an den Weihnachtsmorgen?«

Er lächelte selig. »Ich war Frühaufsteher, manchmal habe ich meine Eltern schon um fünf geweckt, weil ich wissen wollte, ob ich gerade noch brav genug für ein paar Geschenke war.« Er lachte rau auf, und das Geräusch sorgte für einen wohligen Schauer auf Bettys Haut. »Das Haus roch nach Plätzchen und diesen Zimtkerzen, die meine Mutter jedes Jahr zur Weihnachtszeit selbst gemacht hatte. Manchmal mischte sich das alles mit Bratapfelduft. Meine Mutter hat sie geliebt und ...« Abrupt brach er ab und senkte den Blick.

Betty beobachtete aus dem Augenwinkel, wie der Wachmann nach wie vor die Schlange der Wartenden sortierte und für Ordnung und Ruhe sorgte, bevor er das Tor zur Weihnachtswelt öffnen würde. »Darf ich fragen, was mit deiner Mom ...«

»Sie ist weg. Hat uns verlassen. An Weihnachten mit ihrer Bratapfel-Auflaufform. Da war ich dreizehn.«

Ihr fiel es wie Schuppen von den Augen, während Mitgefühl ihren Körper durchströmte. »Deswegen magst du die Feiertage nicht mehr«, flüsterte sie und nahm seine Hand. »Das tut mir leid.«

»Es ist okay, es ist ewig her und keine Ahnung, wo sie jetzt ist und was sie macht ...«

Betty nickte lediglich, da sie nicht wusste, was sie sonst

hätte sagen sollen. Der Wachmann läutete die Glocke, öffnete das Absperrband und ließ das erste Kind aus der Schlange auf Santa zustürmen, doch ihre Aufmerksamkeit galt einzig und allein Josh, der seine traurige Miene schlagartig durch eine aufgesetzt fröhliche ersetzte und das kleine Mädchen begrüßte.

Je näher ihre Mittagspause rückte, desto drastischer nahm ihre Aufregung zu, obwohl Josh bereits Entwarnung gegeben hatte.

»Wollen wir uns kurz umziehen, bevor wir hochgehen?«, fragte er, als er hinter der Leinwand der Weihnachtswelt seinen Bart und die Mütze abnahm.

»Ja gern, ich weiß nicht, wie seriös ich als Elf wirke.«

Josh grinste verschmitzt. »Vermutlich genauso wie in normaler Kleidung, wenn du einen deiner Sprüche bringst.«

Entrüstet blieb ihr der Mund offen stehen. »Sag mal, als wäre ich so niveaulos.«

»Niemals!«, gab er zurück. »Das war auch gar nicht negativ gemeint. Du bist unterhaltsam und frech und sagst, was dir in den Sinn kommt. Das ist irgendwie anders und ...«, er suchte offensichtlich nach der passenden Bezeichnung, »... erfrischend.«

»Das lasse ich dir gerade noch so durchgehen«, tadelte sie ihn mit strenger Miene. Völlig unbewusst war sie Josh gefolgt und wollte gerade hinter ihm durch die Tür in eine der Mitarbeiterumkleiden laufen.

Josh blieb so abrupt im Türrahmen stehen, dass sie gegen seinen muskulösen Rücken prallte. Mit einem breiten Grinsen wandte er sich um. »Als ich gefragt habe, ob wir uns umziehen wollen, meinte ich jetzt nicht gemeinsam. Aber wir können uns auch gern eine Umkleide teilen, wenn du magst.«

Natürlich war es keine Absicht gewesen, dass sie ihm gefolgt war, doch es störte sie ungemein, dass er ständig die

Oberhand zu haben schien. Daher konterte sie schamlos: »Klar, wegen mir gern, meine Klamotten sind sowieso hier im Schrank«, und lief an ihm vorbei in die Umkleide.

Nun war es Josh, der sie ungläubig anblickte, als sie unbeirrt am Zipper ihres Reißverschlusses zog und das Kostüm an ihrem Rücken aufklaffte. Als sie anfing, ihre Arme herauszuschälen, wandte er eilig den Blick ab, öffnete einen Schrank und nahm seinen Anzug raus. »Ich denke, ich gehe besser nach nebenan.«

»So schüchtern auf einmal? Aber du hast recht, der Boss und seine Angestellte sollten sich sicherlich nicht im gleichen Raum umziehen.«

»Ja, ähm, schließ hinter mir ab!«, sagte er und zog die Tür lautstark ins Schloss.

Betty musste zwar grinsen, als sie den Türknauf drehte, um die Metalltür zu verschließen, doch wieder einmal fühlte sie sich zurückgewiesen. Auch wenn sie es eben nicht ernst gemeint hatte, sondern ihn nur etwas herausfordern wollte. Josh machte es ihr aber auch schwer. Er sendete völlig verwirrende Signale. Sie war doch nicht dumm, so wie mit ihr ging er doch nicht mit all seinen Angestellten um?

Mit wippendem Fuß saß sie nur Minuten später in einem der schweren Ledersessel im Besprechungszimmer neben Josh und wartete auf George McAllistar.

Als Joshs Blick auf ihr zuckendes Bein fiel, stoppte sie die Bewegung sofort. Es war ihr unangenehm, wie nervös sie war, doch sie konnte nichts dagegen tun. Sie hatte bislang keinerlei berufliche Erfolge vorzuweisen und hoffte so sehr, dass die McAllistars sie einstellen würde, doch nicht nur die Erwartungshaltung an sie machte ihr Sorgen, sondern auch die Tatsache, dass Josh dann nur drei Büros weiter arbeiten würde und ihr Boss wäre. Sie musste ihre Gefühle für ihn in den Griff bekommen.

»Ms. Davis, entschuldigen Sie die Verspätung. Jetzt bin

ich ganz für Sie da.« Joshs Vater war eben mit Ryan im Schlepptau zu ihnen gestoßen und schloss nun die Tür hinter ihnen. »Ich will Sie nicht weiter auf die Folter spannen. Ihre Werbekampagne hat mich sehr beeindruckt, und ich hatte gleich das Gefühl, dass Sie wunderbar hier reinpassen würden. Daher würden wir Ihnen sehr gern einen Job in Ryans Team im Marketing anbieten und uns sehr freuen, wenn Sie ab dem neuen Jahr ein Teil der *Maint's*-Familie werden wollen.«

Sprachlos blickte sie ihn an. Auch wenn sie nach Joshs Ankündigung bereits damit gerechnet hatte, rührten sie die Worte seines Vaters sehr. Sie blinzelte gegen ihre glasigen Augen an und nickte energisch. Keiner der drei Männer im Raum konnte sich auch nur ansatzweise vorstellen, wie viel ihr dieses Vertrauen in ihre Person und ihr Können bedeutete. Sie würde alles daransetzen, sie nicht zu enttäuschen. »Ich weiß nicht, was ich sagen soll, ich freue mich wahnsinnig.«

»Du kannst es dir ja noch in Ruhe überlegen«, antwortete Ryan verständnisvoll. »Das ist natürlich viel Verantwor...«

»Ich mach's«, rief sie euphorisch und brachte Josh und seinen Vater damit zum Lachen. Sie stand auf und fiel George McAllistar in ihrer Begeisterung um den Hals.

Dieser erwiderte die Umarmung zu ihrer Erleichterung und drückte sie fest. »Ich glaube an Sie, Ms. Davis. Ihre Weihnachtskampagne war grandios.«

»Ich danke Ihnen, Mr. McAllistar. Für alles.«

George McAllistar nickte lächelnd. »Judy wird Ihnen eine Liste geben, mit den Unterlagen, die wir der Form halber noch von Ihnen benötigen.« Dann wandte er sich an Ryan, um ihm mitzuteilen, welche Formulare er für die Einstellung ausfüllen musste.

Betty kam nicht umhin zu denken, dass der Marketingchef nicht allzu glücklich aussah. Vielleicht sah er sie als Konkurrenz oder aber kam nicht so gut damit klar, dass sie ihr Verhältnis zueinander nicht vertiefen wollte. Sie war noch in

Gedanken, als sie Joshs heißen Atem hinter ihrem linken Ohr spüren konnte.

»Ich bin ein bisschen neidisch auf meinen Vater. Bekomme ich auch eine Umarmung? Schließlich habe ich dich für die Stelle vorgeschlagen?«, murmelte er leise.

Mit einem schüchternen Grinsen wandte sie sich ihm zu. Sie hob ihre Arme, doch irgendetwas in ihr hielt sie davon ab, Josh erneut so nahezukommen. Auch wenn sie versuchte, die Erinnerung an die schmerzhafte Abfuhr zu verdrängen, kamen die Gefühle immer wieder hoch.

Erwartungsvoll blickte er sie an, ließ die Mundwinkel aber umgehend hängen, als sie ihre Arme wieder senkte und ihm eine Hand entgegenstreckte.

»Das ist wohl professioneller«, flüsterte sie beinahe.

Josh zögerte einen Moment, ehe er ihre Hand ergriff und schüttelte. »Ja, das hast du wohl recht.«

George McAllistar klatschte in die Hände. »Ich muss nun Judy zu dem versprochenen Lunch ausführen. Wir wollen den neuen Italiener um die Ecke ausprobieren. Bis später.«

Mit in Falten gezogener Stirn blickte Betty ihm nach und lehnte sich etwas zu Josh hinüber. »Haben die beiden etwa ein Date?«

»Mein Dad und seine Sekretärin? Nein, wie kommst du darauf? Die beiden verstehen sich nur …« Er geriet ins Stocken, je genauer er darüber nachzudenken schien. »Sehr gut«, vollendete er den Satz, als wäre es ihm eben erst aufgefallen, wie gut das Verhältnis der beiden war.

»Betty«, Ryan trat an sie heran, »willkommen im Team. Ich denke, wir werden sehr gut harmonieren.« Ohne Vorwarnung schloss er seine Arme um sie und zog sie an sich.

Betty versteifte sich und erwiderte die Geste nur zögerlich. Sie konnte nicht sagen, warum, doch obwohl Ryan nett war, gab er ihr kein angenehmes Gefühl.

Zum Glück löste er sich schnell wieder von ihr. »Ich mach den Papierkram fertig, und wir besprechen dann alles an deinem ersten Arbeitstag im neuen Jahr.« Er hob die Hand zu einem Abschiedsgruß und verließ den Besprechungsraum.

Josh schnaubte hinter ihr leise. »Er wird auch so was wie dein Boss. Warum bekommt er eine Umarmung?«

Betty hatte endgültig genug von den verwirrenden Signalen des Juniorchefs. Mit einem zornigen Funkeln in den Augen wandte sie sich an ihn. »Weil er mich nicht auf dem Dach des Kaufhauses geküsst hat, wie ich noch nie geküsst worden bin, um mich nur eine Stunde später abzuservieren.« Ohne auf eine Reaktion zu warten, drehte sie sich um und ließ Josh stehen.

Sie nahm sogar die Treppen bis ins Erdgeschoss, um Josh nicht an den Aufzügen begegnen zu müssen und etwas Energie loszuwerden. Wieso flirtete er unaufhörlich mit ihr, suchte ihre Nähe, nur um sie dann doch auf Abstand zu halten? Sie beschloss, dass das mit der Unterschrift auf dem Arbeitsvertrag des *Maint's* ein Ende haben müsste. Josh war ihr Boss – nicht mehr und nicht weniger.

Josh hatte sich den ganzen Nachmittag über auffällig normal verhalten und immer wieder Small Talk gestartet, während sie nur das Minimum an Konversation mit ihm geführt hatte.

Doch Bettys Gedanken waren zugegebenermaßen nicht ausschließlich bei ihrem Boss. Cailen war heute nicht wieder aufgetaucht, und sie machte sich zunehmend Sorgen um den Jungen und seine Mutter.

»Und, schon Pläne für deinen freien Tag morgen?«, fragte Josh nun, und es war mehr als offensichtlich, dass er versuchte, das Eis zwischen ihnen zu brechen.

Obwohl Betty sich gerade sehr wohl in der Antarktis fühlte. Denn das würde hoffentlich verhindern, dass ihr Körper jedes Mal zu glühen begann, wenn diese verdammt grünen Augen sie ansahen. »Um ehrlich zu sein, ja«, antwortete sie mit besorgter Miene und scannte noch immer suchend die

Schlange der Wartenden ab, in der Hoffnung, Cailen doch noch zu entdecken.

»Es wirkt aber nicht so, als ob es etwas Amüsantes wäre«, bohrte Josh nach.

»Ich glaube, ich mache mich auf die Suche nach Cailen«, murmelte sie geistesabwesend.

Erstaunt weiteten sich Joshs Augen. »Du willst die ganze 54th ablaufen, auf der Suche nach einem asiatischen Restaurant und einem Klingelschild mit dem Namen *Brown*?«

»Was soll ich denn machen?« Verzweifelt warf sie die Hände in die Luft.

»Auch auf die Gefahr hin, dass der Vorschlag nicht sonderlich gut ankommt. Kann ich dich begleiten?«

Nun war es Betty, die ihn mit großen Augen anblickte. »Du möchtest mitkommen?«

»Was ist daran so verwunderlich?«

»Ich dachte nur einfach nicht, dass es dich so sehr interessiert, was mit ihm ist.«

»Wow, also mit dem Titel des Grinchs habe ich mich ja schon abgefunden, aber so ein Unmensch bin ich nun wirklich nicht«, gab Josh eingeschnappt zurück.

»So war das nicht gemeint«, ruderte Betty hastig zurück. »Ich dachte nur, du bist generell zu beschäftigt, um solche Schicksale um dich herum wahrzunehmen.«

Er bedachte sie mit einem langen, nachdenklichen Blick. »Es mag sein, dass das tatsächlich der Fall ist. Aber das bedeutet nicht, dass ich nicht versuchen würde, es zu ändern.«

»Okay«, erwiderte sie leise und war erstaunt über seine Antwort. Tat der Job als Weihnachtsmann Josh wirklich gut? So, wie es sich sein Vater erhofft hatte?

»Soll ich dich morgen abholen?«

Zögerlich schüttelte sie den Kopf. »Nein, wir treffen uns besser direkt an der Ecke 54th Street/2nd Avenue. Um elf?«

»Alles klar, wie du willst.«

Betty wandte sich unter einem kleinen Seufzen ab und

vermisste die spaßigen, meist zweideutigen Flirts mit Josh jetzt schon. Doch da es sowieso zu nichts führen würde, war es besser so. Sie musste einen Haken daran machen und nach vorn blicken, und da wartete ein Traumjob auf sie. Prompt fiel ihr ein, dass sie Liz noch gar nicht davon erzählt hatte. Wie auf heißen Kohlen wartete sie sehnsüchtig darauf, bis das letzte Kind für diesen Tag die Weihnachtswelt verlassen hatte, und holte dann ihr Handy aus ihrem Versteck hinter Joshs überdimensionalem Santa-Thron.

Irritiert blickte sie auf die vier verpassten Anrufe auf ihrem Telefon. »Was will der denn?«, murmelte sie und Josh hob den Kopf.

»Wer?«

Betty blickte noch immer auf das Display und machte eine abwinkende Handbewegung. »Mein Ex versucht, mich zu erreichen. Was verwunderlich ist, da wir bestimmt drei Monate keinen Kontakt mehr hatten.«

»Ich dachte, du bist schon seit zwei Jahren Single?«, fragte Josh prompt, und sie wunderte sich darüber, dass er sich an dieses Detail erinnern konnte.

»Ja, wir haben aber noch sporadisch Kontakt. Er ist immer noch davon überzeugt, dass ich seine Nirvana-CD haben muss.« Lautstark pustete sie einen Schwall Luft aus. »Aber mal ernsthaft, wer hört heutzutage überhaupt noch CDs?«

»Und dann auch noch Nirvana«, ergänzte Josh und zog eine Grimasse.

Betty stimmte ihm energisch zu. »Ja, oder? Das habe ich ihm auch gesagt.«

»Also keine Chance für ein Revival bei euch beiden?«, fragte Josh direkt.

»Nein, ganz sicher nicht.« Sie verabschiedete sich von ihrem Boss und zur Sorge über Cailen gesellte sich eine Nervosität, da sie morgen wohl die 54th Street mit Josh unsicher machen würde.

Kapitel 8

»Wie viele asiatische Restaurants kann es in einer Straße geben?«, keuchte Betty, da sie erst ein Viertel der Straße hinter sich gebracht und bereits fünf asiatische Imbissläden entdeckt hatten. Erfolglos hatte sie die Klingelschilder der Nachbarhäuser gesichtet, aber bislang nirgendwo den Namen *Brown* entdecken können.

Es war Montagmorgen, und es herrschte reges Treiben auf den Straßen Manhattans. Da Betty sonntags arbeiten musste, hatte sie regelmäßig den ersten Tag in der Woche frei, da das Kaufhaus montags geschlossen hatte. Dick eingepackt drängten Betty und Josh sich durch die Massen an Touristen und shoppingwütigen, die in Richtung 5th Avenue strömten. Betty war heilfroh, dass sie kaum Menschen zu Weihnachten beschenken musste.

»Was, wenn seine Mom gar nicht *Brown* mit Nachnamen heißt?« Erschrocken über ihre eigene Erkenntnis riss Betty die Augen auf.

»Das wäre natürlich richtig schlecht.« Josh seufzte. »Laut Google gibt es siebzehn asiatische Restaurants und Imbisse hier in der Straße. Ich gehe davon aus, dass wir noch eine Weile beschäftigt sein werden. Da vorn ist ein Coffeeshop, willst du was?«

»Ja, aber keinen Kaffee. Jetzt habe ich Lust auf Frühlingsrollen.«

Josh lachte schallend auf. »Na, dann los. Ich hole mir danach einen Kaffee.«

Sie folgte Josh in den Imbiss und bestellte sich acht Mini-Frühlingsrollen. Als sie ihren Geldbeutel zückte, legte er ihr eine Hand auf den Arm. »Das geht auf mich.«

»Nicht nötig«, erwiderte sie kühl und streckte der Dame hinter der Kasse einen Schein entgegen.

Josh gab nach, doch sie konnte das kleine Seufzen, das seinen Lippen entwich, genau hören. Auch wenn sie sich fest vorgenommen hatte, sich ihm gegenüber so normal wie möglich zu verhalten, fiel es ihr schwer, den Kuss zu vergessen. Jedes Mal, wenn sie seine Lippen sah, blitzen Erinnerungen von der Nacht auf dem Dach des Kaufhauses vor ihrem inneren Auge auf, und sie sehnte sich nach dem Gefühl. Doch sie würde sich damit abfinden müssen, dass sich das nicht wiederholen würde und dürfte – schließlich war sie ab dem neuen Jahr offiziell eine fest angestellte Mitarbeiterin im *Maint's,* und sie war fest davon überzeugt, diesen Job auch wirklich zu behalten.

Nachdem Josh sich im Coffeeshop einen schwarzen Kaffee geholt hatte, marschierten sie weiter – auf der Suche nach dem nächsten asiatischen Restaurant.

»Sieh mal, da vorn, da kommt wieder eins.« Betty zeigte mit dem Finger in Richtung der roten Lampions, die vor dem Imbiss hingen.

»Okay, du machst die rechte Seite, ich die linke«, wies Josh sie an und lief strammen Schrittes an ihr vorbei.

Hastig scannte Betty die Namen auf den Klingelschildern des Hauses, direkt neben dem Imbiss ab, konnte den Familiennamen *Brown* aber nicht entdecken. Verzweifelt pustete sie sich eine Strähne aus der Stirn.

»Betty«, rief Josh plötzlich. »Komm mal her!«

Sie eilte los und konnte es kaum glauben, als Josh mit seinem Finger auf ein Klingelschild deutete. »Also hier gibt's jemanden mit dem Namen.« Unsicher blickte er sie an. »Und da sollen wir jetzt einfach klingeln?«

»Ja klar.« Sie schob seine Hand zur Seite und drückte energisch auf den goldenen Knopf.

Es dauerte einen Moment, ehe ein Summen ertönte, das ihnen die Tür öffnete.

Irritiert blickte Betty ihren Boss an. »Wer lässt in New York jemanden einfach so in sein Haus?«

»Werden wir gleich rausfinden.« Er ging voraus, was sie nicht als Bevormundung, sondern eher als beschützend empfand.

Direkt im Erdgeschoss öffnete sich mit einem knarzenden Geräusch eine Tür, und eine Frau, etwas älter als Betty, streckte ihren Kopf heraus. Ihr trauriger Gesichtsausdruck passte so gar nicht zu den fröhlichen blonden Locken, die ihr rundes Gesicht umrahmten.

»Ms. Brown? Sind Sie die Mutter von Cailen?«, fragte Betty vorsichtig.

»Ja, die bin ich.« Ihre Reaktion war beinahe ängstlich, weswegen Betty sie prompt beruhigte.

»Wir kommen nur, um zu fragen, wie es Ihnen geht.«

»Wer sind Sie?«, wollte die Frau misstrauisch wissen.

»Mein Name ist Josh McAllistar, und das ist Betty Davis, wir arbeiten im *Maint's*. Ich bin dieses Jahr der Santa Claus und Frau Davis ist der Elf in der Weihnachtswelt, und Cailen hat uns schon einige Male besucht.«

»Oh.« Verlegen senkte sie den Blick. »Der Bengel ... Er sollte doch nicht allein ins Kaufhaus gehen.«

»Er hat uns erzählt, dass sie gerade eine schwierige Phase durchmachen.« Schnell hob Betty ihre Hände. »Ich weiß, das geht uns alles nichts an, doch wir haben uns Sorgen gemacht. Ich hoffe, das wirkt nicht komisch auf Sie. Wir wollten Sie auch gar nicht so überfallen, doch Cailen war die letzten Tage nicht mehr bei uns, und wir haben uns gefragt, ob es Ihnen gut geht und wir Ihnen irgendwie helfen können.«

Ganz offensichtlich überrascht von der Fürsorge bat Cailens Mutter sie herein.

Betty ging vor Josh in das kleine Zwei-Zimmer-Apartment. Doch auch wenn ein wenig Chaos herrschte, war es festlich dekoriert, und sogar ein kleiner Weihnachtsbaum hatte neben dem Sofa Platz gefunden. »Ist Cailen in der Schule?«

»Ja«, entgegnete Ms. Brown knapp und blickte sich unsicher in ihrer eigenen Wohnung um. »Entschuldigen Sie die Unordnung. Es ist gerade tatsächlich«, sie stockte und schluckte sichtlich schwer, »etwas schwierig.«

»Sie haben im *Jessy's* gearbeitet, oder?«, fragte Josh nun.

Cailens Mutter nickte. »Ja, beinahe zwei Jahre, ehe sie mich von heute auf morgen entlassen haben.«

Betty schüttelte ungläubig den Kopf. »Das tut mir leid ...« Sie hielt inne, da sie bemerkte, dass sie den Namen der Frau noch gar nicht kannte.

»Lauren«, ergänzte die Frau. »Mein Name ist Lauren. Möchten Sie sich setzen?«

Josh zögerte, doch Betty ließ sich prompt auf das Sofa fallen, weswegen er sich langsam neben sie setzte.

»Die Kündigung kam völlig überraschend für mich. Außer für ein paar Tagen Urlaub habe ich in den gesamten zwei Jahren nie gefehlt. Es war das erste Mal, dass ich wegen Cailen zu Hause bleiben musste. Aber er hatte so hohes Fieber, ich konnte ihn doch nicht allein lassen.« Sie schluchzte leise, und man konnte ihr die Verzweiflung förmlich ansehen. Die Haut im Gesicht war aschfahl, ihre Hände zitterten, und sie ließ die Schultern resigniert hängen.

»Auch das *Jessy's* kann Ihnen nicht einfach so kündigen. Haben Sie einen Anwalt kontaktiert?«, fragte Josh vorsichtig, vermutlich weil er genauso gut wusste wie Betty, dass sich Cailens Mom das nicht leisten konnte.

»Nein, das wäre viel zu teuer geworden. Sie haben mir nicht einmal mehr den Lohn für die erste Woche des Monats ausbezahlt, in der ich noch gearbeitet hatte.« Erneut ließ

Lauren den Kopf hängen. »Doch ich weiß auch, dass ich nicht die Einzige bin, der es so ergangen ist.«

»Das können die doch nicht machen«, rief Betty entrüstet und blickte Josh an. »Was stimmt mit denen nicht?«

Trotz der Situation musste Josh über ihre Frage schmunzeln. »Die denken, sie können alles machen, weil Mitarbeiterinnen wie Lauren sich keine Anwälte nehmen oder nehmen können«, erklärte er ihr.

»Wissen Sie, ich glaube, das *Jessy's* wollte mich schon länger loswerden. Ich habe mir Zeit genommen für die Beratung und wollte sichergehen, dass sich der Weg für die Kunden in das Kaufhaus auch gelohnt hat. Ich bin jemand, der Kunden nicht gern belästigt und ihnen Dinge aufzwingt, die sie nicht brauchen. Dementsprechend waren meine Zahlen meist schlechter als die vieler Kollegen. Doch welches Kaufhaus zwingt seine Verkäufer, Spielzeugpistolen für Zweijährige zu verkaufen?«, fragte Lauren verzweifelt.

»Die werden mir einfach immer nur noch unsympathischer«, stöhnte Betty.

»Ich finde es sehr nett, dass Sie sich die Mühe gemacht haben vorbeizukommen, doch ich weiß nicht, wie Sie mir helfen könnten. Die Jobs als Santa und Elf scheinen ja schon vergeben zu sein«, erklärte Cailens Mutter mit einem verzweifelten Lächeln.

»Lauren, ich bin nicht nur der Weihnachtsmann im *Maint's*, sondern auch der Geschäftsführer. Meiner Familie gehört das Kaufhaus bereits seit Generationen. Und wir möchten Ihnen gern einen Job als Verkäuferin anbieten, sofern Sie das wollen.«

Betty wusste nicht, wer Josh in diesem Moment erstaunter ansah, Lauren oder sie. Mit weit aufgerissenem Mund starrte sie ihrem Boss entgegen, der Cailens Mutter freundlich anlächelte. Hatte er diesen Plan bereits die ganze Zeit schon in der Hinterhand gehabt? Sie konnte es nicht fassen, dass er ihr nichts davon erzählt hatte.

Lauren waren prompt die Tränen in die Augen gestiegen, und sie schniefte lautstark, bevor sich ein Lächeln auf ihren Lippen ausbreitete. »Ist das Ihr Ernst? Sie wollen mir wirklich einen Job geben?«

Josh schenkte Lauren ein sanftes Lächeln, und Betty schmolz dahin. Woher kam diese Seite an dem bisherigen Grinch?

»Kommen Sie doch einfach in den nächsten Tagen mit ihren Unterlagen bei uns vorbei, und wir klären alles. Melden Sie sich einfach bei Tony an der Information und sagen ihm, dass sie mit Mr. McAllistar junior sprechen wollen, okay?«

Überglücklich schlug Lauren die Hände zusammen, und das Grinsen in ihrem Gesicht wurde noch breiter. »Ich kann es nicht fassen. Das ist wie ein Weihnachtswunder. Es war immer schon mein Traum, bei Ihnen zu arbeiten, doch ich hatte mich nicht einmal getraut, mich zu bewerben. Ihr Haus ist so schick. Und dann bin ich bei *Jessy's* gelandet.«

»Machen Sie sich keine Sorgen«, beruhigte Josh sie. »Sie werden das sicherlich ganz wunderbar hinbekommen.«

Noch während Lauren sich überschwänglich bei Josh bedankte, hörten sie einen Schlüssel im Türschloss. Kurz darauf kam Cailen durch die Tür und blieb abrupt stehen.

»Bist du nicht der Elf aus dem Kaufhaus?«, fragte er Betty, die er wohl ohne Kostüm nicht sofort zweifelsfrei zuordnen konnte.

»Der bin ich.« Betty strahlte ihn an. »Hallo, Cailen.«

Josh hob eine Hand zum Gruß. »Wir kennen uns noch nicht, ich bin Josh.«

Betty war erneut sprachlos. So viel Einfühlungsvermögen hätte sie ihm gar nicht zugetraut. Er wollte Cailen tatsächlich im Glauben lassen, er hätte mit dem echten Weihnachtsmann gesprochen. Sie deutete mit dem Daumen auf Josh. »Ihm gehört das *Maint's*.«

Erstaunt riss Cailen die Augen auf, während Josh über Bettys Vorstoß schmunzelte. »Santa Claus hat mir verraten, was du dir wünschst, und da er möchte, dass du dich auf die Schule konzentrierst und nicht arbeiten gehst, hat er mich bei deiner Mom vorbeigeschickt, um ihr einen Job bei uns im Kaufhaus anzubieten.«

Cailens Augen wurden sekündlicher größer, bevor er die Arme weit aufspannte und Josh um den Hals fiel.

Dieser war sichtlich überrascht von der Reaktion des Jungen, und es dauerte ein paar Sekunden, bevor er die Umarmung erwiderte und Cailen beinahe väterlich auf den Rücken klopfte.

Betty wusste nicht, wohin mit ihren Gefühlen. Ihr Herz pochte so stark, dass sie es in den Ohren hämmern hören konnte. Sie war überwältigt von der liebevollen Seite, die Josh hier bei Cailen und seiner Mutter präsentierte und zeitgleich machte es ihr Vorhaben, Josh nur noch als ihren Boss zu betrachten, wesentlich schwerer. Hätte er nicht der Grinch, der er gewesen war, bleiben können? Doch dann blickte sie in die glücklichen Gesichter von Lauren und ihrem Sohn und beschloss, dass es ganz wunderbar war, dass Josh eine ganz andere Seite zum Vorschein gebracht hatte.

»Sagt ihr Santa Claus danke, wenn ihr ihn im Kaufhaus seht?«, fragte Cailen, der noch immer euphorisch durch die Wohnung hüpfte.

»Das machen wir«, versprach Josh ihm und wuschelte dem Jungen durch die blonden Haare.

»Du kannst mich auch gern noch mal im *Maint's* besuchen kommen«, schlug Betty vor, »für dich gibt's auch wieder zwei Zuckerstangen.« Sie ging in die Hocke und blickte ihn eindringlich an. »Aber erst nach der Schule, versprochen?«

Brav nickte Cailen und kuschelte sich an seine Mutter, die aufgestanden war, um sie beide zu verabschieden.

»Ich weiß nicht, wie ich Ihnen danken kann. Dass sich zwei völlig Fremde so viel Mühe machen, uns zu finden, und mir dann auch noch dieses tolle Angebot ...« Schniefend verschluckte sie das letzte Wort.

Betty konnte nicht anders, als ihre Arme um Lauren zu legen und sie fest an sich zu drücken. »Jetzt wird alles gut.«

Lauren nickte, brachte sie ganz offensichtlich vor Rührung noch immer keinen Ton heraus.

Josh gab Lauren die Hand zum Abschied und grinste noch immer fröhlich, als sie wieder draußen auf dem Gehweg standen.

»Na, wie fühlt es sich an, Weihnachtswunder zu vollbringen?«, fragte sie ihn schmunzelnd.

»Ziemlich gut, muss ich zugeben. Vielleicht steckt doch mehr Weihnachtsmann in mir, als ich dachte.«

Unsicher wippte Betty auf ihren Füßen. »Na, dann, ähm, du musst ja jetzt bestimmt noch was arbeiten, dann sehen wir uns ...«

»Hast du Hunger?«, schoss Josh hervor und unterbrach sie in ihrer ungelenken Verabschiedung.

»Ähm, ja, immer, das weißt du doch«, sagte sie kichernd, da es der Wahrheit entsprach. Sie konnte sich nicht erinnern, wann sie jemals Essen abgelehnt hätte.

»Drei Straßen weiter gibt's einen echt guten Italiener. Falls du magst, könnten wir dorthin gehen.«

Betty sah ihn unsicher an. »Also rein beruflich, oder?«

»Ja klar, rein beruflich. Ich hatte an nichts anderes gedacht. Wir sind ja dann Kollegen im neuen Jahr«, stimmte Josh in ihr nervöses Geplapper nicht weniger hektisch ein.

»Genau«, stimmte sie zu. »Da ist es ja nicht komisch, wenn man mal zusammen zum Lunch geht, oder?«

»Absolut nicht. Wer sollte das komisch finden? Ich rechne es nachher sogar ab, dann ist es ganz offiziell ein Business-Lunch.«

»Okay, ich denke, dann sollte das klargehen.«

Betty war schon einige Male an dem Restaurant vorbeigelaufen, hatte dort aber nie gegessen, da die Preise nicht zu ihrer Gehaltsklasse passten. Als sie Josh ins Warme folgte, hoffte sie inständig, dass das mit dem Business-Lunch eine Einladung war und sie nicht ihre Kreditkarte für einen Teller Pasta würde überziehen müssen.

Der Kellner platzierte sie an einem Tisch direkt neben dem überdimensionalen mit Schneestaub besprühten Tannenbaum. Große goldene und weiße Kugeln hingen daran und wurden nach oben zur Spitze hin immer kleiner. Die Lichterkette gab ein angenehmes warm-weißes Licht ab. Erst als sie ihren Mantel auszog, entdeckte Betty den knisternden Kamin zu ihrer Linken und lächelte selig.

»Ganz nach deinem Geschmack hier, oder?«, fragte Josh mit zuckenden Mundwinkeln.

»Absolut. Schöne Atmosphäre.«

Schweigend studierten sie die Speisekarten. »Was nimmst du?«, fragte Josh sie, ohne den Blick zu heben.

»Ich denke, Pizza. Die vegetarische mit dem frischen Gemüse klingt toll.«

»Gemüse?«, fragte Josh irritiert.

»Ich nasche im Kaufhaus so viel ...«

»Wohl wahr«, stimmte er grinsend zu.

»... dass ich ab und an auch mal ein paar Vitamine zu mir nehmen sollte.« Betty sah nachdenklich drein.

»Oh, ich glaube, die zehn kandierten Äpfel, die du am Tag futterst, haben zumindest noch ein bisschen Vitamin C«, foppte er sie.

»Und du?«

»Die Pasta mit Shrimps. Möchtest du einen Wein zu deiner Pizza?«

»Oh, lieber nicht um diese Uhrzeit. Ich bleibe gern zurechnungsfähig, nicht wie mit dem Glühwein letztens.« Sie biss sich auf die Zunge. Warum musste sie ihm unbedingt das Zuckerstangen-Debakel in Erinnerung rufen?

Er nickte stumm, konnte seine zuckenden Mundwinkel aber kaum im Zaum halten.

Nachdem sie ihre Bestellung aufgegeben hatten, lehnte Betty sich in ihrem Stuhl zurück und beäugte Josh kritisch.

»Ja?«, fragte dieser und nahm einen großen Schluck Wasser.

»Wann hast du den Plan ausgeheckt?«

»Lauren einen Job anzubieten?«

Betty nickte, noch immer mit kritisch zusammengekniffenen Augen.

»Ich habe gestern Abend noch mit meinem Vater gesprochen, und er war sofort dafür. Zumal wir aufgrund der Zahlen in diesem Jahr sowieso mehr Personal einstellen wollten. Es läuft zum Glück gut, trotz Jessy's Konkurrenzkampf.«

»Hätte ich dir nicht zugetraut.«

Josh lachte rau auf. »Ich weiß nicht, ob ich beleidigt sein sollte oder nicht.«

»Na ja, du bist ein knallharter Geschäftsmann. Jemanden rein aus Mitgefühl einzustellen sieht dir nicht ähnlich.«

Nachdenklich nickte er sachte. »Wohl wahr, das entspricht eigentlich nicht meinem Naturell.«

»Wieso hast du es trotzdem gemacht?«, fragte Betty unnachgiebig.

»Also erstens war es nicht aus reinem Mitgefühl. Wie eben erwähnt brauchen wir sowieso mehr Verkäufer im kommenden Jahr ...«

»Aber du kennst ihren Lebenslauf nicht, hast keinerlei Infos zu ihr«, unterbrach sie ihn. Sie wollte der Sache auf den Grund gehen, da sie sein Verhalten mehr als überraschte. Vor allem, weil es nicht zu dem Bild in ihrem Kopf passen wollte, das sie bisher von ihrem Boss gehabt hatte.

»Auch wahr. Doch ich dachte mir, wer so einen Jungen großzieht, kann so falsch nicht sein. Und natürlich muss Lauren auch bei uns erst einmal eine Probezeit überstehen. So ehrlich muss ich sein.«

»Das ist nur fair für beide Seiten. Was ist zweitens?«

»Zweitens ... hat mich wohl deine Herangehensweise an Probleme positiv beeinflusst.«

Betty sah ihn perplex an. Noch nie in ihrem ganzen Leben wurde sie wegen ihres Hangs, die Probleme der gesamten Menschheit lösen zu wollen, gelobt – geschweige denn für die Art und Weise, wie sie das anging. Sie schluckte schwer, während Josh fortfuhr.

»Egal, welche Herausforderung dir entgegenkommt, du willst einen Weg finden. Leere Plakatwände: Du verbringst eine Nacht im Keller und stellst eine überragende Kampagne auf die Beine. Attraktionen im *Jessy's*: Keine drei Tagen später parken die Foodtrucks bei uns im Kaufhaus. Cailens Mom hat keinen Job mehr: Du suchst einfach die ganze Straße nach ihr ab.« Er bedachte sie mit einem langen Blick und lächelte sie dann sanft an. »Es ist beeindruckend, wie du an Dinge herangehst. Zielorientiert, voller positiver Energie und vor allem furchtlos.«

Betty zuckte verlegen mit den Schultern. »Meine Mutter ist früh verstorben, meine Großmutter tat sich schwer, für meine Schwester und mich zu sorgen. Ich musste mich früh um mich selbst kümmern, da kann man sich keine Furcht erlauben.«

»Und dein Vater?«, fragte Josh vorsichtig.

»Habe ich nie kennengelernt. Er hat sich aus dem Staub gemacht, kaum dass ich auf der Welt war. Meine Schwester ist nur ein Jahr älter als ich und hat logischerweise auch keine Erinnerung an ihn. Für uns gab es ihn nie.«

»Das tut mir leid.«

Erneut zuckte sie mit den Achseln. »Es ist, wie es ist. Ich habe ihn nie vermisst. Aber meine Mom fehlt mir schrecklich. Sie hat sich aufgeopfert für uns.«

»Wie alt warst du, als sie gestorben ist?« Hastig hob Josh die Hände. »Also, wenn ich das fragen darf, du musst nicht darüber reden.«

»Schon okay. Ähm, ich war vierzehn. Molly fünfzehn.

Meine Grandma war ein herzensguter Mensch, hatte aber zeitlebens schon mit einer Nierenkrankheit zu kämpfen. Es war schwer für sie mit zwei Teenagern. Ob man's glauben mag oder nicht, Molly war die Verrücktere von uns beiden.«

Josh lachte laut auf. »Es fällt mir tatsächlich schwer, das zu glauben. Deine arme Oma.«

»Das kannst du wohl sagen.« Nun musste auch Betty schmunzeln.

»Dann ist sie auch schon verstorben?«

Betty nickte. »Vor zwei Jahren.«

»Und was macht deine Schwester? Bist du eigentlich aus New York?«

»Nein, ach was, ich bin eine Südstaatlerin durch und durch.«

»Was?« Josh schien ehrlich erstaunt zu sein über das Geständnis. »Wäre ich nie darauf gekommen. Ich höre nicht mal einen Akzent.«

»Nashville, Tennessee. Gib mir ein Bier und geh zu einem Line-Dance-Abend mit mir, dann ist der Akzent wieder da«, sagte Betty gelöst lachend – bei der Erinnerung an ihre Vergangenheit. »Meiner Mutter hat uns streng erzogen, viel Wert auf Schule und Bildung gelegt. Sie wollte, dass wir es besser haben als sie. Sie war erst neunzehn, als sie mit Molly schwanger wurde.«

»Und wie hat es dich dann hierher verschlagen?«

»Meine Großmutter hat hier gelebt. Molly hat Journalismus studiert und reist durch die Weltgeschichte. Ich bin unglaublich stolz auf sie.«

»Und du?«

»Ich war auf der Columbia, habe Wirtschaft studiert.«

Irritiert weiten sich Josh Augen. »Du hast einen Abschluss an der Columbia?«

Sie nahm ihm seine Reaktion nicht übel. Die Universität war eine der besten an der Ostküste. »Du fragst dich gerade, warum ich einen Job als Elf annehmen muss, wenn ich dort studiert habe, oder?«

Josh fuhr sich über den Bart. »Es tut mir leid, das sollte nicht doof klingen. Ich bin nur ehrlich etwas überrascht. Das ist eine überragende Universität, in die nicht jeder reinkommt.«

»Als Vollwaise hatte ich ein Stipendium. Aber das auch nur, weil ich wirklich hervorragende Noten an der Highschool hatte.«

»Verstehe. Dennoch eine beeindruckende Leistung. Aber wieso arbeitest du mit dem Abschluss nicht in einem großen Unternehmen?«

Betty seufzte und rieb sich mit den Händen übers Gesicht. »In dem Jahr, in dem ich die Uni abgeschlossen hatte, hat mein Freund mit mir Schluss gemacht, meine Grandma ist verstorben, und Molly war Tausende Kilometer weit weg. Ich bin in ein Loch gefallen. Liz war es, die mich immer wieder dazu animiert hat, mir Jobs zu suchen. Doch ich habe mich nie irgendwo richtig wohlgefühlt, bin nie irgendwo angekommen. Bevor ich zu euch kam, war ich in zwei verschiedenen Marketingagenturen.«

»Wirklich?«, fragte Josh erstaunt.

»Ja«, Betty nickte, »für insgesamt nicht einmal vier Wochen.«

Ein schiefes Grinsen erschien auf Joshs Gesicht. »Warum das *Maint's*? Der Job scheint dir wichtig zu sein. Nicht nur der als Elf, sondern auch dein neuer.«

Bedächtig nickte sie. »Ich kann es dir gar nicht genau sagen. Dein Vater hat mir von Anfang an ein gutes Gefühl gegeben, er hat mich nie von oben herab behandelt, hat sich meine Vorschläge angehört... Und nachdem er sie so toll fand und mich gelobt hat, habe ich wieder etwas Selbstvertrauen in mich und meine Ideen gefasst.«

Josh seufzte laut, als er sich in seinem Stuhl zurücklehnte. »Ich hingegen habe es dir alles andere als einfach gemacht.«

Betty zuckte abermals mit den Schultern. »Ich habe versucht, es nicht persönlich zu nehmen. Ich dachte, du bist eben so.«

Er legte seine Unterarme auf dem Tisch ab und verschränkte seine Finger ineinander. »Ich war nicht immer so. Ich hatte dir ja bereits erzählt, dass ich Weihnachten sehr mochte, bis meine Mom uns verlassen hat. Es fiel mir schwer, weil ich bis heute glaube, dass ich eine Mitschuld daran trage, dass sie nicht mehr unsere Mom sein wollte. Ich meine, wie sehr kann man seine Kinder schon lieben, wenn man einfach zur Tür hinausgeht, ohne sich umzudrehen?« Er atmete gepresst aus. »Und sich nie wieder meldet.«

Betty legte ihre Hände auf Joshs, die noch immer verhakt auf dem Holztisch lagen. »Sie ist eine Idiotin, genauso, wie mein Vater ein Idiot ist. Sie haben keine Ahnung, was sie mit uns verpasst haben.« Sie schmunzelte. »Sieh uns an, wir sehen nicht nur großartig aus, sind clever, erfolgreich – also du bist es bereits, ich werde es hoffentlich irgendwann sein ...«

»Davon bin ich fest überzeugt«, unterbrach er sie, und entgegen ihrer Erwartung lag kein Grinsen auf seinen Lippen, sondern er meinte es völlig ernst.

»Josh, es ist nicht deine Schuld, wenn sie, warum auch immer, nicht die Mutter sein konnte, die sie sein sollte. Ich weiß es nicht, ob sie einfach ein schlechter Mensch ist oder mit inneren Dämonen kämpft, aber du hättest nichts daran ändern können.«

Er nickte und schluckte schwer, bevor er seinen Kopf hob und ihr tief in die Augen sah. »Ich danke dir. Nicht nur für deine Worte eben, sondern weil du irgendwie ... inspirierend bist.«

Sie lächelte ihn an. »Danke dir für das schöne Kompliment. Ich bin froh, dass du nicht mehr ganz so ein Grinch bist.«

»War ich so schlimm?« Er zog eine Grimasse.

»Oh, ich hatte richtig Angst vor dir, als ich das erste Mal in deinem Büro stand. Wärst du nicht so verdammt attraktiv gewesen ...« Abrupt brach sie ab und zog ihre Hände, die noch immer auf seinen lagen, zurück. »Na ja, wie dem auch sei, auf jeden Fall bin ich jetzt sehr froh, dass wir so gute Kollegen sind.«

»Betty, ich hoffe, dass wir mehr als das sein können.«

Ihr Herz setzte für einen Schlag aus.

»Ich sehe trotz der kurzen Zeit, in der wir uns kennen, bereits eine gute Freundin in dir.«

»Freundin?«, krächzte sie. Ihre staubtrockene Kehle wollte kaum einen Ton entlassen. »Freunde?«, wiederholte sie angestrengt fröhlich.

»Hör zu«, dieses Mal griff Josh nach ihren Händen, »es tut mir leid, wie ich mich nach der Sache auf dem Dach verhalten habe. Das war nicht richtig. Ich hätte die Grenzen wahren müssen. Du wirst ab Januar fest bei uns arbeiten, und du weißt, ich habe meine Prinzipien.«

Der Sache auf dem Dach, hallte es in Bettys Kopf wider. Wow, eine noch nüchternere und emotionslosere Beschreibung hätte er nicht finden können. Sie schlug ihre Zähne in ihre Wange, um sich nicht anmerken zu lassen, wie sehr sie seine Worte verletzten. Doch zeitgleich kam sie nicht umhin zuzugeben, dass er recht hatte. Sie wollte den Job im *Maint's* nicht verlieren, weil die Affäre mit ihrem Boss schiefgelaufen war.

»Ist schon okay«, log sie schweren Herzens. »Lass uns einfach Freunde sein.« Mehr brachte sie beim besten Willen nicht über die Lippen, und Joshs zufriedenes Lächeln machte es nicht besser.

Sie war erleichtert, als endlich das Essen kam, auf das ihr knurrender Magen schon so lange gewartet hatte.

In Betty herrschte ein Gefühlschaos, dessen Ausmaß sie überwältigte. Einerseits könnte sie nicht glücklicher sein über das Jobangebot des *Maint's*, während sie sich andererseits darüber sorgte, ob es ihr gelingen würde, die Sache mit Josh so leichthin abzuhaken wie er. Es waren gerade mal noch ein paar Tage bis Weihnachten. Auch wenn sie praktisch den ganzen Tag aufeinanderhingen, hatte sie sich vorgenommen, Distanz zu ihm aufzubauen. Emotionaler Natur wohlgemerkt. Betty war selbst verwundert über ihre Gefühlslage. Auch wenn sie schon einige Beziehungen gehabt hatte, war ihr keine Trennung wirklich nahe gegangen. Nicht einmal die von Cole nach zwei Jahren Beziehung. Sie war gekränkt gewesen, aber nicht todtraurig. Es galt also, sich einzig und allein darauf zu besinnen, dass es noch andere tolle Männer in Manhattan gab und Josh sowieso bindungsunfähig war.

Doch nicht nur aufgrund ihres inneren emotionalen Wintersturms erledigte sie ihren Elfenjob heute eher halbherzig.

»Alles okay?«, fragte Santa sie, ganz offensichtlich irritiert darüber, dass sie mit ihren Gedanken weit entfernt zu sein schien.

»Ja, ja, alles gut«, winkte sie ab und begrüßte freundlich das kleine Mädchen mit den schwarzen Haaren, das auf sie zugelaufen kam. Ihre Synapsen arbeiteten aber tatsächlich auf Hochtouren. Um zu beweisen, dass sie ihrer neuen Aufgabe im Kaufhaus gewachsen war, wollte sie ihre Chefs am liebsten noch vor Weihnachten mit einer Werbeaktion überraschen. Zumal Josh ihr gestern ja verraten hatte, dass die Geschäfte dieses Jahr sehr gut gelaufen waren. Also sollte sich dafür ja vielleicht noch etwas Budget finden lassen.

Betty hatte die Mittagspause kaum erwarten können und lief, nachdem sie sich umgezogen hatte, direkt Josh in die Arme, der aus dem Umkleideraum nebenan kam.

»Ha«, rief sie laut und riss die Augen vor Begeisterung auf.

»Ha, was?« Josh sah sie verdutzt an.

»Ich hab's«, entgegnete sie begeistert und schenkte ihm ein geheimnisvolles Lächeln.

»Was hast du? Dich an den Code für dein Bankschließfach erinnert oder an das Plätzchenrezept deiner Großmutter oder wie deine erste Sandkastenliebe hieß?«, wollte Josh mit einem verschmitzten Grinsen wissen.

»Eine überragende Idee. Lockt Kunden an, und das *Maint's* betreibt etwas Charity.«

»Das tun wir sowieso, aber lass hören.«

»Ich will sie deinem Vater vorstellen.«

»Wieso übergeht mich denn jeder? Ich habe auch was zu melden hier«, reagierte Josh eingeschnappt.

»Das sind die grauen Schläfen. Dein Vater strahlt etwas Autoritäres aus.«

»Und ich nicht?« Er legte eine verkniffene Miene auf.

Sie neigte den Kopf und betrachtete ihn, während sie sich mit dem Finger ans Kinn tippte. »Nein, im Moment siehst du eher aus, als hättest du Magenprobleme.«

Josh schnaubte genervt. »Wir gehen in der Pause hoch und fragen ihn, ob er Zeit hat.«

»Und Ryan?« Betty zeigte ihm ein zuckersüßes Lächeln.

»Warum der denn jetzt auch noch? Wirkt er etwa auch autoritärer als ich?«

»Ganz sicher nicht. Er ist eher der einfühlsame, vorsichtige Typ, der ...« Fest presste sie die Lippen aufeinander, als sie Joshs Blick einfing.

Er hatte eine Braue hochgezogen und sah sie ungläubig an. Hastig stand er auf und verließ die Weihnachtswelt. Nicht jedoch, ohne ihr mit einer Handbewegung anzuzeigen, dass sie ihm folgen sollte. »Also ist eigentlich jeder im neunten Stock sympathischer als ich?«

Sie folgte ihm kichernd. »Du hast andere Qualitäten.«

»Du glaubst ernsthaft, du kannst das noch retten?«, fragte er, konnte die zuckenden Mundwinkel jedoch nicht unterdrücken.

»Oh, sei doch nicht eingeschnappt.« Lachend stellte sie sich neben ihn in die Aufzugskabine.

»Also, Davis, versuch es!«, forderte er sie mit ernster Miene heraus.

Sie schlenderte um ihn herum. »Du bist definitiv besser gebaut als die beiden anderen, du bist schlagfertiger, und ich glaube, in Sachen Zahlen kann dir keiner was vormachen.«

Er hob die Augenbrauen und schwenkte den Kopf sachte von links nach rechts. »Kein schlechter Versuch.«

Ein lautes »Ping« ertönte, und der Aufzug hatte die neunte Etage erreicht.

Grinsend boxte sie ihm gegen die muskulöse Brust. »Komm schon, du brauchst doch sicherlich keine Lobpreisung von mir. Dafür gibt es doch bestimmt einen Fanclub aus glitzernden Engeln.« Sie verließ den Aufzug mit schwingenden Hüften.

»Ich habe keine Ahnung, was du mir damit immer unterstellen willst.«

Abrupt stoppte sie und wandte sich zu ihm um. Mit provokantem Unterton in der Stimme erklärte sie: »Du bist es doch, der den ganzen Tag ins Handy grinst. Verrate mir, gibt es einen Engel-Gruppenchat oder kopierst du die Nachrichten einfach und schickst sie dann jeder Frau separat?«

Amüsiert hoben sich seine Mundwinkel, während er die Hände lässig in die Taschen seiner Anzughose steckte. »Weder noch. Die meiste Zeit, wenn ich ins Handy grinse, schaue ich mir Videos an, die mir meine Nichte schickt. Sie hat nun ein Handy, weil ihre Eltern das Genörgel nicht mehr ertragen konnten, und sie findet es unglaublich witzig, mir den ganzen Tag Videos und lustige Fotos zu senden.«

»Deine *Nichte*?«, fragte sie verdutzt.

Er zog sein Handy aus der Tasche und entsperrte den Bildschirm. Sein Daumen wischte über das Display, bis er offensichtlich gefunden hatte, wonach er gesucht hatte.

»Das ist ein Typ, der meint, er muss Santa spielen und tatsächlich versucht, durch einen Schornstein zu rutschen.«

Er ließ das Video abspielen, und Betty prustete los. Laut lachend schlug sie sich eine Hand vor den Mund.

»Seit ich den Santa spielen muss, liebt sie es, mich damit aufzuziehen, und ich bekomme daher unzählige witzige Weihnachtsmann-Videos. Am Anfang war ich genervt, doch ich muss gestehen, die meisten sind echt ziemlich lustig.«

Betty sah ihn mit großen Augen an. Offensichtlich chattete er dann nicht ständig mit einer Frau, sondern amüsierte sich mit lustigen Videos. Wer hätte denn so etwas erahnen können? Sie erinnerte sich an das Telefonat, das sie mitgehört hatte. *Deine Nachrichten sind sehr witzig,* hatte sie Josh sagen hören, bevor er gewarnt hatte: *Nur die braven Mädchen bekommen was von Santa.* Vielleicht hatte er damals auch mit seiner Nichte gesprochen und nicht mit einem zweiundzwanzigjährigen New Yorker Topmodel, das er über die Weihnachtsfeiertage in die Hamptons entführen wollte, um es schamlos vor dem knisternden Kamin mit ihr zu treiben. Unweigerlich schweiften ihre Gedanken zu genau diesem Szenario ab, wobei sie den Kopf der Laufstegschönheit durch ihren ersetzte – der Körper könnte bleiben, würde sicherlich nicht schaden.

»Betty?«, riss Josh sie aus ihren Gedanken, und sie bemerkte, dass sie ihn einige Sekunden zu lange, versunken in ihrer Kamin-Fantasie, dümmlich angegrinst hatte.

Sie räusperte sich trocken. »Anwesend. Lass uns nach deinem Vater sehen.«

»Einen Penny für deine Gedanken.«

»Die sind mehr wert«, scherzte sie keck, und Josh folgte ihr mit einem verschmitzten Grinsen, als sie in Richtung von George McAllistars Büro davonstürmte.

Unsicher blieb sie im Türrahmen stehen, als sie sah, dass Joshs Vater hoch konzentriert über einigen Unterlagen zu brüten schien. Dankenswerterweise übernahm Josh den Job, ihn dabei zu stören. »Dad? Hast du einen Moment für uns?«

McAllistar senior hob den Kopf. »Ach, hallo, ihr beiden, ja, natürlich. Worum geht es? Muss ich mir Sorgen machen?«

»Nein, absolut nicht«, beruhigte Betty ihn eilig. »Ich hätte gern Ihrer aller Meinung zu einer Idee.«

»Na, da bin ich ja gespannt.« Freundlich lächelte sie der grauhaarige Mann an. »Ich bin gleich da. Geht doch schon mal vor ins Besprechungszimmer.«

Brav nickte Betty und ging nach nebenan, doch Ryans Büro war leer. Vermutlich war er in seiner Mittagspause ausgegangen. Doch sie wollte ihn mit ihrem Vorschlag für eine Weihnachtsaktion auf keinen Fall übergehen. Schließlich wäre er zukünftig ihr direkter Vorgesetzter, und sie wollte keinen schlechten Start in ihrer Zusammenarbeit riskieren.

»Ryan ist nicht da ...« Unsicher blickte sie Josh an.

»Erzähl es ihm später. Wir müssen ja nichts ohne ihn entscheiden. Wobei das vielleicht besser wäre ...« Er wandte sich ab und steuerte zielsicher den Meetingraum gegenüber von Judys Büro an.

Sein Vater ließ nicht allzu lange auf sich warten und lächelte sie ermutigend an. »Ms. Davis, ich bin ganz Ohr.«

»Ich will Sie auch gar nicht lange aufhalten, aber ich muss zugeben, dass ich etwas enttäuscht war, dass das *Jessy's* – zumindest bisher – mit dem Klau unserer Kampagne durchkommt. Daher hatte ich überlegt, ob wir vielleicht noch eine kleine Aktion starten wollen, ganz spontan vor Weihnachten.«

George McAllistar nickte gespannt. »Und so, wie ich Sie kenne, haben Sie auch schon eine konkrete Idee mitgebracht, richtig?«

Schüchtern lächelnd nickte sie. »Ich bin kein Fan dieses Massenkonsums, daher würde ich unseren Kunden nichts schenken, sondern Spielzeug spenden. Die Aktion würde so aussehen, dass die ersten fünfzig oder hundert oder was das Budget auch immer hergibt ...«

»Welches Budget?«, unterbrach Josh sie mit einem breiten Grinsen. Unsicher blickte sie ihn an, was ihn dazu veranlasste, seine Hand auf ihre zu legen. »Das war ein Scherz, entschuldige die Unterbrechung. Sprich weiter.«

Ihr Blick war noch immer starr auf seine Finger gerichtet, die sanft auf ihrem Handrücken lagen und ihr kleine elektrische Stromschläge versetzten. Großartig, das lief super mit der Freundschaftssache. Ihr Körper hatte wohl das Memo von ihrem Gehirn noch nicht bekommen. Nur unter Anstrengung gelang es ihr, ihren Blick von der Hand zu lösen.

»Also von den ersten, sagen wir, hundert Spielzeugen, die während des Aktionszeitraums gekauft werden, spendet das *Maint's* ein zweites an ein Waisenhaus in New York. So fördern wir nicht nur den Konsum der Kunden, sondern tun etwas Gutes, und den Menschen wird es gefallen. Denn so können sie ohne Anstrengung und ohne ihren eigenen Geldbeutel öffnen zu müssen, Hilfe leisten.«

Mit einem Quieken schreckte sie hoch, als George McAllistar mit der flachen Hand auf den Holztisch schlug. »Das ist genial! Einfach genial.«

Erleichtert stieß sie ihren angehaltenen Atem aus. »Ja, finden Sie?«

»Absolut!« George McAllistars tiefe Stimme röhrte regelrecht durch den Raum. »Sie treffen den Nerv der Kunden. Jeder möchte gern etwas spenden, aber vielen fehlen Zeit und Geld dafür. Wenn sie aber wissen, dass sie das Spielzeug, das sie so oder so für Weihnachten kaufen müssen, bei uns kaufen und damit eine Spende an ein Waisenhaus auslösen, wird sie das ihre Geschenke bei uns kaufen lassen.«

Betty spürte Joshs Blick auf ihr ruhen, doch sie wollte keine Ablenkung riskieren und erwiderte ihn daher nicht.

»Hatten Sie an ein bestimmtes Waisenhaus gedacht?«, fragte Joshs Vater.

»Meine Schwester und ich haben nach dem Tod unserer Mutter ein paar Tage in einer solchen Einrichtung auf der Hamilton verbracht, bevor wir zu unserer Großmutter ziehen konnten. Das war das *Hudson Hope Waisenhaus*.«

Überrascht hob George McAllistar die Augenbrauen. »Das tut mir leid, ich wusste nicht, dass Sie Ihre Mutter so früh verloren haben.«

»Danke. Es ist lange her. Aber an so viel kann ich mich zumindest erinnern ... dass Spielzeug, auch für ältere Kinder, Mangelware war.«

»Josh, was meinst du?«, wollte sein Vater nun von diesem wissen.

Betty riskierte nun doch einen Blick und bereute es sofort, da Joshs Schmunzeln dafür sorgte, dass er die Attraktivitätsskala explodieren ließ.

»Ich habe keine Ahnung, wie Betty es macht, aber ich muss gestehen – mal wieder ein hervorragender Vorschlag. Es trifft den Zeitgeist. So wie du sagtest, die Leute haben weder Zeit noch Geld, da kommt einem so eine Aktion gelegen.«

»Habt ihr denn überhaupt Geld dafür?«, fragte Betty ihn vorsichtig.

»Du meinst sicher ›wir‹«, sagte er lächelnd. »Ich habe ja bereits verraten, dass das Jahr äußerst gut lief – was taktisch offensichtlich nicht sonderlich klug war. Ich werde sehen, was ich machen kann und wie viele Geschenke wir uns leisten können. Wir werden sie betragsmäßig begrenzen müssen – auf einen Maximalwert von beispielsweise jeweils fünfzig Dollar.«

Betty nickte energisch. »Klar, ich will euch mit der Idee ja auch nicht in den Ruin treiben.«

»Ryan hat sich vorhin abgemeldet, da es ihm nicht gut geht«, berichtete George McAllistar. »Ich würde vorschlagen, Sie arbeiten alles aus, und wir schauen morgen gemeinsam mit ihm die Details durch, wenn er sich hoffentlich wieder besser fühlt.«

Sie nickte artig wie eine Erstklässlerin und musste beinahe selbst über ihr Verhalten schmunzeln. Es fiel ihr schwer zu sagen, warum ihr seine Meinung so wichtig war, doch sie hatte genug YouTube-Videos über Psychologie gesehen, um sich im Klaren darüber zu sein, dass es etwas mit der fehlenden Vaterfigur in ihrem Leben zu tun hatte. Sie hatte glücklicherweise nie Geld für eine Therapie gehabt, sie hätte ihr vermutlich nur die teuren Erkenntnisse gebracht, die sie bereits selbst bekommen hatte.

»Ich danke Ihnen für Ihre Zeit.« Betty strahlte den Seniorchef erleichtert an.

»Ms. Davis, immer gern, wenn Sie mir solche Ideen liefern.«

Sie hörte Joshs leises Lachen, als sein Vater den Raum verlassen hatte.

Fragend blickte sie ihn an.

»Ich glaube, er hat dich in den vergangenen zwei Wochen mehr gelobt, als mich in den letzten zwei Jahrzehnten.«

»Oh, fehlen da jemandem Streicheleinheiten für sein Ego?«, ärgerte sie ihn mit mitleidigem Blick.

Er lehnte sich zu ihr herüber, und sein Blick verdunkelte sich leicht. Verschmitzt zog er lediglich einen Mundwinkel nach oben. »Würde ich die wollen, würde ich einfach wieder die Tür zur Umkleide für dich offen lassen.«

Betty erwiderte sein Grinsen wie automatisch, hatte er nun einmal nicht unrecht damit. Und es war sinnlos, dies abzustreiten. »Du solltest dich nicht nur auf deinen zugegebenermaßen sehr ansehnlichen Körper verlassen. Irgendwann wird auch der alt und schrumpelig sein, dann braucht es Köpfchen, um zu glänzen.« Sie tippte sich mit dem Zeigefinger an die Schläfe, bevor sie den Besprechungsraum verließ.

Josh tiefe Stimme ertönte hinter ihr. »Hast du ein Glück, dass du beides hast – den Körper und das Köpfchen.«

Obwohl sie lachen musste, als sie die Aufzüge ansteuerte, verwirrten sie seine Signale. Hatte er einfach Freude daran, mit ihr zu flirten? Denn schließlich hatte er sie ja in die Friendzone verbannt.

Nach Feierabend verabschiedete Josh sich in den neunten Stock, und sie hatte sich mit Notizblock und Stift in das Lebkuchenhaus der Weihnachtswelt verzogen. Sie hatte die Hoffnung, dass ihr in dieser festlich dekorierten Umgebung die Planung der wirklich sehr kurzfristigen Weihnachtsaktion leichter fallen würde, denn es gab einiges zu bedenken.

Es war bereits gegen zehn Uhr abends, als plötzlich die Lichter im Kaufhaus erloschen. Lediglich schummrige Lampen in den Fluren und die Notausgangsschilder leuchteten noch. Besonders traurig war Betty, dass die Lichter des großen Weihnachtsbaums ausgegangen waren, doch sie verstand natürlich, dass das *Maint's* Strom sparen wollte.

Ein etwas mulmiges Gefühl machte sich in ihr breit. Da das Kaufhaus um neun Uhr bereits geschlossen hatte, war sie wohl allein hier. Sie hatte in ihrem Organisationswahn völlig die Zeit vergessen. Mit dem Notizbuch unter dem Arm verließ sie das Lebkuchenhaus. Mit einem zufriedenen Seufzen ließ sie sich auf den Stuhl des Weihnachtsmanns fallen und blickte sich im Kaufhaus um. Wer hätte gedacht, dass dieses Missverständnis, das sie zum Elfen hatte werden lassen, ihre Zukunft derart prägen würde?

Doch plötzlich ertönten dumpfe, schwere Schritte. Ihr stockte der Atem. Wer war denn noch mit ihr hier? Vielleicht ein Wachmann? Die Mitarbeiter aus den Büros waren sicherlich längst weg, und die Chefs und Abteilungsleiter fuhren vermutlich direkt vom neunten Stock in die Tiefgarage. Adrenalin schoss durch ihre Adern, und ihre Hände begannen zu zittern. Panisch blickte sie sich um, und als ihr Blick auf eine der überdimensionalen Zuckerstangen im Kunstschnee fiel, stürzte sie dorthin und zog die Dekoration heraus. Bestückt mit der riesigen Plastikwaffe schlich sie auf leiser Sohle um die Leinwand, die den Hintergrund der Weihnachtswelt bildete. Ihr Herz pochte ihr bis zum Hals, und sie hatte ein unangenehmes Fiepen im Ohr. Die Schritte verstummten und ihr gesamter Körper zitterte unkontrolliert. Sie traute sich nicht zu atmen und hielt wie versteinert inne. Plötzlich setzte sich der- oder diejenige wieder in Bewegung, und nur Sekunden später legte sich eine Hand auf ihre Schulter. Sie wirbelte herum, schrie laut auf und wollte dem Unbekannten mit der Zuckerstange eins verpassen, zielte aber meilenweit an ihm vorbei.

»Betty«, ertönte die Stimme der dunklen Gestalt.

Sie erkannte Joshs Stimme sofort, musste jedoch einige Mal blinzeln, ehe sie ihn in dem schummrigen Licht auch sehen konnte. »Oh, mein Gott, es tut mir leid.« Sie presste sich eine Hand auf ihr rasendes Herz und spürte ihren hektischen Atem.

»Was tust du da?«, fragte er verdutzt. »Was ist das?«

Sie zuckte mit den Schultern. »Eine Zuckerstange.«

»Du wolltest mich mit einer Zuckerstange verprügeln?« Josh konnte sich kaum halten vor Lachen. »Wieso?«

»Weil ich Angst bekommen hatte. Ich saß im Lebkuchenhaus und habe gar nicht bemerkt, wie spät es schon ist. Als dann die Lichter ausgeschaltet wurden und ich erkannt habe, dass ich ganz allein hier bin, war das ziemlich gruselig. Und dann habe ich Schritte gehört. Das wäre der perfekte Anfang eines Weihnachts-Horrorfilms gewesen.«

Zu ihrer Überraschung schlang Josh seine Arme fest um sie und zog sie in eine Umarmung. »Entschuldige, ich wollte dir keine Angst einjagen.« Für einige Sekunden standen sie so da. »Dein Herz rast immer noch.« Da war die verführerische, raue Stimme wieder. »Ich kann es spüren.«

Ihre Augen weiteten sich ertappt. »Ja, und alles nur, weil du mich erschrecken musstest.« Sie würde einen Teufel tun und ihm gestehen, dass sie den Schrecken längst verdaut hatte und ihr Herz lediglich so heftig pochte, weil ihr sexy Boss sie gerade in seinen starken Armen hielt und sein herber Weihnachtsduft in ihre Nase zog.

»Wieso bist du überhaupt hier im Erdgeschoss?«, wollte sie wissen.

»Wir haben ein Sicherheitssystem, das uns über Bewegungen informiert. Ich hatte eine Meldung für das Erdgeschoss bekommen, konnte aber über die Kamerabilder auf dem Laptop nichts außer grauem Flimmern erkennen.«

»Das war dann wohl ich«, lachte Betty.

»Wieso saßt du überhaupt so lange in dem Lebkuchenhaus?«

Sie wedelte mit ihrem Notizbuch in der Luft. »Orga. Habe so weit alles durchgeplant. Ich muss dann nur noch mit dem Waisenhaus sprechen und Plakate in Auftrag geben. Aber auch dafür habe ich bereits Ideen«, erklärte sie stolz.

Josh nickte mit einem Schmunzeln auf den Lippen. »Ich habe nichts anderes erwartet.« Er blickte sich um und wandte sich dann wieder ihr zu. »Willst du was Tolles sehen? Ich bin mir sicher, es wird dir gefallen.«

»Immer doch«, bestätigte sie und war umso überraschter, als er davonlief. »Wohin gehst du? Lass mich nicht allein hier.«

Er lachte rau auf. »Nur einen kleinen Moment, ich bin gleich hier drüben. Ich muss vorher noch schnell den Alarm deaktivieren.«

»Josh? Woher wisst ihr eigentlich, dass alle Kunden das Kaufhaus verlassen haben und sich nicht einer mit einem besonderen Fetisch oben gerade durch die Unterwäscheabteilung probiert?«

»Was?«, kam dumpf von ihm zurück. Wo zum Teufel war er nur? »Du willst dich durch die Unterwäscheabteilung probieren?«

»Nein«, rief sie empört. »Das habe ich doch gar nicht gesagt.«

Sein Lachen wurde zunehmend lauter, und als er wieder vor ihr stand, grinste er sie frech an. »Sorry, das war alles, was ich gehört hatte.«

»Was du hören wolltest«, neckte sie ihn.

Geheimnisvoll lächelte er sie an. »Ich bin eine hervorragende Shoppingberatung.«

Ihre Wangen begannen zu glühen, und Betty wusste, dass sie besser das Thema wechseln sollten. »Was hast du dort drüben eigentlich gemacht?«

»Wirst du gleich sehen.« Erneut entfernte er sich, ging aber nur bis zu dem riesigen geschmückten Weihnachtsbaum, der rund zehn Meter von ihr entfernt stand. Er steuerte die Wand dahinter an und tastete nach etwas.

»Jetzt gleich«, warnte er sie vor und prompt gingen die unzähligen Lichter am Baum an. Die roten und goldenen Kugeln funkelten um die Wette, und die Lämpchen am Baum hüllten das gesamte Erdgeschoss in ein angenehm warmes Licht.

»Oh«, rief Betty entzückt. »Wie hübsch das aussieht, wenn alles drum herum dunkel ist.«

Doch Josh hatte noch etwas in petto. Er bestätigte einen weiteren Schalter, und die Weihnachtsmusik, die den ganzen Tag aus den Lautsprechern tönte, erklang. Betty konnte die Playlist inzwischen auswendig, doch das störte sie nicht. Weihnachtsmusik war etwas, das bei ihr in Dauerschleife laufen konnte.

»Na, habe ich zu viel versprochen?«

Andächtig schüttelte sie den Kopf. »Absolut nicht. Es sieht so schön aus ... und die Musik dazu.« Stumm betrachtete sie eine Weile den geschmückten Baum, ehe sie spürte, dass Joshs Blick mal wieder auf ihr ruhte. Langsam wandte sie ihm ihr Gesicht zu und die Situation erinnerte sie an den Moment auf dem Dach. Die warmen Strahlen der Lichterkette setzen seine markanten Gesichtszüge verdammt gut in Szene. Der Schwung der perfekten Lippen wurde durch den

Schatten nur noch mehr betont, und seine dunklen Augen loderten beinahe.

Auch er scannte jeden Quadratmillimeter ihres Gesichts ab und verweilte auffällig lange bei ihrem Mund.

Sie spürte, wie ihre Unterlippe leicht zitterte, da ihr sein Blick einen angenehmen Schauer über den Rücken jagte. Fest presste sie die Lippen aufeinander und räusperte sich leise.

Das schien auch Josh in die Realität zurückzuholen. Er machte einen Schritt zurück und Betty war traurig darüber, dass er mehr Abstand zwischen sie brachte, obwohl sie sich fest vorgenommen hatte, sich zu beherrschen.

Doch zu ihrer Überraschung streckte Josh ihr seine Hand entgegen. »Darf ich bitten?«

Überrascht und zeitgleich begeistert von der Idee legte sie ihre Hand in seine und ließ es zu, dass er sie mit einem Ruck an sich heranzog. Sofort konnte sie die Hitze, die sein Körper ausstrahlte, spüren und kam nicht umhin zuzugeben, dass sie sich in seiner Nähe wie eine Erstklässlerin bei der Einschulung, aber dennoch auch sehr wohlfühlte. Zu Michael Bublés *Have Yourself a Merry Little Christmas* wiegten sie sich im Takt. Josh hatte seine Arme um ihre Taille und sie ihre um seinen Hals gelegt. Zunächst versuchte sie, dem Blick aus seinen funkelnden Augen standzuhalten, musste dann aber resignieren und den Kopf abwenden. Sie konnte sein leises Lachen hören, und sein Atem kitzelte leicht an der empfindlichen Stelle unterhalb ihres Ohres.

»Hm?«, fragte sie unschuldig, da sie seine Belustigung nicht so recht einordnen konnte.

Er legte seine Wange an ihre Schläfe und murmelte leise. »Du bist süß, wenn du verlegen bist.«

Sie erwiderte nichts, Abstreiten wäre sowieso zwecklos gewesen.

Josh zog sie noch ein wenig näher an sich heran, und ihre Körpertemperatur stieg prompt um ein paar weitere Grad.

Dieser Tanz war völlig unschuldig, doch die stahlharten Muskeln an seinem Oberkörper, die sie an ihren Brüsten spüren konnte, das innige Gefühl seiner Arme um ihre Taille und sein dunkler Blick taten ihr Übriges, dass Betty an diesem Tanz rein gar nichts als unschuldig empfand.

»Bevor du fragst«, flüsterte er ihr ins Ohr, während sie die Augen schloss, um sich besser auf seine Worte konzentrieren zu können, »ja, ich tanze mit allen Angestellten so.«

Betty musste kichern. »Wenn dem so wäre, würdest du den ganzen Tag nichts anderes machen, da du dich vor Angeboten der Verkäuferinnen kaum retten könntest.« Es war schwer zu übersehen, dass Josh bei dem weiblichen Teil der Belegschaft sehr beliebt war. Nicht gerade selten tauchte eine der Verkäuferinnen in dem engen schwarzen Kostüm in der Weihnachtswelt auf und versuchte, ihn in ein Gespräch zu verwickeln. Selbst in seinem Santa-Claus-Kostüm.

»Das sagt die Richtige – meine Kollegen im neunten Stock verrenken sich alle jedes Mal den Hals, wenn du vorbeistöckelst.«

»Und du?« Die Frage war beinahe gehaucht, denn sie wusste natürlich, dass sie mit dem Feuer spielte. Doch sie konnte einfach nicht widerstehen.

»Ich muss selbst bald zum Chiropraktiker.« Leise fing er an zu lachen. »Du hast aber auch einen hypnotisierenden Hüftschwung«, schwärmte er unverfroren.

»Genug jetzt.« Betty senkte verlegen den Blick. Im Schlagabtausch mit ihm konnte sie ohne Probleme bestehen, doch wenn er ihr solche Komplimente machte, setzten ihre Synapsen aus, und sie bekam keinen geraden Satz mehr heraus.

Als sie ihren Kopf wieder hob, traf sie Joshs begieriger Blick. Es war offensichtlich, dass etwas darin loderte. Die goldenen Funken waren wieder da und flammten in seinen Iriden auf. Gefühlvoll strich er ihr eine Strähne aus dem Gesicht und ließ keinen Moment von ihren Augen ab. Beinahe in Zeitlupentempo fuhren seine Fingerkuppen an ihren Schläfen hinab zu ihren Wangen und bahnten sich dann den Weg in ihren Nacken. Nervös sog sie Luft ein, und sein Blick flog zu ihrem leicht geöffneten Mund. Das Knistern zwischen ihnen war förmlich greifbar.

Josh schluckte schwer, und es entging Betty trotz ihrer Nervosität nicht, dass er einen inneren Kampf auszutragen schien. Es war seine Regel, dass er ihr nicht mehr näher kommen wollte, doch im Moment schien ihm das genauso schwerzufallen wie ihr. Seine Vernunft schien den Kampf verloren zu haben, denn er beugte sich ihr ganz langsam entgegen.

Bilder ihres ersten Kusses auf dem Dach des *Maint's* blitzen vor ihrem inneren Auge auf. Ebenso wie Joshs emotionsloser Gesichtsausdruck, als er ihr danach erklärt hatte, dass es ein Fehler gewesen war. Aus purem Selbstschutz machte sie abrupt einen Schritt zurück, um dem romantischen Moment zu unterbrechen.

Sichtlich irritiert löste Josh seine Hände von ihr und schien überrascht von ihrem Rückzieher zu sein.

»Danke für den Tanz, ich muss dann auch mal los«, stammelte sie und warf einen Blick auf ihre Uhr. »Ui, echt spät geworden.« Sie griff nach ihrem Mantel und der Tasche und verstaute das Notizbuch darin.

Etwas unbeholfen kratzte Josh sich am Hinterkopf. »Ähm, ja okay. Soll ich dich nach Hause bringen?«

»Nicht nötig« winkte sie ab, während sie sich bereits in Bewegung gesetzt hatte. »Ich geh noch zu Liz ins Restaurant.«

Josh reckte sich, da sie schon fast aus seinem Sichtfeld entschwunden war. »Alles klar, aber nimm ...«

»Ja, ja, ich nehme ein Taxi. Bis morgen dann.«

Ihr Brustkorb hob und senkte sich hektisch unter ihrem schnellen Atem. Die prickelnd kalte Winterluft schlug ihr entgegen, als sie durch den Mitarbeiterausgang stürmte.

Wovor genau lief sie da eigentlich gerade weg? Vor Joshs begierigem Blick, einer Beinahe-Wiederholung ihres Kusses oder vor ihren eigenen Gefühlen? Betty legte den Kopf in den Nacken und stieß einen Schwall Luft aus. Sie beobachtete die weißen Wölkchen und zitterte erregt am ganzen Körper. Doch das war nicht nur der Temperatur geschuldet. Dieser Mann dort drinnen hatte eine Anziehung auf sie, wie sie sie noch nie erlebt hatte, und sie wusste nicht, wie sie dem weiter widerstehen sollte.

»Schon wieder?«, rief Liz schrill, als Betty ihr von der romantischen Tanzeinlage und dem Moment, als er sie beinahe geküsst hätte, berichtet hatte.

»Ich weiß es doch auch nicht. Obwohl er gesagt hat, dass sich das nicht wiederholen darf, und dieses Freundschaftsding vorgeschlagen hat, bringt er uns immer wieder in solche Situationen. Er flirtet, macht mir Komplimente, tanzt mit mir – nachts im Kaufhaus. Vor einem Weihnachtsbaum. Einem *riesigen* Weihnachtsbaum. Ein Wunder, dass ich überhaupt widerstehen konnte. Ich sollte ein High Five mit meiner Selbstbeherrschung machen.«

»Absolut beeindruckend. Aber Santa scheint ein kleiner Masochist zu sein oder wieso quält er sich selbst so gern?«, fragte Liz und verdrehte die Augen. »Männer! Soll die einer verstehen. Ich glaube ja, er steht wahnsinnig auf dich und ist in einem echten Dilemma. Diese Boss-Angestellten-Sache ist immer schwierig. Man könnte ihm vorwerfen, seine Position auszunutzen. Oder überlege mal, das geht schief mit euch. Wie unangenehm wäre die Zusammenarbeit dann, und jede Kritik von ihm an dir könnte man ihm als Nachtreten auslegen. So ein bisschen verstehe ich seine Sorge ja schon.«

»Ich verstehe es auch. Was ich aber nicht verstehe, ist, dass er es dann immer wieder so weit kommen lässt.«

Liz zog eine Grimasse. »Da ist die Anziehung wohl zu

groß, und unser Joshy hat nicht deine überragende Selbstbeherrschung.«

»Na toll, dann ist es jetzt wohl an mir, solche Situationen zukünftig zu vermeiden.«

»Sieht so aus. Viel Erfolg dabei!«

Kapitel 9

Am nächsten Morgen war Betty etwas früher als sonst im Kaufhaus – in der Hoffnung, Ryan wäre wieder da. Sie fuhr mit dem Aufzug in den neunten Stock, in dem es noch sehr ruhig war.

Lediglich in Judys und Joshs Büro brannte bereits Licht. Auch wenn Ryans Büro dunkel erschien, wollte sie einen Blick hineinwerfen. Dafür musste sie jedoch am Büro des Juniorchefs vorbei. Ihr Plan, zügig an der offenen Tür vorbeizuhuschen, wurde jäh zerschlagen, und zwar aufgrund des Anblicks, der sich ihr bot. Josh hatte das Sakko seines Anzugs ausgezogen und das weiße Hemd bis zu den Ellenbogen hochgeschlagen, was ihm etwas Lässiges verlieh und gleichzeitig unglaublich heiß aussah. Die ausgeprägten Venen auf den muskulösen Unterarmen sorgten dafür, dass Betty sich zu dem Tanz zurücksehnte, bei dem er sie so festgehalten hatte, als würde er sie nie wieder gehen lassen wollen. Die dunkle, leicht schimmernde schmale Krawatte saß perfekt, ebenso wie die frisch gestylten Haare. Der Bart war gestutzt, und die grimmige Miene trug zu dem anziehenden Bad-Boy-Look bei.

Ertappt zuckte sie zusammen, als sich Joshs Kopf plötzlich hob und ihre Blicke sich trafen.

Doch entgegen ihrer Befürchtung, er wäre über die Störung verärgert, erhellte sich sein Gesichtsausdruck schlagartig, und er schenkte ihr ein freundliches Lächeln. »Guten

Morgen. Was lehnst du denn so still und heimlich im Türrahmen?«

»Ähm, ich wollte eigentlich nur sehen, ob Ryan da ist.«

»Sein Büro ist aber zwei Zimmer weiter«, erwiderte Josh schmunzelnd.

»Das weiß ich auch. Aber ich wollte ...« Sie stockte auf der Suche nach einer einigermaßen realistischen Ausrede. »Dann kam ich bei dir vorbei, und du hast so schlecht gelaunt ausgesehen, dass ich neugierig wurde.« Nicht perfekt, aber besser, als ihm zu gestehen, dass sie kurz vor dem Sabbern gewesen war, während sie jeden Quadratmillimeter seines Körpers gemustert hatte.

»Gut erkannt«, stimmte er ihr zu und seufzte leise. »Jeden Mittwoch präsentieren wir unsere neuesten Wochenangebote, und jeden verdammten Mittwoch in dieser Weihnachtssaison bisher hat *Jessy's* entweder das Gleiche oder etwas Ähnliches ebenfalls im Angebot – und natürlich günstiger als wir.«

»Das gibt's doch nicht.« Betty lief in sein Büro und ließ sich unaufgefordert in den schweren Polstersessel vor seinem Schreibtisch fallen. »Aber das würde doch bedeuten, dass sie euch entweder gehackt haben oder, was vermutlich wahrscheinlicher ist, ausspionieren.«

Zögerlich nickte Josh. »Das ist wohl die einzig logische Erklärung. Wir beschäftigen ja eine externe Firma für das Grafikdesign. Dort werden nicht nur die Prospekte und das Onlinedesign mit den Angeboten erstellt, sondern dort wurde auch deine Kampagne gestaltet.«

»Hast du die im Verdacht?«

»Es sind die Einzigen, die infrage kommen. Unseren Angestellten bringe ich volles Vertrauen entgegen.«

»Willst du die Firma wechseln?«

»Wäre sicherlich sinnvoll. Allein schon, um zu testen, ob die nächste Anzeige dann immer noch kopiert werden würde.«

Sie richtete sich auf. »Du hast dich hier mit ganz schön vielen Themen herumzuschlagen.«

»Da sagst du was«, stöhnte er laut. »Ich habe gestern Nacht übrigens noch ein paar Budgettöpfe für dich hin- und hergeschoben. Du bekommst zweihundert Geschenke mit einem Maximalwert von jeweils fünfzig Dollar. Aber mehr Geld kann ich dieses Jahr leider echt nicht mehr für Marketing locker machen.«

Betty war so glücklich über diese Neuigkeit und die Tatsache, dass ihre Aktion stattfinden konnte, dass sie unter einem lauten Quieken aufsprang, um Joshs Schreibtisch herumlief und ihm die Arme um den Hals schlang. »Danke!«

Er zögerte keine Sekunde, drehte sich in seinem Stuhl zu ihr und erwiderte ihre Umarmung. »Freut mich, wenn es dich glücklich macht. Ich hatte gleich den Eindruck, dass dir viel an der Aktion liegt.«

Nervös löste sie sich von ihm, da die Umarmung definitiv länger gedauert hatte als eine durchschnittliche. »Das tut es wirklich.« Sie warf einen Blick in Richtung Flur. »Ich hoffe nur, dass Ryan heute kommt. Ich würde ihn ungern übergehen.«

»Da werde ich dich wohl enttäuschen müssen. Er ist die Woche krankgeschrieben. Wir müssen das ohne ihn entscheiden. Aber ich wüsste auch nicht, was er dagegen haben sollte.«

»Okay, auch wenn ich mich nicht hundertprozentig wohl damit fühle. Ich will nicht, dass er denkt, ich möchte an seinem Stuhl sägen oder so.« Ihre Lippen verzogen sich zu einem entschuldigenden Lächeln.

»Glaub mir, Ryan kann von deinen Ideen nur profitieren. Aber ich maile ihm eine kurze Info, damit du beruhigt bist und er nicht sagen kann, wir hätten ihn nicht informiert.« Josh erhob sich von seinem Stuhl. »Links neben Ryans Zimmer ist ein Zweierbüro, dort kannst du dich bei Sarah einrichten. Ist ja nicht mehr lang bis Neujahr.« Er ging an ihr vorbei, wohl um ihr den Weg zu zeigen.

Aufgeregt folgte sie ihm. Ein Büro lediglich mit einer Kollegin teilen zu müssen, das klang nach einigen Jobs im Großraumbüro fast schon zu gut.

Beinahe andächtig blickte sie sich in dem großzügigen Büro um.

»Ich muss noch ein paar Dinge erledigen, bevor wir unten wieder in unsere Rollen schlüpfen«, verkündete Josh und klopfte mit der flachen Hand gegen den Türrahmen.

»O ja, unser täglich Rollenspiel«, kommentierte sie geistesabwesend und wurde sich ihrer Worte erst bewusst, als Joshs raues Lachen laut im Flur erklang.

Die kommenden Tage widmete Betty sich voller Elan ihrer Marketingaktion, die in ihren Augen tatsächlich eher eine Charity-Geschichte war.

»Ms. Davis, Judy hat mir berichtet, dass alles genau nach Plan läuft«, lobte George McAllistar ihre Arbeit, als sie sich nach Feierabend mit seiner Sekretärin bezüglich des Transports der Geschenke zum Waisenhaus abstimmte. Josh gesellte sich gerade dazu und lauschte der Unterhaltung aufmerksam.

»Ja, es sieht wirklich gut aus«, betätigte Betty mit einem energischen Nicken. »Ich muss mir nur noch Gedanken machen, was wir tun, sollte es einen gekauften Artikel nur noch einmal in unserem Haus geben. Wir können nichts mehr nachbestellen, das würde nicht mehr rechtzeitig ankommen.«

»Bleibt es dabei, dass wir am Samstag starten?«, fragte George McAllistar, bevor sich ein verschmitztes Grinsen in sein Gesicht schlich. »Ist das eine angemessene Idee am Tag nach der Weihnachtsfeier?«

Bettys fing an zu lachen. »Guter Punkt, aber wir müssen am Samstag ja nur die Plakate hier aufstellen und die gekauften Spielwaren zusammensuchen. Das sollten wir auch mit leichter Übermüdung hinbekommen.«

»Ich denke schon«, pflichtete Josh ihr bei. »Und es bleibt dabei, dass wir die Aktion erst am Samstag verkünden, richtig?«

»Genau.« Mit ernster Miene nickte Betty. »Und das Design der Plakate haben wir zum Glück trotz des Zeitdrucks noch in einer anderen Grafikfirma erstellen lassen können. Es sind große Rollen, die wir an der Brüstung des ersten Stocks festmachen werden.«

»Ich sehe schon, Sie haben alles im Griff.«

George McAllistar hatte ihr väterlich eine Hand auf die Schulter gelegt, und Betty meinte, unter seinem Lob ein paar Zentimeter zu wachsen. Es fühlte sich wirklich gut an, wenn einem in seinem Job mal etwas gelang und man dafür auch die gebührende Anerkennung erhielt.

Der schwerste Part der ganzen Organisation stand ihr jetzt bevor. »Ich mache mich dann jetzt zur Abstimmung auf den Weg ins Waisenhaus. Wir haben telefonisch bereits alles geklärt, aber die Heimleitung wollte mich gern persönlich kennenlernen.« Den letzten Teil des Satzes hatte sie eilig hervorgepresst, da sie Angst hatte, ihre Stimme würde brechen. Obwohl es so viele Jahre her war, war es nicht der kurze Aufenthalt in der Einrichtung, der sie aufwühlte, sondern der Tod ihrer Mutter, der sie zur Vollwaise hat werden lassen.

Sie hob eine Hand zum Abschied und lief an dem kleinen Grüppchen vorbei in Richtung Aufzug.

»Betty ... Betty, warte kurz.«

Erst als er sie sanft am Oberarm festhielt, nahm sie wahr, dass er ihr gefolgt war und mehrmals ihren Namen gerufen hatte. »Alles okay? Fühlst du dich wohl mit dem Besuch dort?«

Sie war erstaunt über so viel Einfühlungsvermögen. Das hatte sie trotz der sehr liebenswerten Seite, die zunehmend an ihm zum Vorschein kam, nicht erwartet. Hektisch nickte sie. »Ja, es ist okay. Es bringt nur ein paar Erinnerungen hoch.« Ihre Stimme wurde leiser. »An meine Mom. Und auch daran, dass ich mehr Glück hatte als die Kids dort, die keine Großmutter haben, die sie aufnimmt und liebevoll großzieht.«

Völlig überraschend zog Josh sie in eine Umarmung und drückte sie an sich. »Umso beeindruckender finde ich es, dass du diese Aktion für sie planst.« Er entließ sie aus seinen Armen und kratzte sich am Hinterkopf.

Betty kannte diese Geste bereits. Das machte Josh nur, wenn er unsicher war.

»Soll ich dich begleiten?«, fragte er leise.

Ein Teil in Betty wollte am liebsten sofort Ja schreien, während der andere Teil sie zur Vernunft mahnte. Josh war ihr Boss, nichts weiter, und ihr Plan war es gewesen, ihr Verhältnis auf eine berufliche Ebene zu beschränken. Daher rang sie sich zu einem zurückhaltenden Lächeln durch. »Danke für das Angebot, das weiß ich sehr zu schätzen. Aber ich schaffe das allein.«

»Okay.« Josh nickte und machte einen Schritt zurück. Er schien über ihre plötzliche Distanziertheit etwas überrascht zu sein. »Melde dich, sollte ich doch irgendwie unterstützen können.«

»Mache ich, dank dir.« Um zu verhindern, dass sie ihre Meinung doch noch änderte und ihn an der Hand hinter sich in den Aufzug zog, machte sie eilig kehrt.

»Ms. Davis? Ich bin Hannah Scott«, stellte sich eine Frau mit dunklen Haaren und großer Brille auf der Nase in der Eingangstür des *Hudson Hope Waisenhaus* vor.

Sie schätzte die Dame auf etwa fünfzig Jahre. Betty konnte sich an keine Gesichter von damals erinnern.

»Genau, die bin ich. Freut mich sehr«, erwiderte Betty die Begrüßung und schüttelte die ihr entgegengestreckte Hand. »Ich arbeite für das *Maint's*. Im Moment noch als Elf in der

Weihnachtswelt, aber ich unterstützte im kommenden Jahr die Marketingabteilung.«

»Sie können sich nicht vorstellen, wie sehr wir uns über Ihren Anruf gefreut haben. Das Budget ist dieses Jahr wieder so knapp, dass es kaum für eine kleine Aufmerksamkeit zu Weihnachten gereicht hätte.« Gerührt schlug sie die Hände zusammen. »Aber dass nun alle unserer Kinder ein Geschenk unter dem Baum finden werden, bedeutet uns alles.«

Betty kämpfte mit den Tränen und versuchte angestrengt, den Kloß in ihrem Hals hinunterzuschlucken. »Das freut mich sehr«, brachte sie krächzend hervor. Sie blinzelte ein paarmal hektisch gegen die glasigen Augen an und ballte ihre feuchten Hände zu einer lockeren Faust.

Betty folgte Ms. Scott in ihr Büro, um die letzten Details der Aktion zu klären. Dies war schnell erledigt, und so sehr sie sich für die Kinder freute, würde sie erleichtert sein, wenn sie das Waisenhaus wieder verlassen konnte. Zu präsent in ihrer Erinnerung war nicht nur der Tag, an dem ihre Mutter, sondern auch der, an dem ihre geliebte Großmutter verstorben war.

»Ich war als Teenager selbst einmal eine Weile hier«, gestand sie leise, als sie neben der Leiterin des Heims den langen Flur in Richtung Ausgang ging.

Ms. Scott wandte sich ihr zu, und Verwunderung lag in ihrem Blick, der sogleich von einer mitfühlenden Miene abgelöst wurde.

Betty kante diese Reaktion auf dieses Geständnis, es war die übliche.

»Bevor sie zu einem Angehörigen oder einer Pflegefamilie gekommen sind?«

»Zu meiner Großmutter. Sie hat meine Schwester und mich nach dem Tod unserer Mom großgezogen.«

»Verstehe, dann sind Sie aus einem anderen Bundesstaat hierhergezogen?«

Nickend bestätigte Betty. Sie wollte sich nicht an diese

Zeit ihres Lebens erinnern. Manchmal hatte sie das Gefühl, dass der Schmerz um den Verlust ihrer Mutter entgegen ihrer Hoffnung gar nicht weniger wurde. Sie hätte ein bisschen Unterstützung bei der Gestaltung ihres Lebens bitter nötig gehabt. Niemals würde sie ihrer Großmutter einen Vorwurf machen. Sie hatte stets ihr Bestes gegeben.

Als sie die Tür erreicht hatten, bedankte sich Ms. Scott erneut mit einem strahlenden Lächeln. »Bitte richten Sie der Familie McAllistar unseren größten Dank aus. Ich werde natürlich auch noch selbst eine Nachricht an die Geschäftsführung verfassen.«

»Ich werde es Ihnen sagen. Melden Sie sich gern jederzeit bei mir, sollten in der Zwischenzeit Fragen aufkommen. Meine Kontaktdaten haben Sie ja.«

»Natürlich, herzlichen Dank, Ms. Davis. Sie werden für sehr, sehr viele strahlende Kinderaugen sorgen.«

Erneut schniefte Betty leise und blinzelte, um ihre feuchten Augen zu trocknen.

Das Gespräch mit Ms. Scott hatte sie so aufgewühlt, dass sie nicht direkt nach Hause gehen, sondern noch einen Abstecher zu Liz ins Restaurant machen wollte.

»Ja, wen haben wir denn da?«, rief diese, als sie mit Tellern in der Hand aus der Küche kam. Es war wie meistens brechend voll, und Liz musste überall zugleich sein. Heute schien sie sogar im Service auszuhelfen. Da Betty sie gern unterstützen wollte und ihr etwas Ablenkung gerade recht kam, bot sie ihre Hilfe an. Ehe sie sich versah, wurde ihr eine Kellnerschürze umgebunden, und sie wurde mit zwei heißen Tellern zu Tisch neun geschickt.

Als die Küche gegen elf abends schloss, gesellte sie sich zu Liz. »Ich war heute im Waisenhaus.«

»Oh!« Liz schmiss sofort den Putzlappen in ihrer Hand in eine Ecke und schloss sie in ihre Arme. »Und?«

»War okay.« Betty wippte den Kopf nachdenklich hin und her. »Und doch komisch.«

»Glaube ich dir. Besonders zur Weihnachtszeit vermisst man seine Lieben. Geht mir mit meinem Dad nicht anders.«

»Das Bedienen war eine gute Ablenkung.«

Liz grinste schief. »Zwei Fliegen mit einer Klappe. Ich wäre heute Abend ohne dich baden gegangen. Zwei meiner Servicekräfte sind krank.«

»Warum hast du denn nicht angerufen? Du weißt, ich würde immer einspringen«, entgegnete Betty.

»Das kann nicht die Lösung sein, jedes Mal, wenn es hier brennt. Und außerdem hast du doch jetzt einen seriösen Job.«

»Noch nicht.« Betty fing an zu lachen. »Ich bin noch ein paar Tage der Elf. Erst danach gehöre ich zur Welt der langweiligen Erwachsenen mit verantwortungsvollen Jobs, die einem die Mietzahlung garantieren sollen.«

»Weißt du schon, was du Freitag zu deinem Date mit Josh anziehen wirst?«, fragte Liz mit einem schelmischen Grinsen.

Völlig verdutzt blickte Betty sie an. »Wovon redest du?«

»Eure Weihnachtsfeier«, half Liz ihr auf die Sprünge.

Die hatte Betty tatsächlich schon wieder vergessen. Seufzend ließ sie sich auf den kleinen Klappstuhl in der Ecke fallen. »Die Feier habe ich tatsächlich verdrängt. Keine Ahnung. Ich will schick sein, aber nicht zu sexy. Es sollte festlich sein, aber auch nicht zu viel Bling-Bling.«

»Wenn ich hier fertig bin, komme ich mit zu dir. Dann machen wir eine Pyjamaparty und durchwühlen deinen Kleiderschrank, okay?«

Betty grinste, da sie sich über den Vorschlag ehrlich freute. »Der perfekte Plan.«

»Das kann ich nicht anziehen.« Mit großen Augen starrte Betty ihr Spiegelbild an.

»Warum denn nicht?« Liz nippte an ihrem Weinglas. »Es

ist golden ... also weihnachtlich. Es ist zwar kurz, aber hochgeschlossen und damit nicht billig, aber dennoch verdammt heiß.«

»Und da liegt das Problem«, stöhnte Betty und drehte sich ungelenk vor dem Spiegel. »Heiß ist vielleicht nicht die beste Idee.«

»O bitte, glaubst du ernsthaft, du könntest mir etwas vormachen?« Liz sah sie mit hochgezogenen Brauen und süffisantem Grinsen an. »Ich weiß genau, dass du scharf aussehen willst für Josh, auch wenn du dich von ihm fernhalten willst.«

»So ein Quatsch!«, bestritt Betty die Theorie ihrer Freundin vehement.

»Okay.« Liz war vom Bett aufgesprungen und zog nun an einem kakifarbenen langen Strickkleid, das ziemlich oversized war. »Dann kannst du ja das anziehen.«

Mit einem Augenrollen ließ Betty sich in dem goldenen Paillettenkleid aufs Bett fallen. »Ist ja gut! Ich gebe es zu. Natürlich will ich ihm gefallen. Nein! Ihm soll die Kinnlade runterklappen, wenn er ins Restaurant kommt.«

Verschlagen lachte Liz laut auf. »Wusste ich's doch. Ich würde es nicht anders machen.«

Kapitel 10

Punkt sieben Uhr trudelten die ersten Kollegen in Liz' Restaurant ein. Immer wieder reckte sie ihren Kopf, um zu erkennen, wer gerade zur Tür hereingekommen war. Mit einem breiten Grinsen reichte ihre beste Freundin ihr einen Drink.

»Danke, Liz.«

»Ich habe ihn aber nicht zu stark gemacht, ich möchte, dass du bei vollem Bewusstsein bist, wenn dich Santa heute Nacht vernascht.«

»Du bist unmöglich«, zischte Betty. »Sei nicht so laut, und außerdem, warum bestärkst du mich in einer so dummen Idee?«

»Du bist nur noch eine Woche lang der Elf und er Santa Claus. Das ist eine Parallelwelt. Du musst dich erst mit Beginn deiner neuen Stelle zusammenreißen.« Verschwörerisch zwinkerte sie ihr zu.

»Du erinnerst dich aber schon daran, dass er den Kuss zwischen uns bereut hat.«

»Alles spricht dagegen, dass er das auch wirklich so meinte. Ich bleibe genau dort hinter der Bar stehen, bis er reinkommt. Ich will seinen Blick sehen, wenn er dich entdeckt – in diesem Wahnsinnskleid.«

Betty nahm einen großen Schluck von ihrem Drink. »Du hast nicht gerade eine beruhigende Wirkung auf mich.«

Liz verschwand lachend hinter die Bar und ließ Betty mitsamt ihrem im Brustkorb hämmernden Herzen zurück. Als sie bemerkte, wie ihr Glas in ihrer Hand zitterte, stellte sie es eilig auf dem Tisch ab und hoffte, niemand hatte ihre Aufregung bemerkt.

Ihr Atem stockte, als George McAllistar mit Judy an seiner Seite das Restaurant betrat. Doch leider war weit und breit nichts von Josh zu sehen. Der Seniorchef steuerte direkt auf sie zu.

»Ms. Davis, das ist ja wirklich ein ausgesprochen schönes Lokal und so festlich dekoriert. Mein Sohn hatte bereits von dem guten Essen geschwärmt.«

»Ähm, wo ist Josh denn?«, versuchte sie, so beiläufig wie möglich herauszufinden, und bereute es sofort wieder.

»Leider kamen ein paar Probleme mit einem Lieferanten auf. Josh wollte das noch regeln, bevor er nachkommt. Ich hoffe, er ...« Der Seniorchef wandte sich zur Tür. »Ach, da ist er ja auch schon.«

Bettys Blick schwang zur Tür hinüber, und erneut stockte ihr der Atem, als sie Josh in einem Smoking entdeckte. Sie schluckte schwer. Es sollte verboten sein, so gut auszusehen. Unweigerlich presste sie die Lippen aufeinander, entspannte diese aber prompt wieder, um ihren präzise aufgetragenen Lippenstift nicht zu verschmieren.

Nun traf sie Joshs Blick, und sie rang sich ein nervöses Lächeln ab. Einen Moment zu lang erwiderte er ihren Blick, bevor seine Augen betont unauffällig über ihren Körper wanderten. Sie konnte beinahe fühlen, wie seine Finger über ihre Kurven streiften.

»Josh«, rief sein Vater ihm zu. »Schön, dass du schon da bist.«

Der Juniorchef setzte sich in Bewegung und war mit ein paar großen Schritten an ihrem Tisch. »Ja, ein Glück. Ich hatte schon befürchtet, das würde eine größere Sache werden.« Erneut schweifte sein Blick über ihr Kleid, ehe er sich abrupt abwandte und in die Runde strahlte. »Es wäre ein Jammer gewesen, wenn ich das verpasst hätte.«

Ein wohliger Schauer durchflutete Bettys Körper, da sie diesen Kommentar irgendwie auf sich bezog. Seine Blicke allein hatten ihr bereits so eingeheizt, dass sie den Drink von sich schob. Alkohol wäre ihrer Körpertemperatur sicherlich nicht zuträglich.

Liz kam auf sie zu. »Guten Abend zusammen. Ich begrüße Sie herzlich im *Enjoy*. Ich bin Liz. Bitte lassen Sie mich sofort wissen, sollten Sie einen Wunsch haben oder sollte etwas nicht zu Ihrer Zufriedenheit sein.«

George McAllistar reichte ihr die Hand. »George McAllistar, und das sind mein Sohn Josh und meine rechte Gehirnhälfte Judy Mitchel.« Er lächelte seine Sekretärin verschmitzt an. »Vermutlich auch noch meine linke.« Die Runde musste über diesen Witz herzlich lachen. »Liz, ein ganz wunderbares Lokal haben Sie. Wir werden sicherlich einen schönen Abend bei Ihnen verbringen.«

»Das freut mich. Dann würde ich vorschlagen, wir gehen wie geplant für den Aperitif nach draußen.« Sie deutete den Weg und hielt Betty, die das Schlusslicht bildete, mit einem festen Griff an der Hand zurück. »Es würde mich schwer wundern, wenn du das Kleid in drei Stunden noch anhast. Er hatte nicht nur Herzchen in den Augen, als er dich entdeckt hatte, sondern hat dich direkt danach mit seinem Blick ausgezogen. Das war soooo heiß!«, flüsterte sie ihr ins Ohr.

Betty spürte, wie ihre Wangen brannten. »Hörst du auf! Das kann ich heute Abend nicht brauchen.« Jedoch gelang es ihr nicht, ein amüsiertes Grinsen zu unterdrücken, hatte sie sich doch genau diese Reaktion von Josh gewünscht. Auch wenn es ihrem Plan nicht zuträglich war.

Der Hof hinter dem Restaurant war mit unzähligen Lichterketten, an denen Mistelzweige angebracht worden waren, und Lampions in Sternenform weihnachtlich geschmückt worden. Betty blickte zu Liz und zeigte ihr den hochgestreckten Daumen. Sie war überglücklich, dass sie die Weihnachtsfeier hatte retten können.

Überrascht sah sie, wie Ryans Gesicht plötzlich, trotz Krankmeldung, zwischen den Kollegen auftauchte. Das hätte sie sich nicht getraut.

»Frierst du?« Noch während sie die schöne Dekoration bestaunt hatte, war Josh plötzlich neben ihr aufgetaucht.

»Nein, es geht. Das Kleid hat ja lange Ärmel.«

Dieses Mal ließ er seinen Blick auffälliger von ihren hohen Stilettos über ihre Beine, das Kleid und ihr aufwendig gewelltes Haar wandern. »Dafür ist es verdammt kurz.«

Erstaunt hob Betty die Augenbrauen, bevor sie ihn verschmitzt angrinste. »Sagt man so etwas zu seiner Angestellten auf der Weihnachtsfeier? Vor allen Kollegen?«

Josh blickte sich verstohlen nach links und rechts um, bevor er sie sanft am Arm um die Ecke zog. Sie entfernten sich einige Meter von der feiernden Truppe, ehe er sie vorsichtig mit ihrem Rücken gegen die kalte Steinwand drückte. Sie musterte seine Gesichtszüge, die aufgrund des spärlichen Lichts nur noch mit ihren Umrissen zu erkennen waren.

Er hatte sich nah vor sie gestellt und stützte sich mit einer Hand neben ihrem Kopf an der Wand ab, während sich sein Körper leicht gegen sie lehnte.

Bettys Unterlippe zitterte in einer Mischung aus prickelnder Spannung und Nervosität.

»Dafür ist es verdammt kurz«, wiederholte er mit rauer Stimme, während ihr sein Gesicht noch näher kam. Sie konnte nicht nur seinen heißen Atem, sondern auch die Vibration seiner tiefen Stimme spüren.

Ihre unter dem Kleid in Form gebrachten Brüste pressten sich gegen seinen Oberkörper, während er nach ihren Händen griff und sie verschlungen mit seinen seitlich neben ihrem Kopf auf die Wand legte. Betty musste ein leises Stöhnen unterdrücken, das ihrer Kehle entweichen wollte. Ihr Verstand war völlig vernebelt, und es war ihr egal, ob sie jeden Moment dabei erwischt werden konnten. Sie wollte, dass dieser Moment niemals endete. Zu gut fühlte sich Joshs muskulöser Körper an ihrem an. Sie genoss den dunklen, begehrlichen Blick, den er ihr schenkte, als sie sich auf die Unterlippe biss, und sog seinen herben Weihnachtsduft tief in sich auf.

»Wir sollten zurückgehen«, murmelte er leise in ihr Ohr.

Mit geschlossenen Augen nickte sie und konnte sich auf nichts anderes konzentrieren als auf das Kribbeln, das die Berührung seiner weichen Lippen an ihrer Wange in ihr auslöste, als er sich zurückzog.

Langsam ließ er ihre beiden Hände sinken und ihre Finger aus seinen gleiten.

»Geh du zuerst«, forderte er sie auf.

»Nein, geh du«, erwiderte sie, da sie sich zunächst sammeln musste. Liz würde ihr sonst sofort etwas anmerken.

Josh rückte mit einem breiten Grinsen seine Anzughose etwas zurecht, was ihr ein Schmunzeln entlockte.

»Okay, verstehe«, sagte sie und setzte sich in Bewegung, nicht ohne ihm noch einmal ein verführerisches Lächeln über die Schulter zuzuwerfen. Sie war sehr gespannt, wie sich dieser Abend noch entwickeln würde.

Nach dem Aperitif draußen freuten sich alle, als sie ins warme Restaurant zurückkehren konnte. Auf der langen Tafel verteilt standen hübsche Etageren aus Glas mit kleinen Häppchen darauf, und Liz forderte ihre Gäste fröhlich auf zuzugreifen.

Die Anspannung fiel von Betty ab, als sie mitbekam, wie ihre Kollegin von der schönen Location, den guten Drinks und den leckeren Appetizern schwärmten. Immer wieder schweifte ihr Blick suchend durch den Raum.

Auch wenn Josh sich die ganze Zeit in Gesprächen befand, da er von den Mitarbeitern regelrecht belagert wurde, erwiderte er jedes Mal ihren Blick und schenkte ihr ein Lächeln. Nicht zu breit, da es vermutlich sonst irgendwann aufgefallen wäre, doch stets begleitet von einem frechen Funkeln in den Augen.

Jedes Mal, wenn Liz die Küche verließ, galt ihr Blick zunächst Betty und wanderte dann zu Josh. Bereits mehrfach hatte sie sie nun erwischt.

»Ihr seid wirklich unfassbar unauffällig«, unkte sie. »Sind eure Kollegen blind?«

»Psst, nicht so laut«, zischte Betty. »Die wissen nicht, was du weißt.«

»Und habe ich heute schon etwas verpasst, außer dieser heißen Blicke? Hat er was zu deinem Kleid gesagt?«

»Solltest du nicht wieder zurück in die Küche gehen?«, erwiderte Betty nervös.

Liz riss den Mund auf. »Was habe ich verpasst? Los, sag schon!«

Sie blickte umher, ob auch wirklich niemand so nah stand, dass man ihr Gespräch hören konnte. »Er hat mich draußen neben das Gebäude gezogen, sich mir entgegengelehnt und mir erklärt, wie verdammt kurz mein Kleid ist.«

»Uh, habe ich es nicht vorhergesehen?« Liz grinste sie verschlagen an.

»Aber was soll ich machen? Ihn erneut küssen, und fünf Minuten später fällt ihm wieder ein, dass es eine dumme Idee war?« Mit einem tiefen Seufzer führte sie ihren Drink an ihre Lippen.

»Das kannst nur du wissen. Du musst Nutzen und Risiko abwägen. Wenn es dich zu sehr verletzen würde, halte ihn auf Abstand. Wenn du ein heißes Intermezzo unabhängig vom weiteren Verlauf genießen willst, ran an den Speck!«

»Welcher Speck?« Betty lachte auf. »Der Mann besteht aus purer Muskelmasse.«

Auch Liz warf Josh einen verträumten Blick zu. »Was glaubst du, was in dieser Anzughose steckt?«

»Hey, ab in die Küche«, forderte Betty ihre beste Freundin, wenn auch nicht ganz ernst gemeint, auf.

»Man wird ja wohl noch schauen dürfen. Und wenn du nicht willst, versuche ich mein Glück«, ärgerte Liz sie.

»Du bist unmöglich«, sagte Betty lachend und warf einen Blick über ihre Schulter. »Finger weg!«

Ihr Boss sah wirklich verdammt gut aus heute Abend. Sie schloss einen inneren Pakt mit sich selbst. Sie würde es nicht darauf anlegen, sich aber auch nicht dagegen wehren, sollte er ihr Avancen machen. Es wäre so oder so aussichtslos – über so viel Selbstbeherrschung konnte niemand verfügen.

Freundlich forderte Liz die Gäste auf, am Tisch Platz zu nehmen, da die Vorspeise gleich serviert werden würde. Leise Weihnachtsmusik lief im Hintergrund, und Betty blickte sich um, wo noch ein Platz an der Tafel frei war. Schließlich entdeckte sie zwei freie Stühle. Sie griff nach der Lehne, um den Stuhl unter dem Tisch hervorzuziehen, als sie Ryan auf sich zusteuern sah. Offensichtlich hatte er den Sitzplatz neben ihr im Visier. Doch ehe sie sich versah, lag eine große Hand an der Lehne des anderen Stuhls und wurde von Josh in Beschlag genommen. Mit verkniffener Miene trat der Marketingchef den Rückzug an und setzte sich ans andere Ende des Tisches zu Judy und Mr. McAllistar senior.

»Hi«, begrüßte sie Josh beinahe schüchtern, als sie nebeneinander Platz genommen hatten.

»Hey«, erwiderte er die Begrüßung und schenkte ihr ein sexy Lächeln.

Verlegen wandte sie den Blick ab, griff nach ihrem Glas und leerte den Rest ihres Drinks in einem Zug, was Josh leise auflachen ließ.

Er beugte sich zu ihr herüber, sodass seine Schulter ihre leicht berührte. »Du brauchst nicht nervös zu sein, ich werde mich benehmen.« Sein Blick wanderte in Richtung ihrer freigelegten Haut an ihren Oberschenkeln, da das Kleid beim Sitzen noch ein ganzes Stück weiter nach oben gerutscht war. »Auch wenn du es einem verdammt schwer machst.«

Was war denn heute in Josh gefahren? Hatte einzig und

allein dieses Kleid eine solche Wirkung auf ihn, dass er nicht nur alle Hemmungen, sondern auch gleich alle Zweifel fallen ließ – oder hatte er bereits etwas zu tief ins Glas geschaut?

»Mr. McAllistar«, hauchte sie ihm entgegen, »was ist denn heute los mit Ihnen?«

Josh musste schmunzeln. »Ich habe es mir wirklich fest vorgenommen, aber du spielst mit unfairen Mitteln.«

Sie wollte gerade widersprechen, als Garry, der Josh gegenübersaß, ein Gespräch mit diesem begann. Ohne den Blick vom Chefeinkäufer abzuwenden, legte Josh ihr seine Hand unter dem goldenen Tischtuch auf den Oberschenkel. Lediglich der Stoff der dünnen Strumpfhose trennte seine Haut von ihrer, dennoch stoppte diese nicht das Feuerwerk, das die intime Berührung in ihrem Magen auslöste. Mit fest aufeinandergepressten Lippen wollte sie sich am Tischgespräch beteiligen, war jedoch sichtlich unkonzentriert.

Josh schien es zu bemerken und sich einen Spaß daraus zu machen. »Ja, Betty, erzähl doch mal, was aus dem Bauch heraus deine Zielgruppenanalyse für das *Maint's* wäre?«

Mit großen Augen blickte sie ihn an, da er eben begonnen hatte, mit seinen Fingerkuppen sanft ihren Oberschenkel zu streicheln. Sie blinzelte hektisch und legte ihre Hand in ihren Nacken. »Bitte? Entschuldigt, ich war eben etwas abgelenkt.«

»Das habe ich bemerkt«, neckte Josh sie.

Betty drückte die Schultern durch, und in ihr stieg die Lust, es Josh heimzuzahlen. Sie hob das Tischtuch etwas an, um ihre Hand unauffällig darunter verschwinden zu lassen. Als sich ihre zarten Finger auf seine ebenfalls gut durchtrainierten Oberschenkel legten, sog er leise Luft ein.

»Klär mich auf, Josh«, forderte sie ihn mit einem unschuldigen Lächeln auf. »Wann war denn die letzte Zielgruppenanalyse, und was waren die Erkenntnisse daraus?« Ganz langsam streifte sie an der Innenseite seiner Schenkel nach oben, um mit ausreichendem Abstand zu seinem besten Stück zu stoppen. So weit wollte sie es nun doch nicht treiben. Die Berührung hatte jedoch ausgereicht, sodass es Josh zunehmend schwerfiel, gedanklich beim Gespräch zu bleiben.

»Die ... die letzte Analyse? Puh, da müsste ich nachschauen. Also keine Ahnung, ähm, vielleicht vor zwei Jahren.«

»Nein, das ist schon viel länger her. Vier oder fünf Jahre meine ich«, schaltete sich nun Garry ein, und Betty schenkte ihm ein freundliches Lächeln.

Josh lehnte sich zu ihr herüber und flüsterte: »Du nimmst besser deine Hand weg, sonst schaffen wir es nicht einmal bis zum Hauptgang.«

»Ist das so?«, fragte sie ihn herausfordernd.

Doch Josh war ein harter Gegner. Auch er fuhr mit seiner Hand weiter ihren Oberschenkel hinauf und hielt erst inne, als der Saum ihres Kleides ihn stoppte.

Betty war beinahe traurig, als die Vorspeise serviert wurde und sie beide unauffällig ihre Hände voneinander lösen mussten, um nach dem Besteck greifen zu können.

Das Essen war wie erwartet hervorragend, und kaum war der Hauptgang von fast allen restlos verputzt worden, stürmte Betty in die Küche und drückte ihrer besten Freundin einen dicken Kuss auf die Wange. »Oh, mein Gott, du hast mich einfach so gut dastehen lassen heute Abend.«

»Das freut mich! Auch wenn ich sauer darüber sein sollte, dass du das offensichtlich angezweifelt hast.«

»Niemals, aber man weiß ja nie, was alles passieren kann – Küchenbrand, krankes Servicepersonal, Souschef läuft vor den Bus.«

»Hey«, meldete sich nun Chris, besagter Souschef, hinter ihr zu Wort.

Ihre Augen wurden riesig, als sie die vielen bereits vorbereiteten Desserts entdeckte. »Sieht das toll aus. Mit den kleinen Schokotannen und den goldenen Kugeln.« Betty ging hinüber und zeigte auf goldglänzende kleine Bälle, die auf einer Art Creme in einem Glas drapiert waren. »Kann man die echt essen? Wow!«

»Finger weg. Das wird gleich euer Dessertbüfett«, ermahnte Liz sie. »Wir schieben dann auch die Tische etwas beiseite und holen die Stehtische von draußen rein. Ihr wollt doch ein bisschen Party machen, oder? Eng an eng tanzen, sich feurige Blicke zuwerfen?«

Im Moment veranlasste diese Aussage lediglich Chris dazu, seiner Chefin einen schrägen Blick zuzuwerfen.

Betty beugte sich zu ihr herüber. »Er hatte sogar die Hand unterm Tisch auf meinem Bein«, murmelte sie leise, um Liz' Souschef nicht noch mehr zu irritieren.

»Oh, du hast keine Ahnung, wer nachher mit einem Drink in der Hand hinter der Bar stehen und dein Telenovela-Leben mit aufmerksamem Blick verfolgen wird.«

Kichernd verließ Betty die Küche.

Wie erwartet war auch das Dessertbüfett von den Angestellten der McAllistars restlos verputzt worden. Auch Betty hatte sich nicht zurückgehalten und ging nun satt und zufrieden auf George McAllistar, Josh und Judy, die beieinanderstanden, zu.

»Ms. Davis, ich muss unbedingt noch mit Ihrer Freundin sprechen. Das Essen war ein Gedicht«, schwärmte Joshs Vater.

Auch Judy stimmte in die Lobeshymne mit ein. »Ich weiß nicht, ob ich in diesem Jahr besser gegessen habe als heute Abend oder ob ich überhaupt schon einmal besser gegessen habe.«

»Na, wenn das so ist, lade ich Sie herzlich gern für alle zukünftigen Mittagspausen hierher ein«, bot McAllistar senior seiner Sekretärin an.

Mit einem leichten Schmunzeln auf den Lippen wandte Betty den Blick ab und traf den von Josh. Auch seine Mundwinkel zuckten verdächtig. Er lehnte sich kopfschüttelnd zu ihr herüber. »Ich kann es kaum glauben, dass du mit meinem Vater und Judy recht gehabt haben könntest.«

»Tja, du solltest wohl besser auf mich hören«, entgegnete sie keck.

Mit großen Augen blickte er sie an. »Wann habe ich jemals nicht auf dich gehört?«

»Auch wieder wahr.« Sie kicherte, ehe sie sich wieder in die Runde wandte. »Liz hat vorgeschlagen, die Tische beiseitezuschieben, die Stehtische von draußen hereinzuholen und die Musik etwas aufzudrehen. Ist das in eurem Sinne? Ein bisschen Party?«

»Bin dabei«, antwortete Josh prompt und warf ihr erneut einen sehr eindeutigen Blick zu.

»Ein bisschen Party hat doch noch keinem geschadet, oder was meinen Sie dazu, Mr. McAllistar?«, säuselte Judy.

»George, bitte, Judy, für Sie bin ich George. Das sage ich Ihnen doch täglich«, erklärte dieser mit einem Lächeln auf den Lippen, als er ihr seine Hand entgegenstreckte und sie offensichtlich bereits für den ersten Tanz aufforderte.

Als die beiden sich entfernten, sahen Betty und Josh ihnen irritiert nach.

»Ist das so eine Art Rollenspiel? Als Vorspiel?«, fragte sie mit schief gelegtem Kopf.

Leidend verzog Josh das Gesicht. »Betty, bitte! Das sind mein Dad und seine fast sechzigjährige Sekretärin.«

Sie wandte sich ihm zu. Ihre Stimme wurde leiser, doch sie achtete auf den lasziven Unterton. »Also findest du es nicht heiß, wenn man dich Mr. McAllistar nennt?«

Josh hob einen Mundwinkel und wandte den Blick kurzzeitig ab. Es schien ihn nervös zu machen, ihrem standzuhalten, und das gefiel ihr. »Doch. Kommt aber wohl darauf an, wer es sagt. Und wie sie es sagt.« Er musterte zum wiederholten Male an diesem Abend ihr kurzes goldenes Kleid. »Und was diejenige trägt, während sie es sagt.«

»Das Kleid scheint es dir angetan zu haben«, erwiderte sie frech.

Er nickte lediglich stumm, als er ihr einen so intensiven Blick schenkte, der prompt ihre Knie weich werden ließ.

Ihr kleiner Flirt wurde von ein paar Servicekräften unterbrochen, die sich hinter ihnen in Position brachten, um die Tische an die Wände zu schieben und so eine kleine Tanzfläche zu schaffen.

Josh wich ihr nicht von der Seite, als sie sich mit einem Eierpunsch an einen der Stehtische gestellt hatte. »Und du bist sicher, dass du keinen möchtest?«

Leicht angeekelt verzog er das Gesicht und schüttelte vehement den Kopf. »Das riecht schon echt nicht gesund.«

»Es ist phänomenal. Man kann es definitiv nur zu Weihnachten trinken, aber da gehört es für mich einfach dazu.«

»Ich bleibe bei der Schokomousse«, verkündete er strikt und tauchte mit dem Löffel erneut in die luftig leichte, mit Goldstaub verzierte Masse. »Willst du mal probieren?«

»Ich platze gleich, aber ja, komm, ein Löffel geht noch«, kicherte sie schon leicht beschwipst von den reichlichen Drinks am heutigen Abend. Eben wollte sie nach dem Löffel auf ihrem leeren Dessertteller greifen, als Josh ihr seinen bereits vor den Mund hielt. Nach einem kurzen Zögern öffnete sie ihre Lippen leicht und umschloss das Silber, bevor diese die Mousse vom Löffel streiften.

Joshs Augen verharrten noch immer bei ihrem Mund, als sie bereits begeisterte Laute von sich gab. »Hm, ist das gut«, stöhnte sie. Als sie seinen Blick bemerkte, lächelte sie verlegen. »Was denn?«

»Sorry, ich habe nur noch nie jemanden so essen sehen.« Er räusperte sich trocken.

»Du meinst, so gierig?«, versuchte sie, die Situation mit einem Scherz aufzulockern.

»So sinnlich«, raunte er ihr zu, und ihre Körpertemperatur hätte jedes Thermometer gesprengt. Ihr lavasteinähnlicher Körper hatte noch nie derart erregt auf die Worte eines Mannes reagiert.

»Tanzen?«, krächzte sie nervös, um dem Moment zu entkommen. Würde er sie auch nur eine Sekunde länger so ansehen, würde sie sich entweder das Kleid von ihrem glühenden Körper reißen oder Josh an seiner Krawatte aus dem Restaurant zerren.

»Ich bin kein großer Tänzer«, lehnte er ab.

»Du sollst nicht *Dancing with the Stars* gewinnen, sondern lediglich deine Hüften etwas schwingen«, neckte sie ihn, nahm seine Hand und zog ihn mit sich auf die kleine improvisierte Tanzfläche. Doch prompt entließ sie seine Finger wieder, da einige der Kollegen zu ihnen herübersahen und auch das elektrisierende Gefühl auf ihrer Handfläche kaum auszuhalten gewesen war. Sie war es nicht gewohnt, dass das andere Geschlecht sie derart nervös machte. Doch sie schien ihren Meister gefunden zu haben und musste sich eingestehen, dass es spannend und erregend zugleich war.

Sie hätte es vorher nicht für möglich gehalten, dass ein Mann mit einem Drink in der Hand und den minimalsten Bewegungen zur Musik so heiß aussehen konnte. Doch Josh perfektionierte es. Was auch daran lag, dass er sie keine Sekunde aus den Augen ließ, während sie sich zum Beat bewegte.

Erst als Liz mit einem vollen Tablett an ihr vorbeilief und ihr ins Ohr raunte, dass die ganze Belegschaft sie und Josh auffällig beobachten würde, wandte sie sich ab.

Prompt stand Josh hinter ihr.

Ohne ihn anzusehen, flüsterte sie. »Sie schauen uns alle an.«

»Sollen sie doch«, erwiderte er cool. »Alle Männer schauen dich heute Abend an. Warum sollte ich da die Ausnahme sein?« Sein heißer Atem, gepaart mit seinen Worten bescherten ihr erneut Gänsehaut am ganzen Körper. Sie hatte keine Ahnung, wohin sich ihre und Joshs Zurückhaltung heute Abend hin verabschiedet hatte, doch sie genoss diesen heißen Flirt viel zu sehr, als dass sie ihre Vernunft ihn vereiteln lassen würde.

»Frische Luft?«, fragte er mehr als eindeutig.

Sie musste nicht lange überlegen und nickte.

Gerade als sie sich durch die tanzenden Kollegen schlängeln wollten, ertönte Ryans Stimme hinter ihnen.

»Mr. McAllistar, warten Sie.«

Josh legte den Kopf mit genervtem Blick in den Nacken und drehte sich leise seufzend um.

Betty fand es sehr niedlich, wie sehr ihn die Störung zu ärgern schien.

»Ja, Ryan? Geht es Ihnen denn besser? Sie waren ja heute noch krankgeschrieben?«, fragte Josh zwar freundlich, doch Betty entging die Intention hinter der Frage natürlich nicht. Wer kam schon morgens nicht zur Arbeit, dafür aber abends zur Weihnachtsfeier? Zudem schien Ryan, zumindest äußerlich, topfit zu sein.

»Ja, danke, alles wieder bestens. Ich habe am Handy gesehen, dass Sie mir während meiner Abwesenheit eine Mail geschrieben hatten – mit dem Betreff Weihnachtsaktion –, doch ich konnte sie auf meinem Smartphone nicht öffnen. Ich brauche wohl dringend ein Update.«

»Ich wollte Sie lediglich über eine Werbeaktion informieren, die bereits von Ms. Davis ausgearbeitet und organisiert wurde. Wir konnten leider nicht auf Ihre Rückkehr ins Büro warten, da diese bereits morgen stattfinden soll.«

»Okay, klingt super. Dann komme ich morgen auch. Ich bin sehr gespannt. Betty, vielleicht hast du ja Lust, mir dann alles darüber zu erzählen.«

Schüchtern nickte sie und versuchte, Anzeichen in seiner Miene auszumachen, die auf Zorn hindeuteten, da sie ihn quasi übergangen hatte. Doch zu ihrer Überraschung wirkte er total entspannt.

»Gern.«

»Alles klar, dann ...« Josh wollte sich bereits wieder in Bewegung setzen.

»Wollten Sie gerade raus an die frische Luft?«, fragte Ryan fröhlich. »Da würde ich mich doch glatt anschlie...«

»Nein. Wollten wir nicht«, erwiderte Josh knapp, aber sehr bestimmt.

»Wir? Nach draußen?«, fragte Betty etwas zu schrill und schüttelte mit ahnungsloser Miene den Kopf. »Nein, absolut nicht. Die richtig gute Party findet doch hier drinnen statt.«

»Darf ich dann um einen Tanz bitten?« Ryan streckte ihr seine Hand entgegen.

Abgesehen davon, dass sie nicht wusste, wie er auf die Idee kam, dass man zu der Musik einen Paartanz vollführen könnte, bemerkte sie, wie sich Joshs Gesichtszüge verhärteten.

»Ich wollte eben noch etwas mit Ms. Davis klären«, erklärte Josh nun bossmäßig und blickte sie an. »Außer, du möchtest lieber tanzen gehen?«

Sie meinte sogar, einen Hauch von Unsicherheit in seiner Miene erkannt zu haben, doch prompt breitete sich Erleichterung darauf aus, als sie verneinte. »Nein, tut mir leid, Ryan. Wir müssen wirklich dringend etwas klären.«

Sanft schob Josh sie zurück durch die partywütige Menge und raunte ihr ins Ohr. »Am liebsten würde ich klären, wie wir beide hier schnellstens unauffällig verschwinden können.«

Schlagartig versteifte sich ihr Körper. Würde es heute Abend *darauf* hinauslaufen? Dass er sie mit nach Hause nahm oder sie ihn? Sie hatte sich kopflos auf diesen Flirt eingelassen, doch dass er tatsächlich mehr wollte, beschleunigte ihren Puls. Seit ihrem Vorstellungsgespräch bei ihm im Büro hatte sie sich gefragt, was sich unter dem Anzug versteckte, wie seine Küsse schmecken und sich seine Hände auf ihrer Haut anfühlen würden. Sie warf sämtliche Zweifel über Bord. Heute Abend würde dieser Mann ihr gehören, egal, was der nächste Tag bringen mochte.

Die vielen Drinks an diesem Abend führten Betty zur Damentoilette. Als sie gerade die Tür aufstieß, hätte sie mit dieser beinahe Josh in dem schmalen Flur getroffen.

Eilig blickte sich dieser um, ehe er nach ihrer Hand griff und sie an sich heranzog.

Überrumpelt von der Flirtoffensive am heutigen Abend, wurde sie prompt schüchtern. »Denkst du, das ist eine gute Idee?«

Seine Miene wurde ernst. »Du meinst, wegen meines feigen Rückziehers nach dem Kuss auf dem *Maint's*?«

Betty war überrascht, dass er es selbst ansprach, da sie das Thema seit dem Abend beide vermieden hatten. Viel mehr als ein Nicken bekam sie nicht raus.

»Wie du vielleicht schon bemerkt hast, fällt es mir sehr schwer, mich von dir fernzuhalten, obwohl du ab Januar fest für uns arbeiten wirst.« Er senkte den Blick. »Und dein Outfit macht es mir nicht viel leichter.«

Sie schmunzelte. »Wie du vielleicht schon bemerkt hast, geht es mir ähnlich.«

Schritte näherten sich ihnen, und ertappt machte Betty einen Satz nach hinten und lief den schmalen Gang entlang, um zu den anderen zurückzukehren. Seine Worte stimmten sie nun doch nachdenklich. Alles, was er ihr gestanden hatte, war, dass er sich körperlich von ihr angezogen fühlte. An seiner grundsätzlichen Einstellung schien sich nichts geändert zu haben.

Josh wurde immer wieder in Gespräche verwickelt, weswegen Betty sich zurück auf die Tanzfläche begab. Sie hatte dort unglaublich viel Spaß mit ihrer zukünftigen Kollegin Sarah, mit der sie sich auch ein Büro teilen würde, und hüpfte gerade zu einer sehr poppigen Version von *Santa Claus Is Commin' to Town* herum, als sie bemerkte, dass sich das Restaurant nun auf einen Schlag ziemlich leerte.

Es herrschte allgemeine Aufbruchstimmung, und die Kollegen verabschiedeten sich in Grüppchen, da sich die meisten vermutlich ein Taxi teilen wollten.

George McAllistar und Judy hatten es sich bei einem Gläschen Wein an der Bar gemütlich gemacht und unterhielten sich angeregt mit Liz, während Josh die Mitarbeiter der Finanzbuchhaltung verabschiedete.

Er kam gerade auf sie zu, als Sarah fragte: »Wohin musst du? Wollen wir uns ein Taxi teilen? Die sind einfach so verdammt teuer.« Mit einem schiefen Grinsen wartete sie auf ihre Antwort.

Josh schien die Frage ebenfalls gehört zu haben, denn er hob gespannt die Augenbrauen.

»Ähm, nein, sorry, ich werde noch eine Weile bleiben. Liz, die Besitzerin, ist meine beste Freundin, und ich möchte ihr noch aufräumen helfen.«

»Oh, ist das cool«, rief Sarah begeistert. »Ich wünschte, meine beste Freundin hätte so ein Restaurant.« Sie winkte ihr zum Abschied zu. »Dann sehen wir uns nächste Woche.« Als sie sich umdrehte, wäre Sarah beinahe gegen Josh gerannt. »Ups, Mr. McAllistar, sorry. Vielen Dank, die Feier war richtig toll. Schönen Abend noch.«

»Ihnen auch einen schönen Abend«, verabschiedete er sich gerade noch förmlich, als sein Blick bereits wieder zu Betty flog. »Ich hatte kurz Sorge, du würdest auch schon nach Hause wollen.« Er kam näher, blickte sich um, aber außer seinem Vater und Judy waren tatsächlich alle gegangen. »Es tut mir leid, dass ich dich die letzte Stunde vernachlässigt habe.«

Sie schenkte ihm ein freches Grinsen. »Vernachlässigt würde ich das nicht nennen, du hast neunundfünfzig der sechzig Minuten zu mir herübergeschaut.«

Erneut hoben sich sein Mundwinkel, und sie hätte sich am liebsten in seine Arme geworfen. Dieses leichte Schmunzeln zwang sie in die Knie.

»Wie hätte ich das auch nicht können?«

»Das bringt mich zurück zu meiner Frage von vorhin: Was ist heute mit Ihnen los, Mr. McAllistar?« Sie hauchte seinen Namen dabei so verführerisch, dass er den Blick mit einem breiten Grinsen auf dem Gesicht abwandte.

»Sind Weihnachtsfeiern nicht dazu da, um Spaß zu haben? Man trinkt zu viel, tanzt peinlich und teilt sich dann ein Taxi?«

Betty gefiel der Plan. Das musste sie zugeben. Die Frage, wie sie mit einer erneuten Abfuhr klarkommen würde, verdrängte sie in den hintersten Teil ihres Kopfes. Sie könnte ab morgen früh wieder versuchen, ein professionelles Verhältnis zu ihrem Chef zu haben. »Das sehe ich genauso.« Betty wollte dieser Aussage mit einer ernsten Miene Nachdruck verleihen.

Er trat näher und streichelte mit seinen Fingern sanft über ihren Arm, seinen Vater und Judy dabei immer im Blick. »Sicher?«

Betty war sich sicher. Ihr Körper verzehrte sich nach diesem Mann. Heute Nacht wollte sie Santa Claus vernaschen, der morgen früh wieder nur ihr Boss sein würde.

Sie nickte.

»Wollen wir uns dann ein Taxi teilen?«, fragte Josh sie mit einem spitzbübischen Lächeln.

»Ich verabschiede mich kurz von Liz.«

Er folgte ihr zu Bar.

»Ich würde Ms. Davis dann sicher nach Hause bringen«, kündigte Josh zu ihrer Überraschung ohne Umschweife in der Runde an.

»Tu das, Sohn.« George McAllistar wandte sich Betty zu. »Sie haben wahrlich unsere Weihnachtsfeier gerettet.«

»Das freut mich sehr! Liz, brauchst du noch Hilfe?«

Diese versuchte, sich angestrengt ein Grinsen zu verkneifen, das erkannte Betty sofort. »Nein, geh ruhig. Du hast schon so viel bei der Vorbereitung geholfen. Viel Spaß, ähm, gute Nacht, meine ich.« Ihre beste Freundin hatte ihre Pläne natürlich längst durchschaut.

»Vielen Dank, Liz. Es war großartig! Einen schönen Abend euch noch«, verabschiedete sich nun auch Josh.

Aufgeregt nahm Betty ihren Mantel von der Garderobe.

Gentlemanlike half er ihr hinein und hielt ihr die Tür beim Verlassen des Restaurants auf.

Zu ihrer Überraschung stand schon ein schwarzer sehr teuer aussehender Wagen bereit. Sie musste schmunzeln, als er ihr die Wagentür aufhielt. Da war wohl jemand ungeduldig.

Sie nannte dem Chauffeur ihre Adresse. Zu Hause fühlte sie sich am wohlsten. Ein top gestyltes Penthouse und ein Bett, in dem Josh üblicherweise Models verführte, wäre ihrer Nervosität nicht zuträglich gewesen.

Er schien nichts dagegen zu haben und raunte ihr ins Ohr: »Gut, das liegt näher.«

Er war wohl wirklich ungeduldig. Doch Betty ging es nicht anders. Ihr Vorspiel hatte nun bereits den ganzen Abend angedauert. Ach was, eigentlich die gesamte Zeit, die sie bereits im *Maint's* arbeitete.

Josh war nicht der Typ, der auf der Rückbank einer Limousine vor den Augen eines Chauffeurs rummachte, daher beschränkte er sich darauf, einen Arm um sie zu schlingen und sie mit festem Griff zu sich heranzuziehen. Wobei er die Hand an ihrem Po liegen ließ. Sie hatte entgegen jeder Vernunft auf den Sicherheitsgurt verzichtet, um genau dieses Szenario möglich zu machen.

Joshs andere Hand hatte sich sanft auf ihren Oberschenkel gelegt, und diese Coolness, mit der er auf Tuchfühlung ging, ließ sie beinahe ehrfürchtig erstarren. Sie war bekanntermaßen nicht auf den Mund gefallen und auch im Schlafzimmer alles andere als passiv, doch das Kaliber von Mann, das neben ihr saß, schüchterte sie tatsächlich etwas ein.

Kaum hatte sie die Haustür aufgeschlossen, war seine Zurückhaltung verflogen. Noch ehe die Tür im Schloss eingerastet war, hatte er sie bereits gegen das Holz gepresst und sein Gesicht an ihrem Hals vergraben. Begierig küsste er ihre empfindliche Haut, und ein kleines Stöhnen entwich Bettys Lippen. Er packte mit beiden Händen ihren Hintern und hob sie hoch. Doch das enge Kleid erlaubte es Betty nicht, ihre Beine weit genug zu spreizen, um Josh umschließen zu können. So ließ er sie sanft wieder auf den Boden sinken und griff nach dem Reißverschluss ihres Kleides.

Sie half ihm, in dem sie ihre Haare über eine Schulter legte.

Er kämpfte einige Sekunden mit dem Zipper. »Der Reißverschluss klemmt.«

»Dann schieb es einfach hoch«, entgegnete sie ungeduldig, während sie sich gegen ihn lehnte.

»Vergiss es«, erwiderte er mit einem Schmunzeln, »vorher reiß ich es dir vom Körper.« Er zog erneut energisch am Reißverschluss. »Sonst denke ich noch, ich habe Sex mit einer Christbaumkugel.«

Betty musste laut auflachen. »Sehr romantisch.«

»Du stehst auf Romantik?«

Während er noch immer mit dem Verschluss ihres Kleides rang, ließ er seine Lippen sanft ihren Hals hinauf bis zu ihrem Ohr wandern, und sein heißer Atem kitzelte ihre Wange. »Seit ich dich das erste Mal gesehen habe, übst du eine mir bis dahin unbekannte Anziehung auf mich aus. Und das entgegen aller Vernunft nicht nur körperlicher Natur. Dennoch will ich dich unbedingt aus diesem wunderschönen und verdammt sexy Kleid holen, um endlich sehen zu können, was sich darunter verbirgt.«

Leise kicherte Betty. »Hat dich das giftgrüne Elfenkostüm so neugierig gemacht?«

»Du unterschätzt das Outfit. Dieser Elfenanzug sitzt wie eine zweite Haut, und dieser knackige Hintern«, er gab ihr einen sanften Klaps auf den Po, »hüpft den ganzen Tag vor meiner Nase rum.« Sein Mund kam ihrem Ohr noch näher. »Und ich habe mich ganz sicher mehr als einmal gefragt, was sich darunter versteckt. Das lasse ich mir doch jetzt nicht entgehen.«

Doch der Verschluss schien einfach nicht nachzugeben, und Betty wurde langsam genauso ungeduldig wie Josh. Sie konnte es kaum erwarten, so einiges Unartiges mit ihrem Santa anzustellen.

»Ich kaufe dir ein neues«, raunte dieser nun, bevor er mit einem kräftigen Ruck an beiden Seiten des Kleides zog und es mit einem lauten Ratsch auseinanderriss. Auch wenn es schade um das schöne Kleid war, machte es sie wahnsinnig an.

Das Glitzerkleid fiel zu Boden, sie drehte sich zu ihm und stieg mit den Stilettos elegant heraus. Lediglich in heller Spitzenunterwäsche und den hohen Schuhen stand sie nun vor Josh.

Dieser ließ seinen Blick ohne Eile über ihren fast nackten Körper wandern. »Verdammt«, war das einzige Wort, das ihm über die Lippen kam, als er sich über den Bart strich. Plötzlich schlang er seine Arme um ihre Taille und zog sie zu sich. »Noch schöner, als ich es mir vorgestellt habe.« Dann legte er endlich seine Lippen auf die ihren. Sanft und fordernd zugleich strich er über ihren Mund, den sie begierig für ihn öffnete. Als ihre Zungen sich trafen, explodierte ein Feuerwerk in Bettys Körper. Kein Mann hatte sie jemals mit einer solchen Leidenschaft geküsst. Sie vergrub ihre Hand in seinen vollen Haaren und zog ihn fordernd an sich heran, während sie ihm in die Unterlippe biss, um diese direkt anschließend mit ihrer Zunge zu liebkosen.

»Du hast eindeutig noch zu viel an«, hauchte sie ihm ins Ohr.

»Darum kümmern wir uns gleich.« Er riss sich die Schleife vom Hals, bevor er sie erneut mit beiden Händen an ihrem Hintern packte und hochhob.

Voller Vorfreude umschlang Betty ihn mit den Beinen. »Zweite Tür links«, wies sie ihm den Weg in ihr Schlafzimmer.

Vor ihrem Bett stoppte er und ließ sie sanft darauf ab. Ungeduldig schob sie ihm das Sakko von den Schultern und knöpfte sein Hemd auf, während er sich über sie beugte, um sie erneut zu küssen. Als sie auch endlich das weiße Hemd über seine Schultern streifen konnte, stockte ihr der Atem. Sie hatte gewusst, dass er gut gebaut war, und obwohl sie in der Umkleide bereits einen kurzen Blick hatte erhaschen dürfen, machte sie dieser Anblick sprachlos. Jeder Muskel auf diesem Oberkörper war definiert und stahlhart. Begierig fuhr sie mit ihren Fingerkuppen seine Brustmuskeln nach und streifte weiter hinab zu seinem Sixpack, während er sanft ihren Hals küsste.

»Vermutlich der heißeste Santa, der mir je untergekommen ist.«

»Ganz sicher der heißeste und unartigste Elf, der mir je untergekommen ist«, erwiderte er mit einem leisen, rauen Lachen, das dafür sorgte, dass Betty erschauderte.

»Willst du herausfinden, *wie* unartig?«, fragte sie und schenkte ihm einen lasziven Blick unter halb geöffneten Lidern. All das Kribbeln in ihrem Körper sammelte sich nun in ihrer Mitte, die sich bereits in freudiger Erwartung zusammenzog.

»O ja«, raunte er und verfolgte mit seinem Blick ihre Hände, die nach seiner Hose griffen.

Auch wenn Josh sie gewähren ließ, als sie ihm die Anzughose mitsamt den Boxershorts hinabstreifte, übernahm er, kaum dass er aus der Kleidung gestiegen war, wieder die Führung. Er schien nicht gern die Kontrolle abzugeben.

Nackt beugte er sich erneut über sie, griff mit einer Hand an den Verschluss ihres BHs und öffnete diesen geschickt mit nur einer Fingerbewegung.

Betty half ihm beim Ausziehen der hellen Spitze und entfloh seinem Blick keinen Moment. Zu schmeichelhaft und intensiv war Joshs Reaktion auf sie. Das freche Funkeln in seinen Augen nahm zu, ebenso wie in die Begierde darin.

Ohne Eile widmete er sich ihren Brüsten, legte seine Hände darum, streifte über ihre harten Spitzen und liebkoste sie mit der Zunge. Ihre Erregung stieg ins Unerträgliche, und eine verzehrende Hitze strömte in alle Poren ihres Körpers. Sie wollte diesen Mann unbedingt spüren. Doch Josh ließ sich nicht beirren und erkundete ihren Körper mit verführerischen Blicken. Seine Lippen wanderten von ihren Brüsten aus ihren flachen Bauch hinab, bis zu dem Saum des Spitzenhöschens, das mehr offenbarte, als verbarg – allen voran ihre immense Erregung. Das war auch Josh nicht entgangen. Mit einem Schmunzeln auf den Lippen hakte er jeweils einen Finger seitlich unter den Stoff und streifte ihr den Slip ganz langsam über die Beine.

Betty schluckte schwer, als sie völlig nackt vor ihm lag, entspannte sich jedoch prompt, als sie sah, mit welchem Gesichtsausdruck Josh sie betrachtete. Sie fühlte sich in diesem Moment nicht nur wie die schönste, sondern auch wie die begehrteste Frau der Welt.

Erneut fuhr er sich beinahe andächtig über den Bart. »Du weißt gar nicht, wie lange ich davon schon träume.«

»Wie lange?«, fragte Betty und seufzte leise auf, da Josh nun mit seinen Fingern ganz langsam durch ihre bereits lodernde Mitte fuhr. Sie wollte mehr davon, von seinen Berührungen, seinen Blicken ... von ihm.

»Seit dem Moment, als ich dich zum ersten Mal in meinem Büro gesehen habe«, murmelte er gegen ihre Haut am Bauch, während seine Lippen sanft darüberstrichen.

Ehe sie sich's versah, versank er mit seinem Gesicht zwischen ihren Beinen und schenkte ihr das atemberaubende Gefühl von purer Erregung. Je intensiver Josh sie verwöhnte, desto mehr verlor sie die Kontrolle über ihren Körper. Unter lautem Stöhnen wand sie sich unter ihm und drängte sich ihm auf der Jagd nach Erlösung entgegen. Auch wenn sie gleichzeitig wollte, dass es niemals endete. Zu gut fühlte es sich an, was Josh mit ihr anstellte.

Als er seinen Blick hob, ohne von ihr abzulassen, war es um sie geschehen. Ein überwältigender Orgasmus rollte über sie hinweg, strömte ihr heiß und kalt zugleich durch die Adern und ließ sie am ganzen Körper erzittern. Josh löste sich erst von ihr, als ihr Höhepunkt abgeklungen war, und blickte sie zufrieden, aber noch immer lustvoll an.

Mit einem breiten Grinsen griff er nach seinem Sakko auf dem Boden vor dem Bett, langte nach seinem Portemonnaie in der Innentasche und holte eine goldene Plastikpackung daraus hervor. Josh beugte sich über Betty, während er einen Arm um ihre Taille schlang. Mit Schwung drehte er sich auf den Rücken und zog sie mit sich. Nur war es Betty, auf deren Gesicht sich ein Lächeln schlich. Wortlos setzte sie sich auf, nahm Josh die Packung aus der Hand, öffnete sie und streifte ihm das Kondom über die beeindruckende Länge. Ihre Berührungen ließen ihn aufstöhnen, was sie nur noch mehr erregte. Zu wissen, wie sehr dieser Mann sie begehrte und in diesem Moment wollte, ließ sie beinahe erneut kommen.

»Wolltest du mir nicht zeigen, wie unartig du bist?«, fragte er sie mit zuckenden Mundwinkeln.

Mit einem derart diabolischen Grinsen, das sie für die kommenden Jahre auf Santas Liste der bösen Mädchen setzen würde, hob sie ihre Hüften an, um dann ganz langsam auf Josh herabzusinken, was ihm ein angespanntes Knurren entlockte.

Ohne seinen Blick freizugeben, begann sie, ihre Hüften zu bewegen.

Kapitel 11

Als sie am nächsten Morgen die Augen aufschlug, blickte sie in Joshs Gesicht. Jedoch nicht auf der anderen Seite des Bettes, sondern direkt über ihr. Er trug bereits wieder seinen Smoking und stützte sich mit einer Hand neben ihrem Kopf ab.

»Guten Morgen.« Er schenkte ihr ein sexy Lächeln.

»Guten Morgen. Hast du es so eilig?«, fragte sie perplex.

Er zog eine leidende Grimasse. »Du hast keine Ahnung, wie gern ich jetzt neben dir in diesem Bett liegen und noch mal einen Blick auf die wundervolle Frau unter dieser Decke werfen würde. Doch entgegen meiner Hoffnung hat sich das Problem mit dem Lieferanten wohl doch noch nicht gelöst. Und wenn wir weiterhin Spielzeug in den Regalen haben wollen, muss ich nun dringend ein paar Sachen klären.«

Sie schlang die Arme um seinen Hals. »Schade. Ich hätte andere Pläne mit dir gehabt.«

»Betty, wir hatten ja gesagt, dass ...«

Sie löste ihre Umarmung und hob die Hände entschuldigend. »Ich weiß, ich weiß, das war eine einmalige Weihnachtsparty-Sache.« Um ein wenig Distanz aufzubauen, zog sie die Bettdecke ein Stückchen weiter über ihre Brüste.

Doch Josh bewegte sich keinen Millimeter. »Nein, also ja, ich weiß, ich hatte gesagt, dass es nur wegen der Weihnachtsfeier ist, aber«, unbeholfen kratzte er sich am Hinterkopf, »ich würde das eigentlich gern wiederholen.«

Mit großen Augen sah sie ihn an. »Du meinst, so etwas

wie eine Affäre?« Obwohl ihr Körper in Jubel ausbrach, war sie sich ziemlich sicher, nicht den notwendigen emotionalen Abstand für eine rein körperliche Beziehung zu haben.

»Nein, ja, keine Ahnung, ich weiß es selbst nicht. Aber die Nacht war unglaublich schön. Zu schön, um sie nicht zu wiederholen. Was meinst du?«

»Ja, klar, schon«, stammelte sie unsicher.

Josh schien zu bemerken, wie sie mit sich haderte. »Ich wollte dich damit nicht überfallen. Lass uns in Ruhe darüber sprechen, okay? Ich muss leider wirklich los, aber wir sehen uns später, ja?« Er gab ihr lediglich einen Kuss auf die Stirn, da ihr Zögern ihn wohl verunsichert hatte.

Doch sie musste sich eingestehen, dass sie wohl zu viele Gefühle für ihren Boss aufgebaut hatte, als dass sie sich mit einer bloßen Affäre zufriedengeben könnte, egal, wie atemberaubend die Nacht gewesen war. Obwohl ihre Gedanken, ebenso wie ihr Magen – dieser aber aufgrund der vielen Drinks gestern Abend – Karussell fuhren, versuchte sie, nochmals die Augen zu schließen. Es war sieben Uhr morgens, und sie musste erst um zehn im Kaufhaus sein.

Doch prompt riss ihr Handy sie aus den Gedanken. Sie hatte eine Nachricht von Liz erhalten, die ganz offensichtlich vor Neugier platzte. Ihre beste Freundin war auch so eine Frühaufsteherin. Etwas, das Betty niemals würde nachvollziehen können.

Sie drückte auf die Kurzwahltaste für Liz, stellte den Lautsprecher an und drehte sich mit geschlossenen Augen nochmals im Bett um.

»Was geht?«, rief ihre Freundin schrill ins Telefon. »Wie war die Nacht? Ich will alles wissen.«

»Definitiv die beste Nacht meines Lebens. Dreimal die beste Nacht meines Lebens«. Betty seufzte leise.

»Okay«, entgegnete Liz lang gezogen. »Und warum klingst du, als hättest du bei drei Runden keinen einzigen Orgasmus gehabt?«

Nun musste Betty doch auflachen. »Falsch. Irgendwann habe ich aufgehört zu zählen.«

»Ja, also! Warum denn dann diese Weltuntergangsstimmung?«

»Der ganze Vibe zwischen Josh und mir gestern war ja schon komisch. Er hatte nach dem Kuss auf dem Dach zuerst einen Rückzieher gemacht, dann ich bei dem Tanz im Kaufhaus, aber gestern Abend war es irgendwie anders.«

»Ihr wart halt beide einfach total scharf aufeinander«, analysierte ihre Freundin sehr treffend.

»Ja, das auch. Und wir wollten uns wohl beide diesen einen kleinen Weihnachtsfeier-Ausrutscher gönnen, bevor ich ab Januar fest im Kaufhaus arbeiten werde.«

»Und jetzt hast du gemerkt, dass du es wiederholen willst, richtig?«

»Fast. Also ja, schon, aber Josh war es, der eben meinte, er würde es gern wiederholen. Aber sein Vorschlag ging eher in Richtung heimlicher Affäre, wenn ich es richtig interpretiert habe.«

»Ui, das ist schwierig. Ist er noch da? Oder hast du ihn nach dem Vorschlag rausgeworfen?«

Betty stöhnte erneut. »Weder noch. Irgendwelche Probleme im Kaufhaus. Er ist schon weg und will später in Ruhe darüber reden.«

»Gibt es für dich überhaupt etwas zu besprechen?«, fragte Liz schmatzend. Sie saß wohl offensichtlich gerade beim Frühstück, und prompt sehnte Betty sich nach einem heißen, dampfenden Kaffee.

Genervt schlug sie die Decke zurück, schlüpfte in ihre flauschigen Rentier-Pantoffeln und griff nach dem Bademantel, der über dem Stuhl neben dem Bett hing. Mit dem Handy in der Hand ging sie zur Kaffeemaschine, um ihre Gelüste zu stillen.

»Liz, es war unglaublich. Dieser Mann hat Sachen drauf, er bringt dich innerhalb von Sekunden um den Verstand.

Aber wir kennen mich – ich bin nicht gut darin, Körper und Herz zu trennen.«

»O Gott, ja, ich erinnere mich an Brandon und Steve und wie hieß der mit den komisch rasierten Haaren? Du weißt schon, die eine Seite so kurz und die andere ...«

»Brian«, half Betty ihrer Freundin auf die Sprünge. »Du siehst, es ging jedes Mal schief, weil immer einer irgendwann mehr wollte. Und bei Josh weiß ich ganz sicher, dass ich es sein werde.«

»Puh«, stöhnte nun auch Liz. »Echt nicht so einfach. Jetzt konzentriere dich erst mal auf deine Charity-Aktion heute, sie bedeutet dir so viel. Alles andere kannst du später noch klären.«

»Das werde ich machen. Ich danke dir, Liz.«

Betty hatte beschlossen, all die verwirrenden Gedanken zu Josh beiseitezuschieben, bis die Aktion hoffentlich bereits heute Abend erfolgreich abgeschlossen sein würde.

Mit einem strahlenden Lächeln lief sie in Richtung der Weihnachtswelt, zog jedoch die Stirn in Falten, als Josh nicht bereits als Santa Claus verkleidet, sondern in einem dunkelgrauen Anzug und starrem Blick mit Ryan dort stand.

Als der Marketingchef sie erblickte, sagte er etwas zu Josh, und dieser wirbelte zu ihr herum. Seine Miene wurde zornig, und sie konnte sich keinen Reim auf die Reaktion auf sie machen. Übelkeit breitete sich in ihrem Magen aus.

Josh stürmte auf sie zu, und instinktiv machte sie ein paar Schritte zurück, als er sich in voller Größe vor ihr aufbaute.

Obwohl ihr klar war, dass es nicht der richtige Zeitpunkt für Scherze war, war es ihre natürliche Reaktion, wenn sie sich unwohl fühlte. »Wieso siehst du mich an, als hätte ich dich gestern Nacht kastriert und nicht zu einigen überragenden Höhepunkten gebracht?«

»Oh, glaub mir, eine Kastration wäre mir lieber gewesen«, zischte er, und seine Augen funkelten wutentbrannt.

Was zum Teufel war hier los?

»Was für ein Spiel spielst du?« Seine Stimme war leiser, aber dadurch nur noch bedrohlicher geworden.

Betty begann, am ganzen Körper zu zittern. Nicht nur die Unsicherheit, da sie noch immer nicht verstand, wovon er sprach, sondern auch sein hasserfüllter Blick beängstigten sie. »Josh, ich habe keine Ahnung, wovon du sprichst.«

»Ach nein?«, fragte er mit einem zynischen Lachen. »Clever, wirklich clever, das muss ich dir lassen. Sich dem Boss an den Hals werfen, damit dieser nichts bemerkt. Sich bei meinem Vater und Judy einschleimen und so tun, als würde man mit den ganzen Aktionen nur das Beste für das *Maint's* wollen.«

Ihre Unterlippe zitterte, als sie erneut hauchte: »Josh, ich habe wirklich keine Ahnung, wovon du sprichst.« Sie kam nicht mehr gegen die Tränen an, die in ihren Augen aufstiegen.

Doch Josh kannte keine Gnade. »Also bist du nicht *Jessy's* Spitzel? Hast nicht jede Aktion vorab verraten, damit sie sich etwas Besseres ausdenken konnten?«

Völlig entgeistert riss sie die Augen auf. Wut paarte sich mit Unverständnis. »Bist du wahnsinnig? Wie kannst du auf so eine Idee kommen? Warum sollte ich das tun?«

»Lass mich überlegen. Bist du nicht notorisch pleite und nie lange in einem Job?«, fragte Josh gehässig.

Seine Worte fühlten sich an wie ein Schlag in die Magengrube. Betty fühlte sich elend und bekam kaum noch Luft.

Wutentbrannt riss Josh das Tablet in seiner Hand hoch und zeigte ihr etwas, das wohl die Homepage des *Jessy's* war.

Für die ersten fünfhundert Geschenke, die sie bei uns kaufen, spenden wir dasselbe Spielzeug an New Yorker Waisenhäuser, stand dort in neonorangen Buchstaben geschrieben.

Betty wollte ihren Augen nicht trauen. Wie zum Teufel waren die erneut an die Informationen gekommen? Die Aktion würde in einer halben Stunde erst im *Maint's* publik gemacht werden.

Kopfschüttelnd, mit offenem Mund und Tränen in den Augen, blickte sie ihn an. »Ich habe damit nichts zu tun, ich schwöre es.«

»Erinnern wir uns doch mal an deine gute Freundin Lindsay. Arbeitet sie nicht im *Jessy's*? Im Marketing? Und hat sie dich letztens noch mit Kosmetikproben versorgt oder hast du dir die dort persönlich abgeholt? Gibt es noch Goodies für den Verrat?«

»Das ist doch alles totaler Quatsch!« Bettys Stimme überschlug sich.

»Und wie erklärst du dann das hier?« Er presste das weiße Papier, das er bisher in der Hand gehalten hatte, an ihre Brust.

Mit steifen Fingern nahm sie es entgegen. Ungläubig starrte sie auf die E-Mail-Adresse des Absenders. *Betty.Davis@maintsny.com* stand dort. Doch die Adresse des Empfängers war noch interessanter. *Lindsay.Moore@jessys.com*. Sie überflog den Text der Mail, der Lindsay im Anhang nicht nur das ausgearbeitete Konzept der Aktion, sondern auch eine Budgetplanung und bisher entworfenes Werbematerial versprach.

»Ich habe doch gar keine Mailadresse hier?«, rief Betty nun schrill, in der Hoffnung, Josh würde ihr endlich Glauben schenken.

Doch diese wurde prompt zerstört. Genervt stöhnte Josh auf. »O Betty, bitte, wen willst du hier eigentlich für dumm verkaufen? Ryan hat dir längst die Zugangsdaten gegeben.«

»Hat er nicht«, stritt sie die Behauptung vehement ab.

»Ryan, kommen Sie bitte«, rief Josh mit so gepresster Stimme, dass der Marketingchef lossprintete.

»Haben Sie Ms. Davis Ihren Laptop und die Zugangsdaten für Ihren Mailaccount bereits gegeben?« Josh sah ihr noch immer mit starrem Blick in die Augen.

»Ja, kurz nachdem Ihr Vater mir gesagt hatte, dass sie eingestellt wird«, erwiderte Ryan.

»Was redest du da, Ryan? Du hast mir nichts gegeben.« Betty war der Verzweiflung nahe.

»Doch, es liegt alles auf deinem Tisch samt Laptop.«

»Ich wusste doch bis vorgestern nicht einmal, wo ich sitzen werde.« Sie wandte sich Josh zu. »Als du mir den Platz gezeigt hast, lag dort irgendwas?«

»Das ist doch völlig irrelevant, du wirst die Sachen ja schon früher an dich genommen haben«, tat Josh ihren Einwand ab.

»Glaubst du wirklich, ich würde euch das antun? Du weißt, wie viel mir an der Aktion heute lag. Für die Kinder im Waisenhaus.«

Josh schnaubte. »Ah, ja genau, die Nummer mit dem Waisenhaus. Bist du überhaupt Waise oder war das auch gelogen?«

Betty zuckte zusammen. Es fühlte sich an, als hätte er ihr eine schallende Ohrfeige verpasst. Völlig entsetzt machte sie einen Schritt zurück.

Josh biss sich auf die Unterlippe und schien bemerkt zu haben, dass er mit dem Spruch zu weit gegangen war.

Sie wandte sich ab und lief los. Sie hätte sowieso keinen einzigen Satz mehr zustande gebracht.

»Ja, geh nur«, rief ihr ausgerechnet Ryan hinterher. »Wir brauchen keinen verlogenen Elf mehr. Die Anzeige kommt.«

Betty rannte, so schnell sie ihre Beine tragen konnten und mit tränenüberströmtem Gesicht, in Richtung Ausgang. Doch als sie George McAllistar und Judy aus dem Auszug kommen sah, blieb sie abrupt stehen. Der enttäuschte Blick des Seniorchefs traf sie mehr, als sie es je für möglich gehalten hätte. Er war der erste Chef jemals gewesen, der ihr Wertschätzung entgegengebracht hatte, ein Chef, für den sie wirklich ihr Bestes hatte geben wollen. Doch sie war zu feige, das Gespräch zu suchen und sich weiterhin zu verteidigen. Es schien, als wollte ihr hier niemand glauben.

Eine Stunde später saß eine völlig entsetzte Liz bei Betty auf dem Sofa und blickte sie mit weit aufgerissenen Augen an.

»Diese Pissnelke.«

»Josh oder Ryan?«

»Beide. Allein für die Frage, ob du echt Waise bist, würde ich Josh gern seine Zuckerstange brechen, aber dieser Ryan ist doch auch verlogen.«

»Oder er hat mir die Unterlagen hingelegt, und jemand anders hat sie genommen?«

»Ich trau diesem Ryan nicht, der war scharf auf dich, hat dich aber nicht bekommen, und jetzt kommst du und glänzt mit einer Aktion nach der anderen.«

Kopfschüttelnd sank Betty auf das Sofa. »Aber er war die ganze letzte Woche krank. Er kannte die Details gar nicht.«

»Behauptet er.«

»Liz«, verzweifelt blickte sie ihre beste Freundin an, und erneut stiegen ihr die Tränen in die Augen. »Ich kann noch gar nicht begreifen, was da passiert ist und warum mir das jemand in die Schuhe schieben will.«

Enthusiastisch griff Liz nach dem Laptop auf dem Couchtisch. »Wir waschen deine Weste rein.« Mit strengem Blick richtete sie ihren Zeigefinger auf Betty. »Auch wenn du für dieses Arschloch von Josh niemals wieder arbeiten wirst, hast du mich verstanden?«

Mit traurigem Blick nickte Betty. Sie hatte seine Worte von heute noch nicht einmal ansatzweise verdaut und stand aufgrund seines Misstrauens noch immer unter Schock. Wie konnte er ihr das nach der gemeinsamen Nacht zutrauen? »Die Weihnachtsfeier war ein absoluter Traum, und nun befinde ich mich in einem wahr gewordenen Albtraum.«

»Ryan Miller war es, richtig?«, fragte Liz, die bereits hoch konzentriert vor dem Laptop saß. Doch plötzlich hob sie den Kopf. »Was wird aus der Aktion heute? Und mit den Geschenken für die Waisen?«

»Ich habe keine Ahnung«, schluchzte Betty. »Nach dem

fiesen Spruch von Josh konnte ich nicht mehr im Kaufhaus bleiben, es ging einfach nicht.«

Ihre beste Freundin stellte den Laptop beiseite, kam zu ihr herüber und zog sie in eine Umarmung. »Es tut mir so leid. Du warst endlich richtig happy in einem Job. Und dann so was.« Sie löste sich von ihr, legte ihr aber prompt die Hände mit festem Griff an die Oberarme. »Wir finden raus, wer das war, hast du verstanden?«

Eine Stunde später warf Liz den Laptop auf das Sofa. »Das kann doch nicht wahr sein. Welcher Mensch hat nicht einmal ein Facebook-Profil? Jeder Mensch ist auf Facebook.« Verzweifelt raufte sie sich die Haare.

Betty hatte inzwischen eine Phase der Resignation erreicht. Mit starrem Blick in ihren Elektrokamin, in dem Plastikholz feuerrot aufleuchtete, schüttelte sie dauerhaft den Kopf. »Wie willst du was rausfinden? Was willst du überhaupt rausfinden?«

»Dass dieser Ryan es war.«

»Warum ausgerechnet der? Nur um mich loszuwerden?«

»Auch, und um zu vertuschen, dass *er* der Spitzel ist.« Liz schien von ihrer Theorie völlig überzeugt zu sein.

»Aber wieso? Er verdient als Marketingchef sicherlich mehr als gut, hat nette Chefs und freie Hand. Und einen Parkplatz inmitten Manhattans.«

»Josh hat es doch selbst gesagt. Money, Money, Money!«, trällerte Liz. »Wieso sich mit dem Gehalt vom *Maint's* zufriedengeben, wenn man auch noch was dazuverdienen kann?«

Nun wurde Betty doch hellhörig. Sie stützte ihre Ellenbogen auf ihren Knien ab und legte ihr Kinn nachdenklich auf ihre Hände. »Josh meinte mal, dass die Plakatwände leer waren, weil die Vorschläge von Ryan so fürchterlich gewesen seien.«

»Ha«, rief Liz laut und riss ihre Hand hoch.

»Und auch meine Schaufensterkampagne fand Ryan nicht

gut. Er hat sie immer angestaubt genannt und ...« Unter einem lauten Quieken sprang sie vom Sofa hoch.

»Was?«, wollte Liz gespannt wissen.

»Staub! Als das *Jessy's* die Kampagne mit den Bildern kopiert hat, haben sie geschrieben: *Bei uns liegt kein Staub.*« Betty wedelte aufgeregt mit den Händen.

»Da haben wir es doch«, rief ihre beste Freundin energisch.

»Und was machen wir jetzt?«, fragte Betty verzweifelt.

»Beweisen, dass Ryan der Verräter ist.« Liz fletschte ihre Zähne so sehr, dass sie es beinahe mit der Angst zu tun bekam.

Es war elf Uhr abends, als Betty und Liz, angezogen wie Juwelendiebe, um die Ecke des Nebengebäudes des *Maint's* schielten.

»Sollte dann wohl jeder Feierabend gemacht haben, oder?«, vergewisserte Liz sich.

»Ja, ein Glück, dass sie vergessen haben, mir meinen Ausweis abzunehmen.«

»Und du bist dir sicher mit den Kameras?«

»Ich habe in dem Flur, der vom Mitarbeitereingang hineinführt, nie eine gesehen«, erklärte Betty erneut.

»Gut, und wenn, dann sehen sie sowieso erst morgen früh, dass wir drin waren. Und es ist kein Einbruch, wenn man einen Ausweis hat, oder?«

»Dein Wort in Gottes Ohr«, murmelte Betty ängstlich. Sie war nach wie vor noch nicht hundertprozentig von Liz' Idee überzeugt, hatte aber bislang auch keine bessere. »Es sind Bewegungsmelder im Erdgeschoss. Wir müssen uns ganz dicht an der Wand gedrängt bewegen und hoffen, dass wir nicht erfasst werden, okay?«, bläute sie ihrer Freundin zum wiederholten Mal ein.

»Ich komme mir bisschen vor wie ein weiblicher James Bond«, kicherte diese, hob aber prompt entschuldigend die Hand, als sie Bettys warnenden Blick sah.

Bettys Herz hämmerte in ihrer Brust, und ihr rasender Puls bescherte ihr ein lautes Piepsen im Ohr, als sie sich, dicht an die kalte Betonmauer gepresst, in Richtung Treppenhaus bewegten. Vermutlich waren dort doch irgendwo Kameras, aber wie Liz hoffentlich bereits richtig festgestellt hatte, würde die Aufzeichnungen wohl frühestens morgen jemand zu Gesicht bekommen. Es musste ihnen lediglich gelingen, den Bewegungsmelder nicht auszulösen. Sie hatte diesen an der Wand gesehen, als Josh an dem Abend, als sie im Lebkuchenhaus die Zeit vergessen hatten, hinübergegangen war. Das Licht war damals von Rot auf Grün gewechselt. Noch blinkte es Grün.

Erleichtert stieß sie einen Schwall Luft aus, als sie das Treppenhaus erreicht hatten.

Orientierungslos sahen sie sich in Ryans Büro um.

»Und jetzt?«, fragte Betty. »Wonach suchen wir?« Irritiert blickte sie auf einen Strauß roter Rosen in einer Vase auf dem Schreibtisch.

Liz hingegen war schon im Ermittlermodus, kramte in Aktenstapeln und versuchte, Schränke und Schubladen zu öffnen. »Verdammt«, fluchte sie nun ungehalten. »Den Laptop hat er wohl mitgenommen, und hier ist einfach alles abgeschlossen. Der hat ganz sicher etwas zu verberg...«

»Hallo?«, ertönte eine tiefe Stimme aus dem Flur, und sie konnten den Strahl einer Taschenlampe sehen. »Hallo? Ist da jemand?«

Betty erkannte die Stimme von Mike, dem Wachmann. Blanke Panik brach in ihr aus. Sie wies Liz, die gerade unter dem Schreibtisch nach etwas Brauchbarem suchte, an, sich dort zu verstecken.

Keine Sekunde zu früh, denn Mike hatte wohl auch ihren Taschenlampenstrahl entdeckt. Betty hatte in ihrer Schockstarre gar nicht daran gedacht, diese auszuschalten.

Er drückte auf den Lichtschalter, und Erleichterung paarte

sich mit Freude in seinem Gesicht. »Betty? Was machst du denn noch hier?«

Offensichtlich hatte er dank seiner heutigen Nachtschicht noch nicht mitbekommen, dass sie des Hochverrats bezichtigt und verstoßen worden war. Der Wachmann in der Tagesschicht hatte bestimmt ein Bild von ihr ausgehändigt bekommen, mit der Anweisung, sie rauszuschmeißen, sollte sie auftauchen.

Ihr Gehirn ratterte auf Hochtouren. Behaupten, dass sie noch arbeitete, machte keinen Sinn, schließlich war sie der Elf, und sie stand dem Wachmann gerade in einem schwarzen Einteiler gegenüber. Ihr Blick fiel erneut auf die Rosen. Hektisch riss sie ein paar Blätter ab und warf sie unter einem schrillen Lachen in die Luft.

»Das soll eine Überraschung werden, deswegen auch kein Licht«, erklärte sie so gelassen wie möglich.

»Für Mr. Miller?«, fragte Mike skeptisch.

»Ja.« Sie machte einen Schritt auf ihn zu und legte ihre Hand auf seinen Unterarm. »Du musst mir versprechen, es für dich zu behalten, aber zwischen Ryan und mir, du weißt schon, da knistert es gewaltig. Aber mal so richtig ...«

Der Wachmann kniff sichtlich irritiert die Augen zusammen. »Komisch, ich dachte eher, du und der Juniorchef ...«

»Nein«, stritt Betty laut ab, begleitet von einer wegwerfenden Handbewegung. »Also bei Ryan und mir hat's gefunkt, aber frag nicht, wie, da sprühen die Funken nur so. Wir können kaum die Hände voneinander lassen. Und na ja, da wollte ich ihn halt überraschen und sein Büro romantisch dekorieren. Mit Rosen und süßen Liebesbotschaften und so weiter.« Um ihrer Behauptung Nachdruck zu verleihen, riss sie erneut ein paar Blätter von den Blumen ab und warf sie auf den Schreibtisch.

Mikes Gesicht nahm einen zerknirschten Ausdruck an. »Betty, so schön ich die Idee auch finde. Du weißt, die Chefs mögen es überhaupt nicht, wenn so spät noch jemand im

Kaufhaus ist. Ich lasse mir jetzt oben im Restaurant einen Kaffee raus, und wenn ich in zehn Minuten zurück bin, wäre es klasse, wenn du hier fertig bist, okay?«

Ein schlechtes Gewissen kam in ihr auf. Sie fühlte sich schlecht, dass sie Mike belogen hatte, obwohl sie ja tatsächlich mehr oder weniger eingebrochen waren, um herumzuschnüffeln. Brav nickte sie.

»Schönen Abend dir noch, Betty.« Mike hob die Hand und war aus der Tür.

»Dir auch und vielen Dank. Ich bin gleich weg, versprochen.« Erleichtert stieß sie einen Schwall Luft aus, nahm den Strauß Rosen aus der Vase und donnerte die Blumen auf den Schreibtisch. Dann deutete sie Liz mit hektischen Handbewegungen an, aus ihrem Versteck zu kommen. »Schnell, lass uns abhauen.«

»Dieser Mike ist ja niedlich«, raunte sie ihr zu, als sie den Flur entlangschlichen.

Dass sie mit ihrem hektischen Abgang den Bewegungsmelder im Erdgeschoss auslösten, war Betty völlig egal. Sie wollte nur noch raus aus dem Kaufhaus.

»Das war ja mal ein Reinfall«, stöhnte Liz übellaunig, als sie wieder bei Betty in der Wohnung waren.

»Trotzdem danke, dass du extra deswegen früher Schluss gemacht hast.« Betty legte ihr einen Arm um die Schulter. »Pizza und Wein?«

»Unbedingt.« Ihre Freundin zog ihr Handy aus der Hosentasche. »Ein Ass habe ich noch im Ärmel. Eigentlich wollte ich ihn nicht anrufen, aber wir haben wohl keine Wahl.«

»Von wem sprichst du?« Betty zog irritiert die Brauen nach oben.

Doch Liz hing bereits am Telefon und deutete ihr mit erhobenem Zeigefinger an, leise zu sein. »Dan, hey«, rief sie übertrieben begeistert, als das Gespräch offensichtlich angenommen worden war. »Ja, ich brauche deine Hilfe. Wir müssen ein paar Sachen herausfinden.«

Entgeistert weiteten sich Bettys Augen. »Was machst du da?«, zischte sie leise.

»Jetzt noch? Echt? Ach, das ist ja super. Ich bezahle dich in Weihnachtskeksen, okay? Perfekt, ich schicke dir gleich die Adresse.« Liz beendete das Gespräch mit einem verschmitzten Grinsen im Gesicht.

»Was war das?«, rief Betty angespannt. »Und warum klang es nicht ... legal?«

»Lass das mal meine Sorge sein. Das geht auf meine Kappe. Je weniger du weißt, desto besser. Aber hol schon mal die Keksdosen, er steht auf Weihnachtsplätzchen. Ach so, und wunder dich nicht, ich gehe davon aus, dass er um diese Uhrzeit schon den ein oder anderen durchgezogen hat.«

Mit einer Mischung aus blankem Entsetzen und Angst sah Betty ihre Freundin an. »Wer bist du? Und was kennst du für Leute?«

»Ich habe doch gesagt, heute Nacht bin ich James Bond.«

Keine Stunde später stand ein beinahe zwei Meter großer Strohhalm mit Segelohren in ihrer Wohnung und fragte, wo er seinen Laptop am Strom anschließen könnte. Wortlos deutete Betty zu einer Steckdose neben dem Esstisch.

Liz überging ihre Irritation und setzte sich Dan gegenüber. »Es geht um Ryan Miller. Marketingchef im *Maint's*. Wir brauchen alles über ihn. Lebenslauf, Fotos aus seinen Jahresbüchern, Strafzettel, Familienkrankheiten – einfach alles.«

Dan blickte sie mit müdem Blick an, der Liz' Hinweis nach wohl etwas anderem als Schlafmangel geschuldet war. »Kekse?«

Eilig stellte Betty ihm einen großen Teller mit haufenweise gestapelten Weihnachtsplätzchen darauf hin und ging dann wieder auf Abstand.

Es war bereits zwei Uhr morgens, als Dan ihnen ihre Ergebnisse präsentierte.

Liz überflog die Liste murmelnd. »Zwei ältere Geschwister, Eltern in Rente, aus Milwaukee, Abschluss an einem staatlichen College, keine Vorstrafen, nie verheiratet gewesen, ehemalige Arbeitgeber, nur einen außer dem *Maint's*, aber noch in Milwaukee.«

Entsetzt riss Betty den Mund auf. »Nicht einen Strafzettel in seinem Leben? Wer ist er? Gott?«

»Das ist echt alles?«, fragte Liz mit enttäuschtem Blick, während Dan sich zwei Kekse auf einmal in den Mund schob.

Mit Ekel, aber auch Bewunderung im Blick sah Betty ihn an.

Nachdem er genüsslich gekaut hatte, erklärte Dan ihnen: »Ich finde kein Foto von dem Guten. Wenn ihr mir eins habt, funktioniert die Suche nach *Mug Shoots* besser.«

»Mug Shoots? Du meinst, diese Fotos, die sie bei einer Verhaftung machen? Die dann im Internet landen?«, fragte Betty.

Da Dan bereits schon wieder einen Keks im Mund hatte, nickte er lediglich.

Betty zückte ihr Handy, konnte aber natürlich weder im Internet noch auf der Homepage des *Maint's* ein Bild von Ryan finden.

Mit skeptischer, beinahe beleidigter Miene sah Dan sie an. »Hast du gerade echt gedacht, du findest eins über Google, während ich zwei Stunden lang gesucht habe? Unter anderem im Darknet?«

»Sorry!«, entgegnete Betty und verzog ihr Gesicht peinlich berührt, als sie das Telefon in ihrer Hosentasche verschwinden ließ.

»Die Weihnachtsfeier!«, rief Liz nun.

»Stimmt, er war gestern da. Aber wer hat Fotos gemacht? Ich nicht.«

»Mauro, mein Kellner. Ich hatte deinen Boss und diese Judy extra gefragt, ob ich sie zu Werbezwecken für Feiern und Feste auf meine Homepage stellen könnte, und sie hatten nichts dagegen.«

Betty hüpfte aufgeregt auf und ab. »Hast du die Bilder schon?«

»Ja, in meinem Postfach.«

»Soll ich mich für dich einloggen?«, fragte Dan völlig gelassen.

»Nein«, presste Liz durch aufeinandergepressten Zähne. »Halt dich aus meinem Postfach raus.«

Sie loggte sich auf Bettys Laptop in ihr elektronisches Postfach ein und öffnete den Ordner mit den Bildern.

Die Fotos lösten ein beklemmendes Gefühl in Betty aus. Sie wirkte so gelöst und glücklich darauf. Nicht selten hatte der Kellner auf den Bildern Joshs und ihre Blicke, die sie sich den ganzen Abend über zugeworfen hatten, eingefangen. Es kam ihr vor, als hätte es diesen Abend und diese Nacht nie gegeben. Als wäre alles nur ein Traum gewesen, und nun war sie zurück in ihrem früheren Leben. Als Versagerin, der es nicht gelang, auch nur einen Job mal länger als vier Wochen zu behalten. Sie blinzelte die heißen Tränen weg und versuchte, sich auf die Fotos zu konzentrieren.

»Da«, rief sie, als sie Ryan auf einem der Fotos im Hof der Restaurants erkannte. »Geht das?«

»Ja«, erklärte Dan mal wieder unbeeindruckt. »Ich optimiere es kurz, bevor ich es durch meine Suchmaschinen jage.«

Es dauerte noch einmal eine geschlagene Stunde, ehe Dan ihnen erneut etwas präsentieren konnte. Sie blickten tatsächlich auf mehrere Bilder aus Highschool-Jahrbüchern, auf eines von einem Gottesdienst in Milwaukee, bei dem er wohl im Chor mitgewirkt hatte, und auf einige Bilder vom College. Es verwunderte Betty nicht allzu sehr, dass er im Buchclub gewesen war. Man könnte meinen, er wäre ein menschgewordener Engel.

Doch nun zog ein Bild ihre Aufmerksamkeit an. Es sah

aus wie aus einer Zeitung. Es war schwarz-weiß und auf einem vergilbt aussehenden Hintergrund. Zudem war es so stark verpixelt, dass es schwer war, überhaupt etwas zu erkennen.

Betty zeigte mit dem Finger darauf. »Ist das von der Weihnachtsparade?«

»Kann gut sein.« Auch Liz schien hoch konzentriert zu versuchen, Ryan auf dem Bild auszumachen.

»Moment.« Mit ein paar wilden Klicks hatte Dan das Bild nicht nur vergrößert, sondern auch so optimiert, damit man Ryan in der ersten Reihe der Weihnachtsparade erkennen konnte. »Von wann ist das Bild?«

»Dieses Jahr ... Thanksgiving. Das war die *Macy's Thanksgiving Day Parade*«, erklärte Dan ihr, als wüsste sie nicht, was die Weihnachtsparade in Manhattan war.

Beinahe schmerzhaft presste Betty ihre Augen zusammen. »Oh, mein Gott«, rief sie laut, als sie erkannte, wer da neben Ryan stand. Doch nicht nur das, er schien sich mit der großen, blonden Frau auch noch zu unterhalten. »Die da«, wild tippte sie auf den Bildschirm und erntete dafür einen kritischen Blick von Dan. »Das ist Lindsay.«

»Die *Jessy's*-Lindsay? Die alte Highschool-Freundin Lindsay?«, wollte Liz aufgeregt wissen.

»Ja, genau die. Du hattest recht.«

Es war fast vier Uhr morgens, als Betty und Liz todmüde in Bettys Bett lagen. Betty hatte Dan einfach eine ganze Keksdose mitgegeben, da er sonst nie mehr gegangen wäre. Noch immer grübelten sie, was sie mit der Erkenntnis anstellen sollten.

»Kannst du das den McAllistars nicht einfach zeigen?«, fragte Liz.

»Was beweist das? Er kennt Lindsay. Als Marketingchefs von großen Kaufhäusern in Manhattan vielleicht gar nicht so ungewöhnlich, oder? Er kann auch behaupten, dass er mit ihr gestritten hat, das sieht man auf dem Bild doch nicht.«

»Würde die Parade nicht drei Stunden dauern, hätte ich vorgeschlagen, wir ziehen uns noch ein Video davon rein, ob wir sie irgendwo darauf entdecken.« Liz gähnte laut.

»Lass uns schlafen. Vielleicht haben wir ja in ein paar Stunden, wenn die Sonne aufgeht, eine zündende Idee.«

Kapitel 12

Mit der zweiten Tasse Kaffee am Morgen war ihre Entschlossenheit zurück. »Ich werde mit dem Bild zu meinen Chefs ... Ex-Chefs gehen. Außerdem sollen sie rausfinden, wer sich in meinen Mailaccount eingeloggt hat, also welche IP-Adresse. Und es gibt ja Überwachungskameras, dann müsste man doch gesehen haben, ob Ryan mir an dem besagten Tag tatsächlich einen Laptop auf den Tisch gelegt hatte – und ob er während seiner Krankschreibung im Büro war und die Infos zur Charity-Aktion gesehen hat«, erklärte sie Liz, die verschlafen an der Küchenzeile lehnte.

»Das klingt nach einem guten Plan. Hoffen wir nur, dass das Foto genügend Misstrauen bei den beiden Herren schürt, dass sie sich darauf einlassen.«

Ihr ganzer Körper war Pudding, als sie an diesem Morgen durch den Haupteingang des Kaufhauses lief. Mit ihrem Mitarbeiterausweis konnte sie mit dem Aufzug bis in den neunten Stock fahren. Sie traute sich nicht in Joshs Büro. Sein wutentbrannter Gesichtsausdruck von gestern hatte sich bei ihr eingebrannt. Daher steuerte sie schweißgebadet das Büro von George McAllistar an. Dieser hob lediglich die Brauen, als er sie entdeckte. Er zögerte kurz, ehe er sie bat einzutreten.

Betty fiel direkt mit der Tür ins Haus, sonst wäre sie vor Nervosität ohnmächtig geworden. »Bitte, Mr. McAllistar, hören Sie mir nur ganz kurz zu. Ich habe mit der ganzen Sache nichts zu tun. Ich wusste bis gestern Vormittag nicht einmal, dass ich bereits einen Laptop oder Zugangsdaten, geschweige denn eine E-Mail-Adresse habe.«

Nachdenklich lehnte sich der Seniorchef in seinem Sessel zurück. »Ich würde Ihnen das sehr gern glauben, wirklich, Ms. Davis. Ich habe bis zu der Enthüllung gestern große Stücke auf Sie gehalten.«

»Hier, sehen Sie«, hektisch riss sie den Ausdruck des Fotos aus ihrer Manteltasche. »Das habe ich im Internet gefunden. Von der diesjährigen Parade, Ryan neben der Marketingchefin des *Jessy's*.«

Tatsächlich wurde George McAllistars Blick kritischer. »Josh«, rief er nun laut, und Betty stockte der Atem. Sie schloss die Augen, sie war nicht bereit für ein Wiedersehen mit ihm.

Doch nur Sekunden später tauchte er im Türrahmen auf. Seine Miene wechselte umgehend von fragend zu verärgert.

»Komm rein und schließ die Tür hinter dir«, forderte sein Vater ihn sachlich auf.

»Was willst du hier, Betty?«, platzte es dennoch aus Josh heraus, noch während er die Tür ins Schloss knallen ließ. »Hat es was mit deinem nächtlichen Einbruch zu tun? Wollten du und Liz noch mehr Infos beschaffen? Wir haben euch auf den Überwachungsbildern und ...«

»Ms. Davis hat mir dieses Bild gezeigt«, sagte sein Vater plötzlich.

Betty war froh darüber, dass sein Vater ihn mit der Erklärung unterbrach, denn sie brachte keinen Satz heraus. Ihre Kehle war staubtrocken, im Gegensatz zu ihren schweißnassen Händen. Angespannt ballte sie diese in ihren Manteltaschen zu Fäusten.

»Das ist wohl die Marketingchefin des *Jessy's*.« George McAllistar hielt seinem Sohn den Ausdruck hin, und auch über Joshs Gesicht huschte ein Anflug von Skepsis.

»Das ist doch diese Lindsay?«, fragte er nun an Betty gewandt.

Sie bestätigte dies lediglich mit einem knappen Nicken, den Blick noch immer zu Boden gesenkt. Es gelang ihr nicht, ihm in die Augen zu sehen.

George McAllistar griff zum Hörer und tippte auf eine Taste an seinem Telefon.

»Ryan? Ja, hallo. Entschuldigen Sie bitte die Störung an diesem Sonntag.«

Gespannt sog Betty Luft ein. Würde er ihn mit dem Foto konfrontieren?

»Ich informiere mich gerade über die Marketingchefin vom *Jessy's*, eine gewisse Lindsay. Kennen Sie die zufällig?«

Betty riskierte einen Blick aus dem Augenwinkel zu Josh, dieser starrte nun jedoch gebannt seinen Vater an.

»Noch nie persönlich getroffen? Auch nicht miteinander gesprochen? Sind Sie da ganz sicher? Es wäre interessant zu wissen, wie sie so tickt. Ganz sicher. Alles klar. Danke, Ryan.«

Nachdem er das Gespräch beendet hatte, neigte der Seniorchef nachdenklich den Kopf. »Da hat mich wohl gerade jemand angeflunkert.«

»Scheint so«, pflichtete Josh ihm zu Bettys Überraschung bei.

»Und nun?« George McAllistar schien tatsächlich etwas ratlos zu sein.

»Vielleicht könnten Sie überprüfen lassen, von welchem Laptop aus sich in meinen Account eingeloggt wurde und ob Ryan die Mail von Josh zur Weihnachtsaktion wirklich nicht geöffnet hatte. Oder ob sich Ryan während seiner Krankheit nicht doch mal mit dem Mitarbeiterausweis Zugang zum Kaufhaus verschafft hat ... in der letzten Woche«, platzte es aus Betty heraus.

»Das würde die IT sicherlich schnell hinbekommen«, kommentierte Josh und wirkte schon bedeutend ruhiger.

»Und vielleicht gibt es Bilder der Überwachungskamera, die Ryans und Sarahs Büro einfängt, dann könnte man doch sehen, ob er den Laptop tatsächlich dorthin gebracht hat. Sie speichern die Bilder doch eine Weile, oder?« Ihre Stimme überschlug sich beinahe, so hektisch trug sie ihre Ideen vor.

Der Seniorchef lächelte sie beruhigend an. »Ihnen scheint viel daran zu liegen. Wollen Sie den Job denn noch, sofern wir rausfinden, dass Sie nichts damit zu tun hatten?«

»Nein«, erwiderte sie prompt.

Joshs Kopf wirbelte zu ihr herum, und er schluckte schwer. Ihm schien klar zu sein, weswegen sie das Angebot ablehnte.

»Ich will lediglich meine Unschuld beweisen.« Und das wollte sie würdevoll tun. Sie war in diesem Moment tatsächlich stolz, dass sie sich getraut hatte, noch einmal hierherzukommen.

Sein Vater nickte lediglich bedacht. »Leider ist keine der Kameras auf Ryans Büro ausgerichtet. Von daher würde zumindest das mit den Aufnahmen schwierig werden.«

Nun räusperte sich Josh laut und blickte sichtlich verlegen zu Boden. »Die eine Kamera ist seit einer Weile auf Ryans Büro ausgerichtet.«

Verdutzt hob sein Vater die Augenbrauen. »Wieso das denn?«

»Mir war es wichtig zu wissen, wer in seinem Büro so ein- und ausgeht. Er schien etwas abgelenkt in letzter Zeit. Seine Arbeitsergebnisse hatten auch zu wünschen übrig gelassen ...« Mal wieder kratzte er sich am Hinterkopf.

Obwohl ihr nicht zum Lachen zumute war, musste Betty sich ein Schmunzeln verkneifen. Hatte er Ryans Büro tatsächlich wegen ihr im Blick haben wollen? Das hätte sie nicht erwartet.

»Wir können alles gleich in die Wege leiten«, verkündete Josh nun, vermutlich, um von der Kamerasache abzulenken.

»Gut«, pflichtete auch sein Vater bei. »Ms. Davis, ich melde mich wieder bei Ihnen. Und ich bewundere Ihren Mumm und Ihr Engagement.«

Sie nickte dankend und verließ das Büro.

»Betty, warte.« Josh war ihr zu den Aufzügen gefolgt.

Als sie sich umdrehte, entkam sie seinem Blick nicht mehr. Ihr Herz schmerzte in ihrer Brust.

»Auch wenn ich nicht weiß, wer es war und was ich denken soll, tut mir mein Verhalten gestern leid. Es war nicht richtig, dich zu fragen, ob du gelogen hast, als du erzählt hast, dass du selbst Waise bist. Das hätte ich unter keinen Umständen sagen dürfen, egal, was vorgefallen ist. Ich war sehr wütend, bin es immer noch, doch das soll keine Entschuldigung sein.«

Unaufhaltsam schossen ihr die Tränen in die Augen, und sie versuchte, etwas zu erwidern, doch als die erste über ihre Wange rann, machte sie kehrt und stürmte ins Treppenhaus. Sie konnte nichts sagen. Auch wenn sie versuchte, Verständnis für Joshs Reaktion aufzubringen, hatte er sie sehr verletzt. Sie wusste, wie viel ihm an dem Familienunternehmen lag, wie viel Zeit, Energie und inzwischen scheinbar auch Herzblut er investierte, und vielleicht hätte sie an seiner Stelle im ersten Moment auch an ihr gezweifelt. Doch sein Verhalten belegte auch, dass sie ihm absolut nichts bedeutete. Er hatte ihr nicht mal den Zweifel an ihrer Schuld zugestanden. Für ihn war sie nichts anderes als ein willkommener Flirt und schließlich ein One-Night-Stand gewesen. Zu geblendet von den Schmetterlingen im Bauch wäre sie vermutlich auch noch auf das Affären-Angebot eingegangen. Wieso ließ sie sich immer und immer wieder von Männern benutzen, die ihre Zuneigung gar nicht verdient hatten? Die sie gar nicht wirklich wollten?

»Also können wir nichts anderes machen, als abzuwarten?«, fragte Liz und seufzte genervt aus.

Betty verbrachte nun schon den gesamten Nachmittag im Restaurant und hatte mehr Drinks, als gut für sie gewesen wären, hinuntergeschüttet. Doch Liz hatte es ihr heute mal zugestanden.

»Ich mach dir mal einen Teller Pasta, bevor du mir noch vom Stuhl kippst.«

»Nein«, Betty verzog das Gesicht, »ich kann nichts essen. Mein Magen spielt verrückt.«

»Ich vermute, das liegt eher am Eierpunsch.«

Es war bereits früher Abend, als ihr Handy klingelte und sie anhand der Nummer sofort erkannte, dass der Anruf aus dem *Maint's* kam.

Zu ihrer Überraschung war Judy am anderen Ende der Leitung. »Ms. Davis, hallo, Mr. McAllistar senior würde Sie gern heute Abend noch sehen, wenn das möglich wäre.«

Fahrig ließ sie ihre Finger durch ihr Haar gleiten. »Ja, natürlich. Ich komme gleich vorbei.«

»Danke, ich richte es ihm aus. Und Ms. Davis«, Judys Stimme war leiser geworden, »ich glaube fest an Ihre Unschuld.«

Gerührt von Judys Solidaritätsbekundung musste sie schwer schlucken. Es bedeutete ihr viel, dass nicht alle den Glauben an sie verloren hatten.

Erneut betrat sie das Kaufhaus und machte sich auf den Weg in den neunten Stock. Lediglich in George McAllistar und Judys Büro leuchtete noch Licht. Josh schien bereits Feierabend gemacht zu haben. Enttäuschung machte sich in ihr breit. Es war ihm wohl nicht sonderlich wichtig gewesen, ihr die Erkenntnisse der Auswertungen der IT mitzuteilen.

»Ms. Davis, kommen Sie herein«, bat der Seniorchef sie, als er sie im Türrahmen entdeckt hatte. »Setzen Sie sich.«

Mit bebendem Herzen nahm sie Platz und knetete ihre zitternden Finger.

»Zunächst einmal muss ich mich entschuldigen. Ich weiß nicht, warum wir uns von Mr. Miller so haben blenden lassen. Josh müsste jeden Moment da sein, er sitzt den Jungs von der IT bereits den ganzen Tag im Nacken. Sie waren alles andere als glücklich, dass wir sie heute, an einem Sonntag, herbeordert haben, doch es galt ja auch, einen wichtigen Sachverhalt aufzuklären.«

Erleichterung paarte sich mit Überraschung, dass Josh die treibende Kraft hinter der Untersuchung war.

Prompt tauchte er auch schon auf, einen älteren grauhaarigen Mann im Schlepptau.

»Hallo Betty, das ist Robert Smith, verantwortlich für das IT-Team in unserem Haus.« Er wandte sich dem Mitarbeiter zu. »Teilen Sie bitte Ihre Erkenntnisse mit uns.«

Der ältere, etwas untersetzte Mann blickte auf einen Notizzettel in seiner Hand. »Zunächst einmal haben wir gecheckt, wer sich wann in Ihren Mailaccount eingeloggt hat. Das war nicht von Ihrem neuen Firmenrechner aus, der wurde seit der Ausgabe nicht einmal gestartet. Die IP-Adresse konnte zweifelsfrei Mr. Miller zugeordnet werden. Des Weiteren konnten wir über die Administratorenerlaubnis auf seinem Firmenhandy sehen, dass er Ihre Mail, Mr. McAllistar, zweifelsfrei an dem Tag, an dem Sie ihm diese gesendet hatten, geöffnet hatte. Sein Mitarbeiterausweis wurde vergangene Woche am Dienstag und am Mittwoch jeweils nach elf Uhr abends genutzt. Mit der Sichtung der Bänder aus der Überwachungskamera sind wir noch nicht ganz durch. Aber bisher konnten wir Mr. Miller nicht dabei entdecken, wie er Unterlagen oder einen Laptop auf den Schreibtisch im Büro nebenan gelegt hat.«

Josh wandte sich Robert zu. »Vielen Dank für Ihre Mühe. Wir wissen Ihre Extraarbeit sehr zu schätzen und werden uns erkenntlich zeigen.«

Mit einem Nicken verabschiedete sich der IT-Chef in seinen wohlverdienten Feierabend.

Josh setzte sich in den Sessel neben ihr, und für einen kurzen Moment meinte sie, er wollte ihre Hand nehmen, doch er hielt abrupt in der Bewegung inne. »Betty, es tut mir wahnsinnig leid. Ich hatte diese Mail gesehen und dann eins und eins zusammengezählt ... deine Verbindung zu Lindsay und dass die Probleme mit dem Spitzel erst seit der laufenden Weihnachtssaison aufgetreten sind ... Ich bin komplett auf Ryans Intrige hereingefallen.« Für einen kurzen Moment schloss er sichtlich schuldbewusst die Augen.

Da sie bereits wieder mit den Tränen kämpfte, nickte sie lediglich kaum merkbar.

»Auch ich muss mich entschuldigen, Ms. Davis. Sie müssen verstehen, dass es uns sehr schwergefallen ist, Ryan als den Schuldigen zu erkennen, da er seit vielen Jahren für uns arbeitet und sich bislang nie etwas hat zuschulden kommen lassen.« Ein sanftes Lächeln bildete sich auf George McAllistars Gesicht. »Ich weiß, Sie hatten gesagt, dass Sie nicht mehr für das *Maint's* arbeiten möchten, was ich nachvollziehen kann, doch ich bitte Sie um Verzeihung und würde mich wirklich sehr freuen, wenn Sie die Rolle des Elfen noch bis Heiligabend übernehmen würden.«

»Wir haben nun auch einen neuen Santa Claus«, informierte Josh sie hastig.

Ihr Kopf schnellte hoch, und entsetzt blickte sie ihn an. Wollte er von ihr wegkommen? Hatte er sie den ganzen Abend gestern bezirzt und versucht, sie ins Bett zu bekommen, obwohl er bereits gewusst hatte, dass er nicht mehr als Weihnachtsmann mit ihr zusammenarbeiten würde?

Dummerweise hatte sie heute Morgen einen Blick auf ihren Kontostand geworfen, und wenn sie die Januarmiete bezahlen wollte, blieb ihr nichts anderes übrig, als das Angebot von George McAllistar anzunehmen. »Ich lasse Sie nicht hängen und werde meinen Job als Elf noch bis Heiligabend machen.«

Nachdenklich blickte der Seniorchef sie an. »Uns dürfte allen klar sein, dass Ryan nicht mehr länger bei uns beschäftigt sein wird und einer Klage entgegensieht. Daher wäre eine Stelle als Marketingchef frei geworden.«

Völlig ungläubig weiteten sich ihre Augen.

»Ms. Davis, halten Sie mich nicht für verrückt, doch ich sehe etwas in Ihnen, was nicht viele Menschen haben. Kaum einer unserer langjährigen Mitarbeiter brennt so für das Kaufhaus, wie sie es taten – daher ist es unverzeihlicher, dass wir Ihren Worten keinen Glauben geschenkt haben. Doch als Josh mir vorgeschlagen hat, Ihnen Ryans Posten zu geben, war ich sofort dafür.«

»Aber was ist mit Sarah?«, frage sie, da sie ihre nette Kollegin nicht übergehen wollte.

»Sie ist sehr zufrieden mit dem, was sie macht, und hat im letzten Mitarbeitergespräch deutlich gemacht, dass sie nicht nach mehr Verantwortung strebt. Sie leistet solide Arbeit, aber das, was Sie gezeigt haben, dieses Herzblut und Engagement, das war tatsächlich außergewöhnlich.«

Sie warf Josh, der sie sanft und zeitgleich entschuldigend anlächelte, einen Blick zu. Er sah aus wie ein begossener Pudel, und es schien ihm wirklich leidzutun. Auch wenn sie nicht wusste, ob sie ihm seine Worte verzeihen konnte und wollte. »Ich danke Ihnen für Ihre Worte und das neue Vertrauen in mich. Wäre es in Ordnung, wenn ich mir dafür etwas Bedenkzeit erbitte?«

»Natürlich«, entgegnete der Seniorchef verständnisvoll. »Lassen Sie es mich wissen, wenn Sie sich entschieden haben.«

Sie nickte und stand auf. »Werde ich. Einen schönen Abend noch.«

Als sie das Kaufhaus verließ, kamen ihr erneut die Tränen. Sie sollte sich freuen, das Jobangebot war mehr, als sie es sich jemals für ihre berufliche Laufbahn hätte erträumen können. Ganz zu schweigen von dem Parkplatz inmitten Manhattans. Doch sie konnte sich nicht darüber freuen. Zu sehr nagte Josh Misstrauen an ihr und die Tatsache, dass er die Suche nach einem Santa-Claus-Darsteller nie aufgegeben hatte. Sie fühlte sich benutzt und betrogen. Ein Glück, dass das Kaufhaus montags geschlossen und sie damit morgen ihren freien Tag hatte. Sie wollte sich einfach nur in ihrem Bett verkriechen, tonnenweise Weihnachtsschokolade naschen, einen kitschigen Weihnachtsfilm schauen und sich selbst bemitleiden.

Kapitel 13

Es fühlte sich komisch an, als sie zwei Tage später neben einem älteren Mann, der auch ohne Kostüm als Weihnachtsmann hätte durchgehen können, in der Weihnachtswelt stand. Man hatte sie heute Morgen bereits darüber informiert, dass Ryan fristlos gekündigt worden war. All seine Zugänge waren gesperrt und ihm war geraten worden, sich lieber nicht mehr in der Nähe des *Maint's* blicken zu lassen. Auch wenn es Betty ein klein wenig schade fand, hätte sie ihm doch gern selbst ihre Meinung gesagt, spürte sie eine ungemeine Erleichterung.

Nun betrachtete sie gerade ihren neuen Weihnachtsmann. Er brauchte nicht einmal den weißen Rauschebart anzukleben, da er selbst einen grauen Vollbart hatte. Wäre Betty nicht so traurig darüber, dass Josh Reißaus vor ihr genommen hätte, würde sie sich an der großartigen Performance des neuen Santas wahrlich erfreuen.

Ihre Hoffnung, dass sie Josh im Erdgeschoss nicht begegnen würde, wurde zerschlagen, als dieser zu Beginn ihrer Mittagspause schnurstracks auf sie zusteuerte. Betty holte tief Luft, um ihren Puls zu besänftigen.

»Hallo, Betty, schön, dass du wieder da bist.« Er wirkte nicht einmal verlegen, blickte ihr unentwegt in die Augen, während ein sanftes Lächeln seine Lippen umspielte.

Glaubte er wirklich, dass sie ihm, nur weil er in diesem Anzug so verdammt gut aussah und sein Lächeln unglaublich verführerisch war, verzeihen würde?

»Josh«, erwiderte sie knapp. Sie hätte ihn gern ignoriert, doch da sie sich noch immer nicht entschieden hatte, ob sie das Jobangebot des *Maint's* annehmen würde oder nicht, wollte sie sich ihrem Boss gegenüber zumindest respektvoll benehmen.

»Können wir kurz sprechen?«, fragte er nun leise.

»Sofern es um die Arbeit geht«, entgegnete sie erneut streng. Sie hatte nicht vor, sich jemals noch mal auf Gespräch privater Natur mit ihm einzulassen.

»Im weitesten Sinne.«

Sie hob die Brauen.

»Können wir in meinem Büro sprechen?«

Die Neugier siegte, daher nickte sie knapp. »Ich ziehe mich nur kurz um und komme dann hoch.«

»Ich kann auf dich warten«, bot er freundlich an.

»Nicht nötig«, gab sie mit eiskaltem Blick zurück und bemerkte, wie ihn ihre abweisende Haltung zusammenzucken ließ. Doch er hatte ja auch kein Mitleid mit ihr gehabt, als sie weinend vor ihm gestanden und ihre Unschuld beteuert hatte.

»Worum geht es?« Sie verharrte mitten in seinem Büro.

»Setz dich doch«, bat er sie.

»Ich bevorzuge es zu stehen – in der Hoffnung, unser Gespräch wird nicht allzu lange dauern.« Sie ließ die Augen durchs Büro schweifen, doch sie konnte seinem durchdringenden Blick nicht dauerhaft standhalten. Auch wenn sie es nicht gern zugab, vermisste sie ihn. Die Späße mit ihm, die Neckereien, aber auch die Unterhaltungen und diese Küsse. Betty räusperte sich und versuchte, sich zu fokussieren.

»Ich hab's wohl richtig versaut«, murmelte er mit trauriger Miene.

»Worum geht's?«, wiederholte sie lediglich sachlich und versuchte, seine Worte nicht zu nah an sich rankommen zu lassen.

»Um Cailens Mutter. Sie wird ab Januar bei uns anfangen. Es ist alles geklärt.«

Betty konnte nicht verhindern, dass sich ein Lächeln auf ihrem Gesicht ausbreitete. »Das ist großartig.«

Sofort erwiderte er ihr Lächeln hoffnungsvoll. »Doch mich lässt etwas anders nicht los. Sie hatte in dem Gespräch mit uns berichtet, dass nicht nur sie schlecht vom *Jessy's* behandelt worden war.«

Sie erinnerte sich daran und nickte zustimmend. »Ja, und? Was willst du dagegen machen?«

»Als ich mit ihr wegen des Vertrags telefoniert hatte, habe ich sie gebeten, die anderen ehemaligen Mitarbeiter zu kontaktieren. Ich habe bereits mit meinem Vater gesprochen, und er wäre dazu bereit, dass wir nicht nur Vorstellungsgespräche mit den Frauen und Männern durchführen, sondern damit auch an die Öffentlichkeit gehen.«

Verdutzt blickte Betty ihn an. Wo war der griesgrämige, egoistische Unternehmersohn hin verschwunden? »Du willst dich für die Leute einsetzen?«

Mit hochgezogenen Augenbrauen blickte er sie an. »Ist der Gedanke so abwegig?«

Schlagartig hob sie die Hände. »Nein, du hast mich in den vergangenen Wochen bereits ein paarmal überrascht.«

Ein stolzes Lächeln schlich sich auf sein Gesicht. »Ich muss zugeben, dass jemand einen guten Einfluss auf mich hatte.«

»Ist das so?«, fragte sie ernst.

Er war aufgestanden und um seinen Schreibtisch herumgegangen. Als er nach ihrer Hand griff, zögerte sie, wollte sich jedoch nicht kindisch verhalten und entzog sie ihm deshalb nicht. Außerdem musste sie zugeben, dass sich seine Finger auf ihrer Haut unfassbar gut anfühlten.

Meine Güte, war ihr Körper ein Verräter!

»Betty, ich habe dich noch gar nicht richtig um Verzeihung gebeten. Es tut mir wahnsinnig leid! Ich weiß nicht, was in mich gefahren ist, dass ich auf Ryan Lügengespinst hereingefallen bin ... und das nach der ... nun ja ... nach unserer gemeinsamen Nacht. Du musst wissen, dass das hier ...«, er blickte sich um, »... dass das *Maint's* mein Leben ist, beziehungsweise war es das, bis ich einen verrückten, aber auch sehr niedlichen Elfen kennengelernt habe.«

Sehr angestrengt musste sie sich ein Grinsen verkneifen.

»Dieser Elf hatte ganz andere Prioritäten in seinem Leben als ich. Und ich würde lügen, würde ich sagen, dass es nicht ein klein wenig auf mich abgefärbt hat. Betty, es beeindruckt mich, wie du dich um andere kümmerst und willst, dass es jedem gut geht. Das ist eine ganz wundervolle Eigenschaft, und ich hoffe, du behältst sie bei.«

Sie konnte seine Worte nicht einordnen und nickte daher lediglich stumm.

»Ich würde mich sehr freuen, wenn du den Job als Marketingchefin annehmen würdest. Es ist eine einmalige Chance, die du dir mehr als verdient hast. Lass dir das nicht entgehen, weil ich mich wie ein Vollidiot aufgeführt habe. Ich verspreche dir, ich werde dich in Ruhe lassen und mich höchst professionell verhalten. Das wollte ich dir noch gesagt haben.«

Betty schluckte schwer. Das war alles? Nachdem sie wochenlang geflirtet und schließlich die Nacht miteinander verbracht hatten, war alles, was er sagte, er würde sich professionell verhalten? Wow, er schien tatsächlich keinerlei romantische Gefühle für sie zu haben. Sie war nicht nur schwer enttäuscht, sondern spürte eine unbändige Wut in sich aufsteigen. Aber was er konnte, konnte sie schon lange.

»Das ist gut, da ich den Job annehmen werde und dir dankbar wäre, wenn sich unsere zukünftigen Konversationen auf berufliche Belange beschränken würden.« Ruckartig entzog sie ihm ihre Hand, die noch immer in seiner verschlossen gewesen war.

So ein Arsch! Sie konnte nicht fassen, dass sie beinahe auf

diese Du-hast-mich-so-sehr-verändert-Masche hereingefallen wäre.

»Okay«, er wirkte irritiert.

Was hatte er gedacht? Dass sie ihn anflehte, sie nochmals so zum Stöhnen zu bringen wie Freitagnacht? Da hatte er sich die Falsche ausgesucht.

»Ich wollte dich fragen oder vielmehr bitten, bei den Gesprächen mit Laurens ehemaligen Kollegen aus dem *Jessy's* dabei zu sein. Sofern du das möchtest.«

»Wann und wo?«

»Morgen Nachmittag ab drei im Besprechungszimmer. Es wäre auch kein Problem, wenn du die Schicht als Elf früher beendest.«

»Ich werde da sein.« Sie machte auf ihren hohen Absätzen kehrt, bemühte sich um einen besonders aufregenden Hüftschwung und ließ einen ziemlich verdattert dreinblickenden Josh stehen.

»Ms. Summers, wollen Sie damit sagen, dass das *Jessy's* Ihnen gekündigt hat, nachdem Sie ihnen gesagt hatten, dass Sie ein Kind erwarten?« Betty konnte gar nicht glauben, was die ehemalige *Jessy's*-Mitarbeiterin ihnen da gerade erzählt hatte.

Mit traurigem Blick nickte diese und strich sich über ihren kugelrunden Bauch.

»Wieso sind Sie nicht zu einem Anwalt gegangen?«, fragte Josh mit ruhiger Stimme.

»Ich kann mir keinen Anwalt leisten. Mein Freund hat mich sitzen lassen, als er von dem Baby erfahren hat, und ich muss schauen, wie ich mich und das Kind durchfüttere.« Die blonde junge Frau stand die Verzweiflung ins Gesicht geschrieben. »Außerdem wusste ich von ehemaligen Kollegen, mit welchen unfairen Mitteln das *Jessy's* spielt. Sobald man sich gegen sie stellt, bringen sie andere fadenscheinige

Kündigungsgründe hervor. Molly ist ebenfalls schwanger. Sie hatte sich einen Anwalt genommen, dann hat das *Jessy's* auf einmal behauptet, sie hätte im Kaufhaus geklaut.«

Empört schnaubte Betty. »Die sind unfassbar!« Schwungvoll drehte sie sich zu Josh. »Was stimmt mit denen nicht?«

Er zuckte mit den Schultern. »Danke, Ms. Summers, für Ihre Offenheit. Und das Angebot steht, melden Sie sich jederzeit für ein Vorstellungsgespräch.«

»Ich danke Ihnen.«

Die junge Frau war ihre letzte Gesprächspartnerin an diesem Tag gewesen. Draußen war es längst dunkel, und Betty verarbeitete noch immer, was sie alles erfahren hatten. Seufzend ließ sie sich auf den Sessel neben Josh fallen. »Unfassbar, oder? Wie können die Geschäftsführer abends mit einem ruhigen Gewissen schlafen gehen.«

»Glaub mir, die schauen sich abends ihren Kontostand an und schlafen dann wie ein Baby.« Josh fuhr sich durchs Haar. Er sah müde aus.

Betty bemerkte erst jetzt, wie nah sie ihm eigentlich war und dass sie sich die vergangenen vier Stunden ihm gegenüber benommen hatte, als wäre nie etwas vorgefallen. Sie war für gewöhnlich kein nachtragender Typ Mensch und sehr harmoniebedürftig, dennoch fiel es ihr schwer, Joshs Worte zu vergessen.

»Könntest du nächste Woche beim Termin mit den Anwälten dabei sein?«

»Klar. Engagiert das *Maint's* die?«

»Nein, das hätte eine komische Außenwirkung. Unser Anwalt hat einen cleveren Vorschlag gemacht. Wir haben eine Art Stiftung gegründet, für Arbeitnehmer und die Vertretung ihrer Rechte, und im Rahmen derer können wir den ehemaligen Mitarbeitern des *Jessy's* die Anwälte sponsern. Und wir können die Kosten von der Steuer absetzen. Win-win-Situation also.«

Prompt verhärteten sich Bettys Gesichtszüge. »Ach, darum geht es also? Du hilfst ihnen, um Steuern sparen zu können.«

Völlig perplex blickte er sie an. »Nein, überhaupt nicht. So war das nicht gemeint.«

»Aber es ist ein praktischer Nebeneffekt, oder? Mr. McAllistar spart mal wieder Geld. Hättest du ihnen auch ohne Steuersparmodell geholfen?«, fragte sie aufbrausend.

Der Blick, der sie nun aus Joshs Augen traf, ging ihr durch Mark und Bein. Er sah nicht wütend aus, nicht traurig, sondern einfach nur sehr enttäuscht. »Du hältst wirklich wenig von mir, oder?«

Mit diesen Worten ließ er sie im Besprechungszimmer allein. Verzweifelt fuhr Betty sich mit den Händen übers Gesicht. Sie hatte ihn nicht kränken wollen, er schien sich wirklich Mühe zu geben, sich zum Positiven zu verändern.

Am Ende ihres nächsten Arbeitstages nahm sie eine Zuckerstange aus dem Glas und ging, getrieben von ihrem schlechten Gewissen, in den neunten Stock.

In Joshs Büro brannte natürlich noch Licht. Zögerlich klopfte sie an, streckte aber zunächst nur die Zuckerstange hinein.

Das raue Lachen, das sie so verdammt verführerisch fand, ertönte. »Ja?«

»Hier kommt eine Zuckerstange als Entschuldigung.« Sie blieb vor seinem Schreibtisch stehen und streckte sie ihm entgegen.

Mit einem Schmunzeln auf den Lippen nahm er sie ihr aus der Hand. »Angenommen.« Erneut griff er nach ihrer Hand, und sie ließ ihn gewähren. »Ich war nicht wirklich wütend auf dich. Ich kann verstehen, dass ich bisher einen solchen Eindruck auf dich gemacht habe. Aber darum geht es ja, das möchte ich nicht mehr.«

Sanft nickte sie und schenkte ihm ein Lächeln. »Das klingt doch gut.«

»Du fehlst mir, Betty.«

Mit großen Augen blickte sie ihn an. Sie hätte mit allem gerechnet, jedoch nicht mit diesem Geständnis.

»Ich hoffe, du kannst mir mein Verhalten irgendwann verzeihen und wir können wieder Freunde sein.«

Freunde? Wow, das hatte er also in ihnen gesehen, nach einer Nacht voll heißem Sex. Freundschaft plus oder welches Modell hatte er angestrebt? Doch sie war selbst schuld. Sie hatte sich auf ihn eingelassen, obwohl sie gewusst hatte, dass er nichts für sie empfand und schon gar keine Beziehung mit ihr wollte.

»Mmh«, stimmte sie verhalten zu, da ihre Gefühle verrücktspielten und sie nichts Falsches sagen wollte.

Verzweifelt lachte Josh auf. »Du lässt mich ganz schön leiden.« Prompt hob er entschuldigend die Hände. »Nicht, dass ich es nicht verdient hätte. Aber ich bin auf jeden Fall glücklich, dass du auch im neuen Jahr noch zur *Maint's*-Familie gehören wirst.«

»Ich auch«, antwortete sie schüchtern und verließ sein Büro. Es fiel ihr zunehmend schwer, ihre Gefühle für Josh zu leugnen. Klar, sie waren durch sein Misstrauen erschüttert worden, doch sie waren noch immer da, tief in ihrem Herzen, und sie wusste nicht, wie lange es dauern würde, bis sie vergehen würden.

Kapitel 14

Schließlich war es so weit. Heiligabend. Und damit ihr letzter Arbeitstag als Elf. Das Kaufhaus war heute nochmals weihnachtlicher als sowieso schon dekoriert worden. Kleine Schneekanonen pusteten unentwegt Glitzerschnee in die Luft, und man konnte den Gospelchor im ganzen Kaufhaus singen hören. Ach, es war herrlich! Sie freute sich bereits auf die nächste Weihnachtssaison im *Maint's*.

Heute würde ihre Schicht bereits um vier enden, da das Kaufhaus früher schloss, um all seinen Angestellten einen besinnlichen Heiligabend im Kreise ihrer Lieben zu ermöglichen. Betty würde den Abend gemeinsam mit ein paar Freunden bei Liz im Restaurant verbringen.

Als das letzte Kind am heutigen Tag verabschiedet war und die Weihnachtswelt endgültig ihre Pforten schloss, stieg eine Traurigkeit in ihr auf. Sie hatte diesen Job wirklich geliebt. Die Türen des Kaufhauses hatten eben geschlossen, und George McAllistar und Judy hatten sich mit Sektgläsern in der Hand zu ihr gesellt. Es hatte wohl Tradition im *Maint's*, dass die Belegschaft gemeinsam an Heiligabend auf die erfolgreiche Weihnachtssaison anstieß. Die Verkäufer und Verkäuferinnen hatten sich an den Geländern versammelt, prosteten sich mit klirrenden Gläsern zu und lauschte dem Gospelchor, der gerade neben dem Weihnachtsbaum sang.

»Ich denke, ich bewerbe mich auch im nächsten Jahr wieder auf die Stelle als Elf«, scherzte sie und brachte die beiden damit zum Lachen.

»Eine gute Idee«, pflichtete der Seniorchef ihr bei. »Ich muss mich bei Ihnen bedanken, Ms. Davis, und Ihnen gleichzeitig etwas gestehen. Es hatte seine Gründe, weswegen ich Josh dazu verdonnert hatte, den Weihnachtsmann an Ihrer Seite zu spielen.«

Verlegen senkte sie den Blick. »Und ich muss Ihnen gestehen, dass ich das weiß. Ich habe Ihr Gespräch mit Judy gehört, als Sie sie angewiesen haben, nicht weiter nach einem Weihnachtsmann zu suchen.«

Erstaunt blickte Joshs Vater sie an. »Aber Sie haben es ihm nicht verraten.«

»Nein, auch wenn ich ihn ganz sicher nicht täuschen wollte. Ich habe mir gedacht, dass Sie schon wissen, was Sie da tun.«

»Nun ja, ich möchte mich nicht selbst loben, da es eindeutig Ihr Verdienst war, doch das, was ich mir gewünscht habe, ist eingetreten. Josh ist wie ausgewechselt, er beschäftigt sich mit unseren Mitarbeitern und Kunden, kümmert sich nun sogar um die ehemaligen Mitarbeiter des *Jessy's*, hat die Mutter des Jungen eingestellt, der seine Hilfe gesucht hat, und letztens habe ich ihn heimlich dabei erwischt, wie er *Jingle Bells* gesummt hat.«

»Oh, mein Gott, ich auch«, rief Betty euphorisch.

»Er scheint sogar seine Liebe zu Weihnachten wiedergefunden zu haben ... Und das alles nur wegen Ihnen.«

»Sollten wir ihm verraten, dass es diesen Plan gab?«, fragte Betty unsicher.

Doch George McAllistar schüttelte sachte den Kopf. »Er hatte Erfolg, und ich glaube nicht, dass Josh uns das übel nehmen würde.«

Verschwörerisch zwinkerte Betty ihm zu, als plötzlich der neue Santa Claus neben ihr stand.

Er hatte sein Kostüm bereits abgelegt. »Betty, ich danke

dir, es war eine sehr lustige Woche, und du warst einer der besten Elfen, die ich je gesehen habe.«

»Danke, Santa Claus«, gab sie fröhlich zurück.

Doch dieser schüttelte mit einem geheimnisvollen Lächeln den Kopf. »Der echte Santa Claus wartet da drüben auf dich.«

Verdutzt sah sie zu dem geschmückten Tannenbaum hinüber, neben dem ein verkleideter Weihnachtsmann stand. Sie erkannte Josh natürlich sofort.

Sie nahm einen großen Schluck aus ihrem Sektglas, bevor sie es Judy reichte. Mit weichen Knien und pochendem Herz ging sie zu ihm hinüber.

Er griff nach ihren beiden Händen, kaum, dass sie ihm gegenüberstand. Gepresst atmete sie durch ihre leicht geöffneten Lippen aus. Sie war so nervös, was sie nun erwarten würde, dass sie befürchtete, ihre Knie würden nachgeben.

»Josh, was wird das?«, flüsterte sie unsicher.

»Betty, mein schöner Elf, du bist mein wahr gewordenes Weihnachtswunder. Du hast es geschafft, dass ich mich das erste Mal seit Jahren wieder auf die Feiertage freue, dass ich die Weihnachtsstimmung um mich herum genieße und sogar Geschenke shoppen war. Natürlich hier im Kaufhaus.«

Sie bemerkte erst jetzt, dass der Chor verstummt war und die Augen der gesamten Belegschaft auf sie gerichtet waren.

Josh nahm sich den Bart und die Mütze ab. »Auch wenn ich nicht der echte Weihnachtsmann bin, würde ich dir dennoch gern jeden Wunsch erfüllen. Und ich hoffe inständig, dass du mir meinen größten Weihnachtswunsch erfüllen wirst.« Er zog sie näher an sich heran und schlang seine Arme um ihre Taille. »Betty Davis, ich liebe dich! Ich habe keine Ahnung, wie du das hinbekommen hast...«

Kritisch zog sie ihre Augenbrauen nach oben und räusperte sich laut, was ihre Kollegen auflachen ließ.

»Natürlich weiß ich, wie du es hinbekommen hast. Du bist nicht nur die klügste und schönste Frau dieser Welt, sondern auch die lustigste und warmherzigste. Was ich für dich empfinde, war mir bisher unbekannt, und ich hoffe so sehr, dass du mir verzeihen kannst und mir die Chance gibt, dich genauso glücklich zu machen, wie du mich jeden Tag als Santa Claus glücklich gemacht hast.«

Betty ließ ihn ein paar Sekunden zappeln, ehe sich ihre Mundwinkel zu einem breiten Grinsen verzogen, sie ihre Arme um seinen Hals schlang und ihn küsste. Sie presste ihre Lippen so stürmisch auf seine, dass Josh beinahe das Gleichgewicht verloren hätte.

Die Belegschaft applaudierte und johlte lauthals, während der Gospelchor erneut das vorher unterbrochenen *Jingle Bells* anstimmte.

Als sie sich wieder von ihm löste, schenkte sie ihm einen ernsten Blick. »Aber wehe, du versaust es wieder.«

»Wird er nicht«, sagte George McAllistar streng, bevor auch er grinsen musste.

»Werde ich nicht«, wiederholte Josh und küsste sie erneut.

Verlegen blickte Judy beiseite, freute sich aber sehr für die beiden. »Ist das herrlich«, schwärmte sie. »Eine große Liebe zu Heiligabend.«

Plötzlich wandte sich George McAllistar seiner Sekretärin zu und nahm ihre Hände in seine. Judys Wangen glühten feuerrot, und sie kicherte wie ein Schulmädchen.

»Judy«, begann der Seniorchef förmlich, »also wenn mein Sohn das hinbekommen hat, sollte ich mich das vielleicht auch endlich trauen. Ich würde mich sehr freuen, wenn du meine Einladung zu unserem Familiendinner heute annehmen würdest, sozusagen als mein Date.«

»Dein Date?«, wiederholte Judy völlig entzückt und begann bereits, hektisch zu nicken. »Nichts lieber als das, Mr. McAll...«

»George«, riefen Betty und Josh wie aus einem Mund und begannen, lauthals zu lachen.

Josh zog Betty erneut an sich. »Auf das beste Weihnachten aller Zeiten. Ich liebe dich.«
»Und ich liebe dich, Santa.«

ENDE